FAMÍLIA NÃO É SÓ A DE SANGUE

FAMÍLIA NÃO É SÓ A DE SANGUE

ELENCO E FÃS CONTAM COMO *SUPERNATURAL* MUDOU SUAS VIDAS

Editado por

LYNN S. ZUBERNIS

Tradução de

MIGUEL DAMIEN RIBEIRO PESSOA

GRYPHUS GEEK

Rio de Janeiro

Título original
Family don't end with blood – Cast and fans on how *Supernatural* has changed lives.

Design de capa
Sarah Dombrowsky

Editoração eletrônica
Rejane Megale

Revisão
Maria Helena da Silva

Adequado ao novo acordo ortográfico da língua portuguesa

CIP-BRASIL. CATALOGAÇÃO-NA-FONTE
SINDICATO NACIONAL DOS EDITORES DE LIVROS, RJ

F198

Família não é só a de sangue : elenco e fãs sobre como supernatural mudou vidas / editado por Lynn S. Zubernis ; tradução Miguel Damien Ribeiro Pessoa. - 1. ed. - Rio de Janeiro : Gryphus, 2018.

288 p. : il. ; 23 cm.

Tradução de: Family don't end with blood
ISBN 978-85-8311-116-0

1. Supernatural (Programa de televisão). 2. Fãs (Pessoas). 3. Cultura popular - Aspectos sociais. I. Zubernis, Lynn S. II. Pessoa, Miguel Damien Ribeiro.

18-50362 CDD: 791.4572
CDU: 654.191

GRYPHUS EDITORA
Rua Major Rubens Vaz 456 — Gávea — 22470-070
Rio de Janeiro — RJ — Tel.: (0XX21) 2533-2508 / 2533-0952
www.gryphus.com.br — e-mail: gryphus@gryphus.com.br

A meu pai, Kevlin Walter Smith, que me encorajou durante toda a minha vida.

SUMÁRIO

Introdução 1

No banco do carona com ***Jensen Ackles*** 11

Encontrei minha tribo 13
Karen Cooke

O efeito *Supernatural* 24
Jim Beaver

Nós te amamos de qualquer jeito 32
Lydia A. Cyrus

Completamente natural 37
Rachel Miner

Uma história de amor *sobrenatural* 40
Adam Williams and Lucy Schneider

A estrada até aqui 49
Laurena Aker

Wayward AF 60
Kim Rhodes

Eu sou você 68
Briana Buckmaster

Sinta o que sinto, veja o que vejo 73
Kim Prior

O poder de uma imagem 84
Stacey Anderson

Uma mensagem de ***Misha Collins*** 88

Espalhando gentileza como confetes 89
Claudine Hummel

O oposto de *Fan Fiction* 96
Osric Chau

Um pedaço do meu coração 105
Sabrina Greenwood-Briggs

Finalmente eu 110
Matt Cohen

Na encruzilhada com ***Mark Sheppard*** 117

Fangirl 119
Lynn Zubernis

Fora de tom: o esforço é real 138
Ruth Connell

Quase sobrenatural 150
Gil McKinney

Meu herói usa uma touca 156
Kristin Ludwig

Ajudando pessoas, salvando vidas: o negócio da família! 161
Karla Truxall

Sóbrio por Sam 173
Hallie Bingaman

Golpe de sorte 180
Rob Benedict

O câncer assiste comigo 193
Sheri Chen

Non Timebo Mala 201
Breda Waite

Escolhendo a vida 207
Burner Cade

O que o *fandom* significa para mim? 217
Jared Padalecki

Agradecimentos 249

Créditos de fotografia 251

Sobre a autora 253

INTRODUÇÃO

LYNN ZUBERNIS

Quando pensamos nas espécies de coisas que ajudam as pessoas a melhorar, podemos imaginar aquele livro perfeito de autoajuda que contém antigos segredos bem guardados que levam à felicidade. Puf! Você é uma pessoa diferente, bem como o título alegava. Ou talvez mudar a pessoa para melhor signifique chegar ao fundo do poço e dar a volta por cima, como tantos filmes de Hollywood afirmam. Talvez seja encontrar o Príncipe (ou Princesa) Encantado — ou talvez seja encontrar um bom terapeuta. A maior parte de nós não pensa em um programa de televisão como algo que ajuda pessoas a mudar para melhor. Eu certamente não pensava.

Ganho a vida ajudando pessoas. Enquanto psicóloga, tenho que compreender o que faz as pessoas felizes e o que as faz quererem se esconder embaixo das cobertas e nunca mais sair de lá. Tive o privilégio de aprender de incontáveis indivíduos inspiradores em cujos caminhos muita porcaria surgiu e mesmo assim foram capazes de, em algum momento, chutá-la para longe ou superá-la e seguir adiante. Neste processo, aprendi bastante sobre a natureza humana e pelo que ansiamos durante essa busca constante por coisas que nos façam sentir bem em relação a nós mesmos e a todos os outros: pertencimento e aceitação. Autoexpressão e criatividade. Uma sensação de entusiasmo. Algo para despertar nossa paixão, inspirar nosso intelecto e validar nossas emoções. Estas são coisas que os humanos almejam; são coisas que nos fazem felizes.

Durante a maior parte da minha carreira, nunca havia pensado em um programa de televisão, um filme, um livro ou uma banda como algo capaz de oferecer todas essas coisas. Isso foi antes de me apaixonar por um programa de televisão e descobrir a comunidade incrível conhecida como *fandom*.

Apaixonar-me por um programa de TV foi inesperado. Sequer foi um daqueles programas a que "todo mundo está assistindo" (o que poderia ser qualquer coisa entre *Game of Thrones* e *The Bachelor*, dependendo de sua experiência em relação a "todo mundo"). Não, foi um programa do gênero fantasia e ficção científica de um canal de segundo escalão que não sabia muito bem o que fazer com ele — *Supernatural*.

Como a maior parte dos leitores deste livro sem dúvida já sabem, *Supernatural* segue irmãos caçadores de demônios, Sam e Dean Winchester, enquanto viajam pelos Estados Unidos em um belo Chevy Impala preto ano 67, levando adiante "o negócio da família": salvar pessoas, caçar coisas. O programa existe há tanto tempo que estreou na já há tempos falecida WB Network, ainda em 2005, e é apresentado no canal que lhe sucedeu, o CW, desde então. É um programa assustador sobre monstros e o apocalipse, e também é um programa surpreendentemente emocionante sobre amor e família e a necessidade de sempre se continuar lutando independentemente das probabilidades. A combinação conferiu a *Supernatural* uma popularidade inesperada e duradoura. Não prejudica o fato de ter como protagonistas atores que são bonitos (e talentosos) o bastante para fazer as pessoas se perguntarem se são de verdade.

Eu me apaixonei do jeito como acontece quando se tem treze anos e você se apaixona pela primeira vez: da cabeça aos pés, toda de uma vez, tão rapidamente que me senti tonta. Quando levantei a cabeça para tomar ar, fiquei mistificada. O que estava acontecendo comigo? A princípio, me senti boba. Será que era realmente *ok* para mim — uma mulher adulta, mãe, professora — colocar de lado minha pasta e textos de pesquisa e responsabilidades extremamente sérias para assistir compulsivamente a uma temporada inteira de um programa de TV de ficção científica? Vasculhar a internet atrás de fotos de suas estrelas? Ler muitas e muitas *fan fictions*, e então passar menos tempo escrevendo livros didáticos e mais tempo escrevendo eu mesma *fan fictions*?

Eu não era a única fazendo estas perguntas. Meu parceiro estava perguntando, meus filhos estavam perguntando, meus colegas estavam perguntando. Especialmente quando joguei a cautela para o ar e comecei a viajar de avião pelo país para ir a convenções de fãs.

"Você está indo *aonde*?" era um refrão constante. Mas conhecer outros fãs, tanto pessoalmente quanto no (naquela época recluso e secreto) mundo dos *fandoms online*, acabou se mostrando algo que mudou tanto a minha vida quanto a descoberta de *Supernatural* no começo de tudo. O programa e o *fandom* foram uma porta de entrada para uma espécie de autodescoberta que pensava ter colocado de lado décadas antes.

Como muitas obras de fantasia, o mundo de *Supernatural* é um lugar para o qual fãs podem fugir. A própria fuga tem benefícios, contanto que se consiga tirar a cabeça da fantasia por tempo o bastante para manter o emprego, tomar conta da família ou passar tempo com o melhor amigo. Mas *Supernatural* oferece mais. Alguns fãs cresceram com este programa, suas paixões de adolescente evoluindo para casos de amor adultos. Alguns fãs passaram por crises de meia-idade com Sam e Dean. Nos Winchester e o anjo rebelde que é seu amigo, Castiel, muitos fãs encontraram a inspiração e a coragem para combater os monstros e demônios que existem na vida de verdade.

Em um programa de televisão.

Embora agora a televisão seja considerada um meio respeitável, nem todos os programas de televisão são vistos de forma igual. Talvez a PBS[1] possa oferecer algum valor educacional, mas a "cultura popular" ainda carrega uma implicação de ser insignificante e frívola, feita para o consumo desatento. A séries aclamadas pela crítica, como *Orange is the new black* ou *Breaking bad*, é conferido algum respeito, mas programas de gêneros como *Supernatural* dificilmente angariam alguma consideração séria. Ser um fã também levanta sobrancelhas; os estereótipos de um fã fracassado vivendo no porão dos pais e de uma fã histérica desmaiando na presença do ídolo têm sido menos prevalecentes na última década, mas ainda persistem na mídia de ampla popularidade. Muitas pessoas, quando pensam em fãs, ainda pensam na parte negativa: decisões ruins, emoções fora de controle, gastos exagerados. A mídia solta risadinhas ao ver fãs fazendo *cosplay* na Comic-Con, ou ficando em filas por três dias para conseguir ingressos para o novo filme de *Star Wars*, ou gritando quando o *One Direction* sobe ao palco. Ser um fã é frequentemente visto como algo frívolo, na melhor das hipóteses, e imaturo — ou até mesmo perigoso —, na pior delas.

Após mais de uma década sendo uma fã e pesquisando sobre fãs, eu sei que esta não é a história verdadeira. Fãs podem tomar más decisões? Claro. Assim como contadores e corretores de ações e médicos e cabeleireiros. E todos os outros. Há riscos em ser apaixonado por alguma coisa? Claro. Mas também há benefícios.

1 N. T.: Public Broadcast Service – TV pública norte-americana.

Para nós, é saudável ir atrás das coisas que nos trazem felicidade e permitir que passemos por estas experiências de sentimentos positivos. É bom para nós *nos importarmos* — com as coisas que amamos, com nós mesmos, com outros. Ser um fã traz consigo acesso a *fandoms*, a comunidades de companheiros também fãs que se importam uns com os outros. Dentro desta comunidade, solidária de uma forma ímpar, uma quantidade surpreendente de mudanças é possível.

Dentro do lugar seguro da comunidade de fãs, descobri que fãs são verdadeiros, uns com os outros, de uma forma chocante. Como mulher, achei isto notável. Ainda há poucos lugares em que mulheres se sentem confortáveis para expressar suas genuínas esperanças, medos, raivas e tristezas, inclusive para conversar sobre coisas como sexo. Dentro da comunidade de fãs, criamos relacionamentos, exploramos nossas sexualidades, partilhamos, compreendemos e por fim normalizamos traumas e fracassos passados. Contrariamente à opinião popular de que fãs são fracassados e solitários, encontrei uma comunidade inteligente e diversificada de pessoas — que apenas por acaso também calharam de ser fãs. Dentro dessa comunidade, encontrei muitas das coisas que, por ser psicóloga, aprendi que todos nós procuramos: validação, aceitação, autoexpressão, pertencimento.

Também encontrei uma comunidade rica em criatividade e tão distante do consumo desatento quanto se pode estar. Em vez disso, havia obras maravilhosas de *fan fiction*, *fanvids*, *mashups*, *fanarts*, fotografia e textos que rivalizavam com o que era publicado pelas academias. A paixão que era julgada de forma tão dura do lado de fora estava sendo canalizada em direção à expressão criativa e então partilhada com o resto da comunidade. De graça! Longe de serem patológicas, toda essa paixão, imaginação e autoexpressão pareciam mais saudáveis que o estado presente de muitos dos pacientes que via todos os dias. Indulgência na imaginação e na fantasia pode ser uma parte saudável e positiva da vida, e paixão é o que faz a vida valer a pena. Mostre-me alguém sem paixão e lhe mostrarei alguém com quem me preocupo.

Também me preocupo quando as pessoas se sentem isoladas e sozinhas. Todos nós precisamos sentir que pertencemos a algum lugar; é uma sobra dos primeiros dias da humanidade, quando ser expulso do grupo significava literalmente que você iria morrer. Quando nos sentimos sozinhos, esse pânico entranhado pela evolução desperta, junto a uma dose colossal de depressão. *Fandoms*, descobri, eram um antídoto. Dentro da comunidade global e diversificada de pessoas que compartilham uma paixão, fãs estabelecem relacionamentos e encontram aceitação. As normas para a autoexpressão são vastamente diferentes dentro de um *fandom*; há mais encorajamento para que seja genuíno, mesmo que quem você seja não seja exatamente o que mamãe e papai disseram que deveria ser. Quando se dá o salto e solta a voz, mostrando seu verdadeiro eu, a validação que se recebe de volta pode mudar sua vida.

Desenvolvimento de identidade, aceitação, validação. Um sistema de suporte, estímulo intelectual, criatividade. Acontece que ser fã de um programa de televisão pode ser a fonte de todas as coisas positivas e saudáveis que a psicologia diz precisarmos. Assistir ao programa de televisão favorito, com suas personagens familiares e queridas, pode, assim como um jantar em família, produzir as mesmas substâncias químicas que provocam uma boa sensação. Quando o que quer ou quem quer que idolatremos consegue sucesso, fãs experienciam uma onda de endorfina tão poderosa quanto os próprios jogadores de um time de esportes vencedor. Longe de ser insignificante e frívolo, os programas (e os times de esportes e filmes e livros e bandas e atores) que idolatramos são uma parte integral de nossa identidade, contribuindo para o autoconceito e a autoestima.

As histórias pessoais que fãs compartilham neste livro são exemplos da autoexpressão e das boas sensações que ser parte de um *fandom* — seja de um programa de televisão, de um filme, livro ou banda — torna possível. Elas são corajosas, inspiradoras e poderosas. Para muitos programas de televisão, a história acabaria por aí... mas não para *Supernatural.*

Pesquisas iniciais sobre *fandoms* descreveram (e patologizaram) o chamado "relacionamento parassocial" entre estrelas e fãs, uma referência à natureza de mão única deste relacionamento. O fã pode sentir como se conhecesse a celebridade, mas a celebridade não sabe que o fã existe. Não é assim quanto a *Supernatural.* Ao longo da última década, e além, o elenco — e roteiristas, produtores, diretores e equipe técnica — tem conhecido os fãs. Não só através de conversas pelo *Twitter* e *Facebook*, o que acontece com muitos programas, mas pessoalmente. *Supernatural* tem o calendário de convenções mais extenso de quaisquer programas de televisão na história. Ano passado, houve mais de vinte convenções de *Supernatural* ao redor do mundo. Isso é mais até do que *Star Trek* teve no auge das convenções do programa!

A relação recíproca que se desenvolveu como resultado disto é incomum. Raramente há um montante tão significativo de contato cara a cara entre fãs e "o talento", e não há nada que quebre mais barreiras e elimine estereótipos do que a interação com outro ser humano. Apesar de as convenções manterem limites e uma hierarquia celebridade/fã, os fãs e atores envolvidos acabaram por se conhecer mutuamente. Com esta familiaridade vêm confiança e respeito. A mesma coisa aconteceu *online*, enquanto fãs e atores interagiam no *Twitter*, *Facebook*, *Tumblr* e *Snapchat*. Os membros do elenco de *Supernatural* são incomuns, devido à extensão de suas vontades de interagir com fãs *online*, tanto em conversas sérias quanto em um senso de humor compartilhado. Este montante acima da média de contato em convenções e mídias sociais aproximou fãs e atores. Quando tanto o elenco quanto os fãs se chamam de SPNFamily, realmente levam isso a sério.

Este nível incomum de reciprocidade aumentou a capacidade do programa de influenciar seus fãs. Parte desta influência se encontra nos princípios do programa, nos quais roteiristas e produtores regularmente "falam com" fãs. *Supernatural* não se leva demasiadamente a sério, mas leva a sério a paixão de seus fãs; em "meta" episódios irônicos, *Supernatural* mostrou sua gratidão mesmo enquanto de forma afetuosa tirava sarro de *fandoms* e de si mesmo. Às vezes, essa influência pode ser vista nas comunicações diretas dos atores via redes sociais. Os protagonistas Jared Padalecki, Jensen Ackles e Misha Collins têm uma campanha imensamente bem sucedida de saúde mental que usa os mantras de suas personagens para encorajar fãs a se manterem esperançosos e vivos: "Always Keep Fighting". "You Are Not Alone". Um lembrete de que "I Am Enough", ou seja, "Eu sou suficiente". A campanha de caridade *Random Acts*, de Collins, uniu os fãs para gerar uma força em prol da bondade no mundo (e uma celebração de ser estranho, de manter o desafio do *fandom* à "normalidade", na gincana anual GISHWHES). Os membros do elenco Kim Rhodes e Briana Buckmaster espalham a mensagem de que está tudo bem em ser "Wayward AF"[2] com sua campanha de caridade.

O programa inspira os fãs. Os atores inspiram os fãs. A comunidade de fãs se apoia mutuamente. Mas nem mesmo isso é tudo.

Durante a última década pesquisando sobre *fandoms* e *Supernatural*, conheci dezenas de milhares de fãs. Fui testemunha de muitas histórias poderosas de fãs cujas vidas foram mudadas devido ao amor pelo programa e o apoio do *fandom*. Escutei uma história atrás da outra de como *Supernatural* mudou — e, em alguns casos, salvou — vidas. Fãs falaram sobre terem se encontrado na comunidade de fãs, redescoberto uma centelha de criatividade, encontrado a coragem para mudar de emprego, parceiro ou cidade, ou de deixar a casa pela primeira vez em anos. Para ficar e permanecer sóbrio, quando nada mais havia ajudado. Para deixar um culto para trás e começar a viver no mundo novamente. Para

2 N. T.: em tradução livre, "Rebelde para cacete".

permanecer vivo, ao decidir que não havia motivos para viver. Falaram sobre a paixão que sentiam por Sam, Dean e Castiel, e sobre como suas personagens preferidas os haviam inspirado a fazer todas estas coisas. Fiz que sim com a cabeça, porque compreendia. Afinal, eu também havia mudado.

Mas — pode chamar de visão de túnel de celebridades, ou excesso de leitura de artigos acadêmicos a respeito daquela história tola de "relacionamento parassocial" — eu nunca havia deixado de levar em consideração que o impacto poderia mudar vidas de forma igual nos dois lados da cerca. Há cerca de um ano, Jared Padalecki perguntou se eu estava planejando escrever outro livro sobre o programa. Disse que talvez, porque queria compartilhar todas aquelas histórias poderosas de fãs que havia escutado. Queria que o mundo soubesse que um programa de televisão pode ser uma força positiva, saudável e que provoca mudanças nas vidas das pessoas. Para minha surpresa, Jared disse que a vida dele também havia mudado — e ele queria partilhar sua história tanto quanto os fãs queriam partilhar as deles. Entrei em contato com outros atores de *Supernatural* que havia conhecido ao longo dos anos. Será que a vida deles também havia mudado devido a suas experiências no programa e com o *fandom*? A resposta foi um sim ressonante. De repente, este era um livro bastante diferente.

Nem todo programa de televisão provoca mudanças nas vidas dos atores que trabalham nele. Nenhum outro programa de televisão há anos no ar foi acompanhado por um empreendimento paralelo que colocara elenco e fãs em contato tão íntimo e tão regular. Em uma década de convenções frequentes e constantes conversas *online*, o elenco do programa havia sido afetado pelos fãs tanto quanto os fãs haviam sido por eles. Os textos de fãs neste livro deixam claras as muitas formas com que o programa tem provocado mudanças em suas vidas; os textos escritos pelos atores que dão vida ao programa fazem o mesmo.

Superficialmente, isso pode ser surpreendente. Às vezes esquecemos que "celebridades" também são pessoas, com as mesmas esperanças, medos e inseguranças de todos nós. Estamos todos procurando as mesmas coisas na vida: um espaço seguro onde possamos nos encontrar, um sistema de apoio quando temos medo de falhar. A liberdade de descobrir nossa própria identidade e celebrar nossa própria criatividade. Uma sensação de pertencimento e alguns bons amigos ao lado em nossa jornada na vida. A oportunidade de nos curarmos ao ajudarmos outros. Os atores se redefiniram dentro dos relacionamentos recíprocos da comunidade de fãs assim como os fãs o fizeram — e em duas ocasiões notáveis, um ator está vivo hoje por causa das conexões criadas através do programa e do *fandom*.

Uma das mensagens para se levar para casa deste livro é que talvez não sejamos tão diferentes assim, afinal de contas. Tanto fãs quanto atores, cada um deles escrevendo por si mesmo e sem nenhum conhecimento do que os outros estavam escrevendo, disseram exatamente as mesmas coisas. Como tantos de nós, fãs e atores batalharam igualmente com a suspeita incômoda de que não eram bons o bastante, de que eram diferentes. Esta sensação de diferença os havia mantido em silêncio durante todas as suas vidas, até que *Supernatural* e a aceitação da SPN-Family lhes deu coragem para confrontar essa insegurança. As fãs Karen Cooke e Laurena Aker e os atores Osric Chau, Kim Rhodes, Briana Buckmaster e Ruth Connell, todos eles encontraram suas vozes e ousaram falar e tentar coisas novas, mesmo que não fossem perfeitos. Como Kim Rhodes escreveu, "A verdade é que eu mostrei a um monte de estranhos a criatura partida, frágil, blasfema, esquisita e exageradamente enérgica que é meu coração, e eles disseram 'É!' e deixaram de ser estranhos. Encontrei a identidade que estivera buscando".

A mensagem de *Supernatural* de que está tudo bem em ser diferente, reforçada no âmbito da comunidade de fãs, tem ajudado muitos fãs a descobrir quem eles são — ou quem querem ser. Kim Prior e Sabrina Greenwood-Briggs confrontaram suas crises de identidade de frente dentro do lugar seguro do *fandom* e, com a inspiração das personagens de *Supernatural*, encontraram a coragem para se reinventarem e redescobrirem suas paixões. Os atores Matt Cohen e Gil McKinney também encontraram encorajamento dentro do *fandom* para serem eles mesmos. Como Matt escreve ao *fandom*, "Sou muito grato por vocês terem me permitido me encontrar".

A fã Lucy Schneider e o supervisor de efeitos especiais de *Supernatural*, Adam Williams, também descobriram quem realmente eram — e descobriram um ao outro. Os dois encontraram o amor à distância de dois continentes através de sua associação com *Supernatural*, e ousaram persegui-lo apesar das dificuldades.

O sistema internacional de apoio que é a SPNFamily tem sido, tanto para fãs quanto para o elenco, uma fonte de força. Uma sessão de fotos em uma convenção ajudou a fã Stacey Anderson a conseguir lidar com o luto após perder a mãe. A vida da fã Sheri Chen foi virada de cabeça para baixo com um diagnóstico de câncer; ela encontrou cura dentro do *fandom* de *Supernatural* e a inspiração para seguir adiante com a história do programa. Depois do diagnóstico de esclerose múltipla da atriz Rachel Miner, o *fandom* de *Supernatural* a ajudou a redescobrir um senso de propósito.

Uma das melhores formas de nos curarmos é ajudar os outros, e *Supernatural* tem frequentemente sido uma inspiração para fazer justamente isso. A fã Karla Truxall, devastada pelo suicídio do sobrinho, foi inspirada pela mensagem de *Supernatural* de nunca desistir para dar início ao *SPN Survivors*, que ajuda outros que estão oprimidos pela ansiedade e depressão. O ator Jim Beaver chama a oportunidade de retribuir de "o efeito *Supernatural*" e o considera o principal presente de sua vida pública.

As personagens ricamente construídas de *Supernatural*, que combateram demônios tanto literais quanto figurativos, são uma inspiração aos fãs para combaterem os próprios demônios. A fã Lydia Cyrus foi inspirada pela personagem Bobby Singer (interpretada por Jim Beaver), um companheiro que também sobreviveu a abusos, cuja recusa a permanecer em silêncio convenceu Lydia a confrontar seus próprios demônios — um "efeito *Supernatural*" tão poderoso quanto o que o próprio Jim Beaver experimentou. Claudine Hummel foi inspirada pela personagem de Castiel, um anjo marginalizado tanto no paraíso quanto na terra, e pelo ator que interpreta Castiel, Misha Collins. Seguindo seus passos, ao celebrar a "morte à normalidade" e a importância de atos aleatórios de gentileza, Claudine descobriu o poder de fazer a diferença através de dar aos outros.

Muitos fãs encontraram inspiração na personagem de Sam Winchester, interpretada por Jared Padalecki. Sam nunca sentiu que pertencia ao lugar em que estava, tanto com a família quanto com amigos, já que os Winchester mudavam constantemente de uma cidade para outra. Seus embates identitários e a subsequente queda na dependência, raiva e depressão são coisas contra as quais muitos fãs também lutam. A fã Hallie Bingaman foi tão inspirada que se tornou "sóbria por Sam". Enquanto se esforçava para manter a sobriedade, Hallie lembrava a si mesma que Sam também havia sido um dependente. Se ele conseguia passar pela desintoxicação e permanecer limpo, ela dizia para si mesma, ela também poderia. A fã Kristin Ludwig também se relacionava a Sam. Como ele, ela estava lutando contra as dúvidas sobre si mesma, junto a uma ansiedade paralisante. Seu mundo havia se estreitado até transformar-se em quatro paredes das quais tinha dificuldades de sair... até que a convenção de *Supernatural* foi à cidade. O desejo de conhecer Jared atropelou o pânico e Kristin se aventurou a sair, apesar do medo.

Não só um programa de televisão pode mudar vidas, como também pode salvá-las. Tanto fãs quanto atores dão créditos ao programa e ao *fandom* por literalmente tê-los ajudado a se manterem vivos. Após uma infância traumática em um culto repressivo, Breda Waite descobriu que a história dos Winchester lhe havia dado coragem para pensar em si mesma como um indivíduo. Breda e sua irmã dão créditos a *Supernatural* e a SPNFamily por salvarem suas vidas. O ator Rob Benedict sofreu um AVC enquanto estava em uma convenção, sobrevivendo apenas graças a suas relações com os companheiros que fazem parte do elenco. E, como muitos outros fãs, Rob se voltou para a SPNFamily em busca de apoio em sua jornada rumo à recuperação. A fã Burner Cade credita a *Supernatural* e Sam Winchester terem conseguido puxá-la de volta da beira de desesperança e convencê-la a seguir adiante. Planejando dar fim à própria vida, ela foi a uma convenção de *Supernatural* como última alegria. Lá, Jared Padalecki viu algo em seu rosto que outros haviam deixado passar, fazendo-lhe a pergunta que ninguém mais havia feito: "Você está bem?" Ela respondeu honestamente e, com o encorajamento dele, começou a lutar por si própria.

A fã Laurena Aker também encontrou inspiração na retratação de Sam feita por Jared e escreveu para lhe dizer isto. Meses depois, quando o próprio Jared estava enfrentando um período difícil, ler a carta de Laurena o ajudou a redescobrir um senso de propósito. Padalecki, a quem muitos fãs creditam ter mudado — ou salvado — *suas próprias* vidas, foi afetado pelo programa e pelo *fandom* exatamente do mesmo jeito. Ele compartilha suas batalhas contra a depressão e sua luta por autoaceitação. E, quando Jared estava em seu ponto mais baixo, foram os amigos e o apoio do *fandom* que o salvaram.

Adeus ao relacionamento parassocial de mão única. Adeus à ideia de que a televisão não pode oferecer nada aos fãs além de uma fuga transitória da realidade. Adeus à ideia de que ser um fã é algo negativo e perigoso. As histórias pessoais compartilhadas neste livro, tanto de fãs quanto de atores, deixam claro o potencial da televisão e de *fandoms* para proporcionar mudanças positivas através da inspiração, apoio, esperança e pertencimento.

Por mais improvável que isso soe, um programa de televisão pode realmente mudar vidas.

NO BANCO DO CARONA COM

JENSEN ACKLES

O quanto minha experiência em *Supernatural* e com o *fandom* de *Supernatural* me mudou? Muito.

Vou dar só um exemplo. Antes de *Supernatural*, a ideia de fazer uma reunião entre artistas e fãs — algo que faço toda hora em convenções, nas quais um pequeno grupo de cerca de vinte fãs me faz perguntas — teria me deixado maluco. Antes desta experiência, até mesmo em eventos de família, eu ficava ansioso. Lembro-me do casamento do meu irmão, quando tive que fazer um brinde, estava tão nervoso que minha boca estava seca. Não conseguia nem falar! Lembro de pensar, *O que está errado comigo?* Eu já era um ator profissional àquela altura, então não conseguia entender por que não conseguia simplesmente levantar e fazer um brinde. Era como o Bizarro Jensen!

O que acontece é que, na televisão, você tem um roteiro. Não é necessário ser você de verdade, quando se está atuando. Diferentemente daquela hora no casamento. Logo, isso já foi ruim o bastante. E então chegou a primeira cerimônia de premiação que tive que fazer. Estava tão nervoso que sentia como se fosse simplesmente apagar em cima do palco. Apesar de saber as falas — e elas estarem em um Teleprompter! Isso não importava. Estava me sentindo como se estivesse prestes a desmaiar apenas por tentar fazer isso.

Passando rapidamente para dez anos depois. *Supernatural*, e minha experiência com fãs durante convenções, mudou isso para mim. E isso por causa da interação entre nós. Acho que Jared — e todos os outros — diriam o mesmo. É por causa do fluxo de amor entre nós. Recebemos tanta energia de vocês. É um combustível. Essa troca de emoções entre nós é um combustível para mim. E essa emoção é genuína; é real. Isso faz toda a diferença.

Recentemente, Jared e eu apresentamos o Saturn Awards, e foi uma experiência completamente diferente da minha primeira cerimônia de premiação. Foi confortável, como se estivéssemos em uma convenção com todos vocês.

Ficamos tão confortáveis que saímos do roteiro e começamos a fazer piadas — até mesmo com o próprio William Shatner bem ao lado! O que temos com vocês, o *fandom*, foi transferido para o resto da minha vida. Esse conforto se espalhou. Sabe, não somos mais estranhos. Vocês não são estranhos para mim. É claro, todos nós somos *um pouco* estranhos — e pegamos pedacinhos de estranheza em cada um de nós e misturamos todos eles, todos nós, e é por isso que temos o relacionamento que temos.

Vocês são família. E vocês me mudaram.

ENCONTREI MINHA TRIBO

KAREN COOKE

Uma das minhas citações preferidas de todos os tempos é de *A fantástica fábrica de chocolate*, de Roald Dahl: "uma certa insensatez em um momento ou outro, é saboreada pelos homens mais doutos"[3]. Antes de descobrir um programinha chamado *Supernatural*, a pergunta do Coringa, "Por que tão sério?"[4], teria sido uma descrição mais adequada de mim.

Dou créditos às pessoas por trás de e em *Supernatural* por me inspirar a reinventar toda a minha perspectiva a respeito de trabalho, diversão e amizades. Tenho dificuldade para explicar à minha família e amigos não *Supernatural* exatamente o quanto este programa significa para mim. Meus atuais colegas de trabalho meio que entendem. Alguns deles assistem ao programa e realmente gostam. Nenhum deles é tão a fim dele quanto eu, mas eles *entendem*. E esse é outro presente que o programa me deu: um ambiente e colegas de trabalho que celebram e encorajam idiossincrasias e paixões.

A minha história não é extraordinária. Sei que muitos outros tiveram experiências mais intensas. Entretanto, foi através deste programa que descobri minha comunidade e redescobri minhas paixões. Encontrei uma forma de

3 N. T.: tradução livre.
4 N. T.: tradução livre.

transformar uma vida miserável de trabalho em um ambiente de apoio e afirmação da vida. Aprendi o que era liderança de verdade. Aprendi que diversão não é apenas para crianças e que é uma parte essencial da vida. Aprendi que está tudo bem em ser tolo. Meu envolvimento com este programa me ajudou a salvar minha sanidade e encontrar a felicidade.

Tenho trabalhado com TI durante a maior parte da minha vida profissional. Achei meu caminho em direção à TI porque era uma *nerd*. Cresci com computadores em casa, nos anos antes de computadores virarem coisas comuns. Era uma garota durante um período em que garotas não deviam gostar de tecnologia e ficção científica, mas adorava os dois. Também adorava desenhar e tirar fotografias. Embora a maior parte disso se encaixasse com meus pais e meus dois irmãos, eu era a única garota da família e todas as garotas que conhecia estavam mais interessadas em brincar com *Barbies* do que de *Star Trek*. E, quando mais velhas, estavam mais interessadas em maquiagem, bailes escolares e garotos do que em computadores, teatro/filmes/TV e arte. Eu me ajustei e não partilhei minhas paixões internas com muitas pessoas. Depois da escola, encontrei meu nicho profissional na TI e brilhei. Casei e tive filhos. Gradualmente, passei para posições de gerenciamento e adotei uma personagem estereotípica como profissional de negócios.

Ao longo de vinte anos, havia lentamente me convencido de que era uma pessoa que não era. Havia me feito de boba para pensar que meu amor de infância e juventude pela ficção científica e meus outros interesses por teatro, filmes, TV, fotografia e arte eram uma fase que havia passado com a maturidade. Arte e fotografia eram formas divertidas de passar uma hora aqui e ali, mas a vida era séria e eu tinha responsabilidades com meu ambiente de trabalho e minha família. Notaram a ordem ali? Essa era a vida que havia criado para mim. Trabalho e então família — e nada mais.

Como um sapo numa panela de água fervendo aos poucos, não percebi o quão pouco saudável minha vida havia se tornado até os anos de 2006 a 2008. Meu ambiente de trabalho, no qual havia investido tempo e meu próprio valor de forma exagerada, havia se tornado tóxico. Estava na companhia há mais de vinte anos e havia sido um ambiente maravilhoso de se trabalhar, voltado para as pessoas. Entretanto, devido a mudanças na liderança executiva, mudanças na indústria e a recessão iminente, o ambiente de trabalho havia se tornado mais focado no lucro máximo do que nas pessoas. Era esperado que trabalhássemos por períodos extremos de tempo, sem nenhuma remuneração extra (éramos assalariados) e mesmo doentes. O ambiente se tornou punitivo. Erros não eram tolerados e sucessos não eram plenamente reconhecidos. Parecia que as pessoas estavam funcionando através do medo ou da competitividade. Aprendemos a não confiar em nossos colegas. Aprendemos a não confiar em nossos líderes. Acho que aprendemos até a não confiar em nós mesmos. A toxicidade era penetrante e infectava até mesmo os melhores de nós de uma forma que todos nós perpetuávamos. Aprendi a colocar uma máscara ainda mais falsa para conseguir sobreviver. Comecei a, toda manhã, combater pensamentos internos de ódio a mim mesma e a ficar aterrorizada por ter que ir trabalhar.

Sou introvertida. Prefiro ter poucos amigos muito próximos a um grande grupo de conhecidos. Ao investir mais tempo e mais de mim mesma no trabalho, perdi o contato com esses amigos. Meu marido e meus filhos, e minha pequena família estendida, eram meu único apoio naquela época. Eles são maravilhosos. Meu marido é minha base de apoio, minha rocha fundamental. Mas minhas responsabilidades com relação a este ambiente tóxico de trabalho estavam sugando minha energia vital, enquanto continuava a cair na ladainha de que o trabalho era um lugar sério e não de amizades. Estava tendo problemas para confiar em qualquer pessoa no trabalho, chegando cada vez mais perto de um ponto de ruptura. Não estava sendo autêntica comigo mesma nem com os outros, e nem mesmo havia percebido isso naquele tempo. A toxicidade estava ameaçando minha crença em mim mesma, e não fazia mais nenhuma ideia de quem eu era.

A cada manhã, quando acordava, visualizava a personagem de Joe Gideon em *O show tem que continuar*, que se preparava para o dia olhando para o espelho e exclamando, com voz irônica e subtons de tristeza, "É hora do *show*!" Literalmente dizia isso para mim mesma toda manhã. Todo dia me sentia mais e mais encurralada em um emprego que estava se transformando em um pesadelo. Havia seguido todas as regras dos livros de negócios, mas elas pareciam cada vez mais distantes de mim. A dissonância na minha alma estava me matando. Ficava constantemente doente. Perdi a conta de quantas vezes tive crises de bronquite crônica que duravam o mês inteiro. Ganhei peso. Desenvolvi artrite.

Então, durante este período sombrio no trabalho, esbarrei no *fandom* de *Supernatural*. Um dia, em 2006, me deparei com esta declaração no *blog* de alguém: "Observei os lábios de Jensen Ackles ontem à noite. Parece que tem uma espécie de espetáculo em volta deles. Hã".

Gargalhei. Não fazia ideia de quem era Jensen Ackles ou que programa de TV era esse, mas aquele *post* curto me fez tantas cócegas que precisei descobrir.

Tinha parado de assistir a muitos programas de TV. Assistia talvez a um filme por ano. Estava ocupada. Muito a fazer no meu mundo sério. Mas aquele gracejo *online* me havia feito gargalhar, e eu raramente gargalhava naquela época. Procurei por "Jensen Ackles" no Google e descobri que ele estava em um programa chamado *Supernatural*. Acabei pegando DVDs da primeira temporada, e meu marido e eu atravessamos a temporada inteira em questão de dias. Ainda estava no meu modo extremamente infeliz e viciado em trabalho e cumprindo cargas de sessenta horas semanais, enquanto também ia a aulas para pegar meu diploma universitário bastante atrasado. Aceitei tudo isso como parte de ser uma adulta responsável. Mas gostei de passar as noites com meu marido assistindo a este programa às vezes exagerado, mas muito cativante. Meu marido adorou o *rock* clássico, os carros clássicos e a atitude de Dean. Eu adorei a devoção dos irmãos e seu relacionamento conturbado. E a química entre os dois atores era hipnotizante.

Ainda consigo lembrar vividamente a noite em que assistimos ao episódio "Fé". "Don't fear the Reaper", do Blue Oyster Cult, fantasticamente entrelaçado à trama do ceifador. Sam fazendo de tudo para salvar o irmão. Dean se angustiando com o fato de alguém perder a vida para que Dean pudesse viver. Entrei na internet logo depois de assistir para fazer o *download* de "Don't fear the Reaper", e a coloquei para tocar repetidamente ao longo dos vários dias seguintes — sempre revivendo (e às vezes reassistindo) aquela cena de "Fé". Quando assistimos ao último episódio da primeira temporada, estava fisgada.

Procurei mais informações sobre o programa *online*. Naquela época, não estava buscando uma comunidade; não tinha nenhuma suspeita de que havia um vazio imenso em minha vida. O que encontrei foi o *fandom*. Encontrei e li *fanfics*. Havia vídeos fantásticos feitos por fãs que guardei como se fossem pepitas de ouro. O trabalho artístico era espantoso. Passei horas decifrando e aprendendo a linguagem e os termos especiais usados no *fandom*. Li a respeito da história do *fandom*. Naquela época, o *fandom online* ainda era um ambiente restrito. A maior parte das pessoas *normais* não sabia que existia. *Fanfics*, que já existiam há décadas, ainda estavam bastante à margem e não se conversava a respeito disso fora do *fandom*. Não se conversava a respeito do *fandom* fora do *fandom*. As pessoas usavam pseudônimos. "Desmascarar" alguém como fã era um crime que fazia o *fandom* cair em cima de quem quer que cruzasse esse limite.

Trouxe uma amiga próxima para o programa, e juntas ficamos obcecadas por episódios e lemos reações de fãs *online*. Em geral, não falávamos a respeito do *fandom* com nossas famílias ou amigos da vida real. Mas começamos a interagir com outros fãs neste ambiente protegido e seguro.

Descobrimos que havia outros exatamente como nós. Pessoas que haviam sempre se sentido à margem. Como se não pertencessem a lugar nenhum. Como se fossem *outros*. Como nós, alguns deles haviam adotado personagens na vida real. Alguns hasteavam suas bandeiras de *outro* com barulho e orgulho. Outros ainda sofriam em silêncio, sem conseguir se adaptar ao mundo real nem exibir seu caráter de *outro*. Minha amiga e eu começamos a nos sentir seguras ao expressar uma parte de nós mesmas que havíamos escondido profundamente — no meu caso, tão fundo que realmente pensava que era uma fase infantil que havia superado há tempos. Depois que um episódio ia ao ar, ríamos e/ou nos angustiávamos *online* com o *fandom*. Passávamos horas no telefone, durante almoços, encontros de família, conversando sobre o programa e o *fandom*. Aos poucos, começamos a deixar nossas famílias por dentro do nosso segredo.

Enquanto descascava as camadas do programa e seu *fandom*, estava começando a sentir algo especial quanto a isso. Durante toda a minha vida, sempre fui uma fã de histórias, mas havia algo a respeito da convergência da história de Sam e Dean; de Jared e Jensen (individualmente e, ainda mais especialmente, juntos); de Eric Kripke, Kim Manners e Bob Singer; do local de filmagens longe de Hollywood; da equipe, dos escritores e do resto do elenco; e do *fandom*. Tudo isso se fundia no terreno fértil da internet para criar esta tempestade perfeita que era o programa.

Minha amiga e eu levamos em consideração ir de avião a Dallas no verão de 2007 para ver Jensen aparecer em *Questão de honra*. Mas, suspiramos, não havia forma nenhuma de justificarmos o tempo e o dinheiro que gastaríamos para ir a Dallas ver uma peça de teatro comunitário só porque um ator de que gostávamos estava se apresentando nela. Imagine dizermos para nossas famílias que estávamos "indo a Dallas para ver Jensen Ackles em uma peça". A resposta deles seria sem dúvida um confuso "Quem? Quê?... Por quê?" Então, não ia rolar.

Então lemos relatos de fãs sobre a primeira convenção de *Supernatural*, no final de 2007. Assistimos a alguns vídeos clandestinos. Ah, como aquilo parecia divertido! Mas não para nós. Éramos adultas maduras, com responsabilidades. Então uma convenção em Los Angeles foi anunciada, aconteceria na primavera de 2008. Conversamos entusiasmadas pelo telefone. Deveríamos? Ousaríamos? Está tão perto. Céus, por que não? Vamos fazer isto só uma vez e tirá-lo do nosso sistema.

Ir àquela primeira convenção de *Supernatural* foi como tomar uma dose de pura felicidade.

Geralmente, não gosto de multidões. Na minha profissão, tenho que criar redes de contatos, falar em frente a grupos e liderar reuniões complexas com muitos participantes. E sou boa nisso. Mas, por ser introvertida, é algo que me suga. Minha primeira convenção *Supernatural*, em vez de me sugar, me deixou tão energizada e vertiginosa que, quando minha filha pegou minha amiga e eu no aeroporto depois dessa primeira convenção, ela estava estupefata. Sentamos no banco de trás gargalhando e soltando risadinhas, como se estivéssemos chapadas. Duvido que minha filha tivesse me visto daquele jeito antes. E, quando voltei para o trabalho, meus colegas queriam saber que droga estava usando.

Naquela primeira convenção, podíamos nos virar para qualquer um lá e nos sentir conectadas. Vínhamos de países diferentes, com histórias diferentes, faixas etárias diferentes, situações pessoais diferentes, mas nos conectávamos. Com todo mundo. Nunca havia passado por uma experiência como aquela. A energia positiva estava vazando pelo teto. Um grupo de amigos fãs, que havíamos acabado de conhecer, se juntou em um quarto de hotel e conversamos sobre o programa. Rimos. Nos angustiamos. Compartilhamos informações sobre o programa e sobre nós mesmos. Durante os painéis da convenção, as sessões de fotos, autógrafos e outros eventos, conhecemos uma parte do elenco. Nos primeiros anos das convenções, às vezes as interações entre elenco e fãs eram esquisitas. Ainda não sabíamos como atravessar aquele *limite* dentro do qual todos nós estávamos operando. O limite que diz que o *fandom* é separado. O *fandom* e a fonte não se misturam. Mas nós *de fato* nos misturamos. E, aos poucos, começamos a nos conhecer, a confiar um no outro e a gostar um do outro.

Minha amiga e eu sabíamos que iríamos a outra convenção. Talvez só mais uma. Afinal, por quanto tempo o programa poderia continuar? Provavelmente não duraria mais que dois ou três anos. Isso foi em 2008. Agora, oito anos e muitas convenções depois, o programa e o *fandom* estão continuando mais fortes do que nunca. E fui a tantas convenções que perdi a conta.

Enquanto meu envolvimento com o *fandom* crescia, aprendi mais sobre o ambiente de trabalho conduzido pelo diretor e produtor executivo de *Supernatural*, Kim Manners. Descobri que Kim dizia: "Passamos tempo demais juntos para não aproveitarmos a companhia um do outro". Li sobre a camaradagem e a leveza no estúdio. Como trabalhavam por longas e duras horas e faziam um trabalho de qualidade, enquanto ainda apoiavam um ao outro e se divertiam. Isso era tudo que eu não tinha no trabalho. Bem, tinha as horas longas, mas não a conexão, diversão ou apoio.

Deixei meu trabalho tóxico no final de 2008. Nos despedimos com o entendimento tácito de que éramos incompatíveis. Tive sorte então de ter a possibilidade de não trabalhar por um ano para me focar em curar meu corpo e espírito. Também comecei a criar uma imagem do que queria no meu próximo trabalho. Havia me convencido de que ambientes de trabalho que se importavam com as pessoas que trabalhavam lá não existiam mais. Mas, enquanto descobria mais sobre as pessoas que faziam *Supernatural*, comecei a entender que ambientes de trabalho saudáveis e felizes podiam existir e existiam. Comecei a pensar sobre o que queria em um ambiente de trabalho. Queria o que as pessoas que trabalhavam em *Supernatural* tinham: um ambiente de apoio, divertido e que possibilitasse conexões. Aprendi o que era liderança de verdade com as pessoas que fazem este programa. Queria ser uma líder como Kim Manners. E como Jensen e Jared, que, como estava descobrindo, eram claramente peças-chave no que diz respeito a dar a tonalidade de seu ambiente de trabalho.

Quando encontrei meu novo trabalho, no final de 2009, fiz um cartaz no qual se via Kim Manners e membros do elenco e da equipe com a legenda, "O que Kim faria?" e "Matar a pau".

Esse cartaz ainda está na parede do meu escritório. Olho para ele sempre que tenho dúvidas de como manter um ambiente de trabalho positivo, quando quero me lembrar de como conduzir pessoas a trabalhar duro ao mesmo tempo em que os apoio e eles se divertem. Não posso expressar como sou grata a este programa de TV e a todas as pessoas que o fazem por me ensinar que era possível ter e criar um ambiente de trabalho acolhedor.

Mudar minhas ideias de liderança e do que um ambiente de trabalho deveria ser não foi a única coisa que *Supernatural* fez por mim. Ele também mudou minhas ideias a respeito do que eu era capaz profissionalmente. Enquanto continuava a frequentar convenções, vi as fotos tiradas por fãs. Havia amado fotografia durante toda a minha vida. Mas fotografia era cara e frívola. Quando meus filhos eram novos, tinha a desculpa de tirar fotos deles enquanto cresciam. Mas meus dias de fotógrafa estavam mais ou menos terminados no tempo em que havia comparecido à minha primeira convenção. Enquanto passava pela experiência daquela convenção, estava *me coçando* para capturar em imagens o que estava vivenciando. Era como se fosse uma coisa física. *Precisava* fotografá-la. Havia levado uma pequena câmera e tirado algumas fotos realmente horríveis. Fiquei frustrada para burro.

Comecei a estudar as fotos de outros fãs. Comecei a pesquisar câmeras digitais. Minha amiga e eu nos inscrevemos para nossa próxima convenção, o que nos levou a mais convenções. Cedi e comprei uma câmera DSLR usada. A cada convenção, tirava centenas de fotos. Estudava as fotos de outros fãs. Fazia cursos *online*. Fazia cursos presenciais. Tirava *muito* mais fotos. Minha paixão pela fotografia havia redespertado. Queria fotografar tudo. Cada painel em cada convenção me dava centenas de chances de cometer erros e aprender com eles. E a cada convenção ficava melhor. Era uma das situações mais desafiadoras para se tirar fotos, e era fantástico para afiar habilidades fotográficas. Enquanto minha habilidade aumentava, comecei a pensar em fazer isso como algo além de um passatempo. Comecei a fotografar casamentos e fazer retratos. Em 2012, transformei isso em um negócio oficial. Estava e ainda estou em meu emprego durante o dia, mas vivo pela fotografia. E não teria isso se não fosse este programa. De novo, com uma gratidão inexpressável.

Adoro a prática do *fandom* de partilhar conteúdo gratuitamente. Coloquei todas as minhas fotos disponíveis *online* para qualquer um ver ou usar para *fanarts*. Através das minhas fotos, minhas amizades no *fandom* aumentaram. Agora, tenho amigos por todo o mundo. E não só amigos com quem converso *online*. Pessoas que conheci na vida real, com as quais passei dias e noites. Amigos

Jared usando chifres de alce de um fã de convenções de primeira viagem, BurCon, 2013.

Esquerda: Jensen rockstar, VanCon 2015.
Direita: Jensen e Bob Singer, Jus in Bello, 2015.

Primeiro tweet de Jensen, VanCon, 2014.

que vieram de outros países, conheceram minha família e ficaram conosco. Não usamos mais pseudônimos. Agora conhecemos um ao outro. *Fangirls*, das quais costumava ser uma *fangirl*, são agora minhas amigas.

Então, depois de alguns anos, alguém se aproximou de mim em uma convenção como uma *fangirl* minha. Uma *fangirl minha*. Eu fiquei espantada. De verdade. Então aconteceu de novo. E de novo. O número de visualizações das minhas fotos *online* estava se aproximando de dez milhões. Dez. Milhões. É sério? Perguntaram para mim se permitiria que algumas de minhas fotos fossem incluídas no livro *Fangasm*. Fiquei emocionada. Pude sentar em uma entrevista com um membro do elenco e tirar fotos. Sem palavras.

Eu não assisto mais a este programa. Eu estou *envolvida* com o programa. Intrinsecamente envolvida. Agora, estou envolvida há mais de dez anos. Outro dia, minha mãe observou que não parecia mais que eu estava envolvida com a história. Estava mais envolvida com as pessoas que faziam a história. "Definitivamente, sim", disse para ela. Agora, este programa representa tanto do que eu quero na vida. Obviamente, não as vidas de Sam e Dean, mas o que descobri sobre o elenco e a equipe. Aprender sobre a forma como trabalhavam me inspirou de muitas formas. Descobrir como apoiavam um ao outro e como aproveitavam a companhia um do outro. Foi Jared quem, algum tempo depois, cunhou o termo "SPNFamily", e era a SPNFamily ainda sem nome com a qual eu estava envolvida.

E me encontrei de novo.

Fiquei chocada por descobrir que o que via como uma "fase de criança" de ser uma *nerd* da ficção científica e uma artista, a qual pensava ter ultrapassado, era, na verdade, *eu*. Eu havia me perdido. Eu não era meramente uma gerente de projetos ou programação, uma esposa ou uma mãe. Era uma artista. Era uma fotógrafa. Era uma amante de contar histórias e de história. Adorava tecnologia e, sim, adorava ser uma gerente de programação de TI, mas adorava isso através desse papel em que poderia apoiar e encorajar as pessoas a crescer. Era uma líder. Foi através deste programa que *me* encontrei de novo e encontrei uma comunidade.

Encontrei minha tribo.

O EFEITO *SUPERNATURAL*

JIM BEAVER

Na época em que fiquei sabendo pela primeira vez de algo substantivo sobre a série de TV *Supernatural*, ela estava no ar há vários meses. Por prestar alguma atenção ao que minha indústria está produzindo, conhecia o nome do programa e tinha uma vaga sensação de que era a respeito de uma dupla de jovens garotões empenhados em combater seres fantásticos. Isso era tudo. Um conceito destes não me interessou nem um pouco. Nunca me interessei particularmente por filmes e programas de horror e fantasia. Cresci com o programa de TV *Aventuras do Super-Homem*, mas mesmo as coisas de super-heróis haviam há muito desaparecido do meu radar. Eu preferia (e prefiro) dramas diretos, sem fantasmas ou demônios, *bat*-pessoas ou buracos de minhoca.

Nada disso mudou quando fui contratado para fazer um episódio de *Supernatural*, interpretando um caçador de demônios chamado Bobby (ele só ganharia o Singer um tempo depois). O papel era muito divertido, o tipo de cara que adoro interpretar: durão, mas sensível, forte, mas pensativo, rude, mas adorável. Não entendi nem me importei muito com aquela história toda de exorcismo de demônios que fizemos naquele primeiro episódio, e, embora atores sempre tenham esperanças de que seus papeis sejam repetidos uma, duas ou sessenta vezes durante o curso de um seriado, eu não tinha nenhuma expectativa de que este fosse um desses e nenhum desejo especial de revisitar este programa em particular. Havia acabado de sair da melhor experiência da minha vida profissional, como uma das personagens principais no que ainda acredito ser o melhor programa de TV da história, *Deadwood*, da HBO. Meus planos estavam voltados para bem alto. De jeito nenhum este programa voltado para garotas adolescentes, uma mistura de *Rota 66* com Drácula, era o que esperava vir em seguida de *Deadwood*.

O único elemento do programa que instantaneamente me atraiu, entretanto, mesmo antes de ver o episódio que gravamos ("Armadilha do diabo"), foram as pessoas que faziam o programa. Os dois jovens que estavam no centro da história eram interpretados não por simples garotões, mas por atores calorosos, decentes, gregários e amplamente receptivos (que também calhavam de ser muito bons). Acontece vezes o bastante para ser um clichê o caso de jovens e belos galãs que povoam um certo tipo de programas preferidos da audiência serem uns babacas sem cabeça. Defendo muito os atores e sei que a vasta maioria deles é composta por seres humanos maravilhosos e generosos, mas até mesmo eu tinha experiência suficiente para saber que muitos dos garotos bonitos de programas da espécie de *Melrose Place* eram pessoas que preferiria evitar. A verdade era completamente o oposto em *Supernatural*.

Havia conhecido Jensen Ackles anos antes, quando nós dois estávamos em *Days of Our Lives* (ele como fixo e eu como um padre que só aparecia quando alguém ia dessa para melhor ou se casava — ou ambos). Muito provavelmente, eu nunca havia conversado com ele naqueles dias e não acho que ele se lembrava de mim. Mas não precisei de algo para quebrar o gelo com Jensen. Ele era a hospitalidade em pessoa, assim como Jared Padalecki, que era um total desconhecido para mim. Outro clichê da televisão é que a atmosfera do estúdio vem de cima para baixo, querendo dizer que, se os protagonistas são idiotas, ninguém abaixo na cadeia alimentar vai ser feliz. O estúdio de *Supernatural* é o mais feliz em que já trabalhei. Faça as contas.

Esta mesma felicidade permeou a equipe, que era igualmente hospitaleira e de espírito generoso. Ser um artista convidado em um programa frequentemente é como vagar por uma festa em que não se conhece ninguém, mas todo o resto se conhece bem. Participei de programas nos quais ninguém falava comigo exceto a respeito do trabalho em que estávamos empenhados. Tive papeis recorrentes em programas nos quais, mesmo após vários episódios, ainda me sentia como um estranho. Mais do que qualquer outro programa em que estive, *Supernatural* era como ir acampar com todos os meus melhores amigos — até naquele primeiro episódio. Fui pego de surpresa pela gentileza e simpatia de todos que conheci.

Isso não é algo pequeno. A tarefa de um ator é, com mais frequência que o contrário, ser incrivelmente vulnerável, parecer bobo, compassivo, egoísta ou desprezível em frente a um monte de pessoas que talvez não conheça. Rosalind Russel disse: "Atuar é levantar-se pelada e dar uma volta bem devagar". Logo, se a equipe ou as outras pessoas do elenco são distantes, antipáticos ou até mesmo hostis, o trabalho de revelar as verdadeiras fraquezas e humanidade da personagem se torna bem mais difícil. *Supernatural* é provavelmente o lugar mais fácil de trabalhar que já encontrei. Todos são completamente solidários.

Kim Manners dirigiu meu primeiro episódio. Havia conhecido Kim vários anos antes, em um episódio de *Arquivo X*, e havia aproveitado muito aquela experiência. Ele era, apesar dos pouquíssimos anos em que o conhecia, a combinação consumada de excelência em direção: amigável, firme, extraordinariamente talentoso e infinitamente paciente, mesmo quando estava impaciente. O criador do programa, Eric Kripke, por acaso também estava no estúdio durante meu primeiro episódio e, embora só o tenha conhecido bem depois, quando me tornei um participante mais frequente do programa, achei que ele era outro exemplo da hospitalidade amigável que permeava o estúdio de cima para baixo. E o produtor executivo, Bob Singer — a causa, para seu pesar, do nome da minha personagem —, era um velho amigo de *Reasonable Doubts*, programa que havíamos feito uma década antes.

Não fazia nenhuma ideia de que iria voltar para interpretar Bobby de novo, mas ficaria feliz por fazê-lo, e a equipe era encorajadora: "Nós não matamos você. Isso é um bom sinal!" Quando voltei para o primeiro episódio da segunda temporada, nada havia mudado. Ainda era um lugar caloroso e receptivo de se estar. Nos quase sessenta episódios e onze temporadas (até agora) desde então, ainda é.

Supernatural exerceu um efeito enorme em mim, mesmo se se contarem apenas as amizades que ganhei ao trabalhar no programa. O número de pessoas do programa que considero amigos pessoais é notável. Atores normalmente se juntam a atores, o que é, sem dúvida, natural, devido à proximidade com que trabalhamos e a quão único é nosso foco. Mas em *Supernatural* me deparei com amigos do peito em meio ao elenco e a equipe. Não quero dar a entender que essas coisas nunca aconteceram em outros programas. Mas o imenso número de amizades que fiz no estúdio de *Supernatural* é, para mim, notável.

Depois do meu segundo episódio ("Na hora da minha morte"), não ouvi nada dos produtores de *Supernatural* por um longo período de tempo, e o programa foi desaparecendo da minha consciência. É bastante aconselhável a atores que se concentrem no que está acontecendo no momento e não fiquem conjecturando muito a respeito do que pode acontecer algum dia. Mas, pouco depois do meio da segunda temporada, fui chamado de novo para fazer mais quatro episódios. Era uma época complicada, porque ao longo daquele ano estava aparecendo recorrentemente em outros quatro programas e mal sabia que personagem estava interpretando em qualquer dia específico. Embora tenha ficado claro que eu estava me tornando um pouco mais importante para a fábula épica de *Supernatural*, eu não tinha nenhuma sensação de que qualquer um que estivesse *assistindo* ao programa soubesse quem eu era ou se importasse com isso, ou que tivesse qualquer interesse em ver mais a respeito da personagem. A resposta da audiência à personagem só se revelou aos poucos, enquanto os programas que havíamos gravado para a segunda metade da segunda temporada começavam a ir ao ar.

Durante o tempo em que trabalhei pela primeira vez em *Supernatural*, comecei a entender o fenômeno conhecido como mídias sociais. Quanto mais olhava para esta nova forma de comunicação, mais percebia que tinha que tomar uma decisão: me engajar completa e abertamente ou, como muitos atores que têm qualquer perfil público, me agachar dentro de um abrigo antiaéreo e erguer uma parede em volta de mim para me manter distante dos olhares que visavam se alimentar da minha vida. Apenas cerca de dois anos antes, durante um período de tragédia pessoal, havia descoberto a dádiva maravilhosa de ser tão aberto quanto pudesse ser, e decidi que qualquer um que pensasse que eu era interessante o bastante para interagir comigo deveria poder fazer isso. Decidi não me esconder e conversar com qualquer um que viesse até mim. Agora, na época em que estava chegando a esta decisão, tinha alguns poucos seguidores de *Deadwood*, mas era praticamente desconhecido fora isso, e não parecia um ato de muita bravura escancarar meus portões virtuais. Dentro do período de mais um ano, porém, tudo isso mudaria.

Na época em que comecei a gravar o primeiro episódio da terceira temporada ("Os sete magníficos"), estava começando a perceber que essa coisa de *Supernatural* tinha um alcance de verdade. As pessoas estavam assistindo a este programa! Pessoas de verdade, pessoas que se deparavam comigo no *Facebook* ou *Twitter* e queriam me dizer o que pensavam do programa, de mim e da minha personagem. Isso era novo para mim, e não só para mim. Antes da revolução das mídias sociais, quase nunca atores tinham contato com a massa das pessoas que assistiam a seus trabalhos. É claro, as pessoas podiam passar na porta de um palco depois de uma peça, ou esbarrar com Ted Danson no supermercado. E havia correspondência de fãs, algumas das quais eram realmente recebidas e lidas pelo ator em questão. Mas o conceito de escutar, em tempo real, centenas ou milhares de pessoas que sabiam citar suas próprias falas melhor que você mesmo, que queriam saber por que você usou um boné em um episódio e não em outro, que queriam saber qual era seu livro preferido, ou a comida ou a posição sexual, ou que apenas queriam dizer um "Oi" e torcer para receberem um "Oi" de volta — isso tudo era novo, e era ao mesmo tempo empolgante e assustador.

Decidi razoavelmente cedo ser eu mesmo até onde pudesse: conversar sobre as coisas que eram importantes para mim, compartilhar as coisas que me interessavam, e não me esconder por timidez de coisas que poderiam me custar fãs (como fãs que discordavam de mim frequentemente me alertavam que poderia acontecer). Levei uma longa vida para perceber a importância da autenticidade, e ainda batalho com isso às vezes, mas a grande audiência que se abriu para *mim* me provou que havia estado certo ao tomar aquela decisão. Mas, apesar do efeito extraordinário que interagir *online* com o *fandom* de *Supernatural* exerceu em mim, nada me preparou para conhecer todos eles (ou pelo menos era o que parecia) *pessoalmente.*

Ouvi falar das aparições em convenções de fãs que Jared e Jensen estavam fazendo. Sabia um pouco a respeito de convenções de fãs, porque havia acompanhado ocasionalmente minha última esposa, Cecily Adams (que havia interpretado a mãe de Quark, Ishka ["Moogie"], em *Star Trek: Deep Space Nine*), em suas aparições nas convenções de *Star Trek.* Quando terminamos de gravar a terceira temporada, recebi meu primeiro convite para uma convenção *Supernatural.* Aconteceu em abril de 2008, em Orlando, Flórida. A última convenção de fãs à qual havia comparecido com minha esposa fora em uma pequena loja de quadrinhos em Bolonha, na Itália, e cerca de vinte fãs apareceram. Então fiquei completamente espantado com o público em Orlando. Para um cara que havia passado trinta e seis anos atuando sem ninguém prestar nenhuma atenção em particular, entrar no salão do EyeCon me provocou a sensação de ter reencarnado Elvis. Foi extraordinário, muito emocionante e gratificante.

Em alguns sentidos, essa primeira convenção também foi a mais importante da qual participei, porque foi lá que realmente conheci quem era nossa audiência. Primeiro, já que os eventos de *Star Trek* aos quais fora com Cecily eram dominados por fãs homens, fiquei embasbacado na Flórida com a ausência quase total de testosterona. Acho que contei quatro ou cinco homens dentre o público. Por um longo tempo, isto me passou a impressão de que apenas mulheres assistiam a *Supernatural*. Levei bastante tempo para perceber que não, muitos homens assistem a *Supernatural*. Mas principalmente mulheres comparecem às convenções. Pelo menos os números estão arrasadoramente a favor delas. (Eu não me importo com isso. Não me importo nem um pouco).

O calor com que fui tratado naquela primeira convenção e na subsequente me surpreendeu. Acho que não havia percebido em que ponto a personagem de Bobby havia tocado a audiência, nem estava preparado para a afeição que mostraram ao camarada que o interpretava. A convenção foi pequena o bastante para que pudesse me misturar aos fãs entre eventos e passar horas junto com eles durante as noites. Naquele final de semana, fiz amigos que ainda são partes vitais da minha vida — amigos queridos e aos quais dou muito valor.

Também aprendi muito sobre como os fãs se sentiam a respeito do programa. A revelação mais surpreendente foi quando alguém me disse que assistia ao programa mais por causa dos relacionamentos, *que assistiria a* Supernatural *mesmo se não tivesse nenhum monstro*. Isso foi dito para mim em meio a uma multidão, e perguntei: "Sério?" Quase em uníssono, a multidão gritou, "É! Com certeza!" O efeito desta informação em mim foi notável. Ela me fez entender que os aspectos do programa que não teriam me interessado como espectador (as partes sobrenaturais) eram apenas a cereja do bolo para aqueles fãs. Me fez perceber que eu *estava* fazendo um drama direto como o gênero que preferia, que estávamos contando fábulas humanas que ressoavam nos corações dos espectadores e não só em suas zonas de arrepios. Sempre havia levado minha personagem a sério — não há nenhuma outra forma de se atuar bem além de acreditar no cara que se está interpretando —, mas pela primeira vez senti como se estivesse fazendo algo com valor de verdade, e não um simples passatempo. Fui a dezenas de convenções de fãs desde 2008, e esta impressão foi reforçada a cada um destes eventos.

O último efeito verdadeiro e duradouro de *Supernatural* na minha vida, além das amizades e dos *insights*, foi a percepção de que, através da vasta comunidade de fãs deste programa, posso causar um enorme efeito para o bem. As mídias sociais foram de valor inestimável para isto. Alguns anos atrás, uma pessoa da equipe de *Supernatural* me pediu para fazer um *tweet* sobre o projeto de caridade de câncer que ela estava apoiando. Por ter perdido tanto minha esposa

quanto meu querido amigo Kim Manners para a doença nos últimos anos, eu estava mais do que disposto a fazer tudo que pudesse, e Deus sabe que um simples *tweet* não é algo difícil de se fazer. O que me chocou foi que, dentro de uma ou duas horas após ter feito o *tweet*, o painel de acompanhamento do projeto saltou para milhares de dólares. Comecei a perceber que talvez não tivesse sido colocado nesta posição notável e maravilhosa simplesmente para fazer o que amo (atuar) e conhecer fãs adoráveis. Talvez estivesse aqui para fazer a diferença, e para fazer essa diferença ajudando a gigantesca base de fãs de *Supernatural* a fazer a diferença.

Desde então, venho tentando (sensatamente) unir a família *Supernatural* (e é isso que ela é, uma família) em prol de coisas que pareçam relevantes e úteis ao mundo. Recentemente, uma camiseta com uma das minhas falas do programa levantou quase US$ 30.000 para levar comida e roupas muito necessárias aos destituídos da nação Cherokee. Acho que ninguém pode imaginar o quanto este tipo de coisa significa, não só para as pessoas que se beneficiam diretamente, mas também para a minha sensação de valor próprio no mundo. É um mundo grande, povoado por bilhões. Causar qualquer efeito positivo fora de nossos círculos pessoais é uma bênção que poucos de nós têm a possibilidade de conquistar. Só consegui isso através da família internacional de *Supernatural*.

É difícil para mim exagerar no efeito que ser Bobby Singer exerceu em mim. Ele me deu mais visibilidade do que jamais havia pensado ser provável. Me deu uma barca de amigos (e até mesmo um ou dois romances) dentre meus colegas e fãs do programa. Me permitiu viajar ao redor do mundo (literalmente!) conhecendo pessoas que, de outra forma, jamais teria sabido que existiam. Transformou uma pessoa razoavelmente tímida e introvertida em alguém que festeja na companhia de pessoas que nunca havia conhecido. Fez-me sentir valorizado e amado, não só pelo meu trabalho, mas também por mim mesmo, o que é uma conquista extraordinária até mesmo para algumas milhares de pessoas conseguirem. E me mostrou que o vasto peso do amor, gentileza e humanidade no mundo pode superar e de fato supera as forças do rancor, ódio e ingratidão. O efeito *Supernatural* em mim foi a maior dádiva da minha vida pública. E qualquer um que não pensar assim é um *idjit.*

NÓS TE AMAMOS DE QUALQUER JEITO

LYDIA A. CYRUS

No último semestre do meu último ano na escola, minha mãe deixou meu pai. De repente, tudo que sempre conhecera mudou. Nós nunca fomos uma família de casa com cerca branca, e meu pai não deixaria John Winchester a desejar (como John, meu pai criticava tudo que eu fazia e parecia estar sempre atrás de mim, ditando cada movimento meu; como Dean, eu também fazia o papel de pseudopai em relação a meu irmão mais novo), mas ainda vivíamos juntos. Então, no meu último ano na escola, minha mãe se mudou para uma casa que ficava a cerca de uma hora de distância de onde eu havia crescido. Era uma casa imensa, de quatro quartos, no meio do nada: sem vizinhos, sem TV a cabo, sem internet e, o pior de tudo, não passava a sensação de ser um lar.

O quarto que havia sido escolhido para mim era pequeno e não tinha mobília. Eu tinha um colchão no chão e uma televisão antiga em frente a ele. O ponto chave era como ficava desconectada quando estava lá. Não tinha nenhuma forma de falar com ninguém a menos que utilizasse o telefone fixo para fazer chamadas de longa distância. Foi um período realmente difícil da minha vida, passar por uma época tão importante durante o crescimento e ter tudo virado de cabeça para baixo. Iria me formar na escola em apenas quatro meses e minha vida mudaria completamente. Não podia falar com minha mãe ou meu pai sobre isso, e meu irmão mais novo não compreendia. Só encontrei o apoio e o amor que estavam me fazendo falta quando me deparei com um presente de Natal esquecido.

Minha mãe havia comprado a primeira temporada de um programa de televisão que achou que eu gostava. Na verdade, nunca o havia visto nem escutado muita coisa a respeito dele. Acabou indo parar na prateleira e nunca havia pensado de novo nele depois de abri-lo. Mas, quando minha mãe me deu a notícia de que teria um final de semana de três dias pela frente, mas nenhum amigo por perto para fazer qualquer coisa, peguei o aparelho de DVD junto com alguns outros filmes para assistir enquanto ficava deitada no chão da casa que odiava. Não fazia ideia de que essa decisão mudaria minha vida.

Abri a bandeja do aparelho, coloquei o DVD, e assisti àqueles dois irmãos mandando ver. No começo, pareceu apenas um jeito legal de passar o tempo. Mas então caiu a ficha. Dean e Sam tinham um pai que esperava demais deles e era horrível sendo pai. Não era assim que descrevia meu pai? Ambos Sam e Dean tinham ideias conflitantes a respeito de quem eram e o que queriam. Eu não tinha a mesma coisa acontecendo em meu próprio coração? Comecei a perceber que aqueles irmãos eram meus irmãos. Não passo nem perto de ser tão bonita quanto eles, mas por dentro éramos iguais.

Não sei como explicar isso, mas dentro de dois meses eu havia devorado cinco temporadas de *Supernatural*, e a série se tornou o centro da minha vida. Quando não tinha nada além disso, sabia que poderia ir para casa depois de um dia longo e ir à luta com Sam e Dean. Nunca parei para pensar sobre isso de uma forma profunda. Nunca tentei entender por que este programa significava tanto para mim. Foi só na sétima temporada, quando certa personagem morreu, que percebi o que estava acontecendo.

Desde quando Bobby Singer apareceu pela primeira vez no programa, eu o amei. Acho que quase todos os fãs o amam, mas eu não sabia por que eu o amava. É claro, ele é durão e engraçado. Sempre sabe o que dizer para Sam e Dean e sabe consertar coisas quebradas. Ao longo de várias temporadas, havia ficado apegada a Bobby. Como todos sabemos, na sétima temporada, Bobby pega um bicho no cérebro e depois morre por causa disso. Aquele episódio provavelmente durou quarenta e cinco minutos, mas para mim vai durar para sempre.

Em seus momentos finais, Bobby viaja pelas memórias e tem que enfrentar seus medos. A audiência descobre coisas sobre Bobby que explicam tudo a respeito dele. Bobby cresceu em um lar abusivo e matou o pai antes que ele passasse do limite. No momento em que o jovem Bobby atirou no pai, tive que pausar o episódio e me afastar. Enquanto crescia, sempre tive medo do meu pai. Nunca saí da linha ou disse nada que não deveria nem uma vez. Sempre fiz meu melhor na escola, porque sabia que teria que voltar para casa e encará-lo. As coisas que Bobby disse para ele ecoaram nos meus ouvidos e no meu peito e não conseguia parar de chorar; eu sei como é aquilo e, embora fosse pequena quando aquelas coisas aconteceram, elas moldaram a mulher que sou. Entendi na hora porque Bobby disse e fez as coisas que fez durante sete temporadas. Tudo fazia sentido. Foi quando percebi que tinha mais em comum com Bobby Singer do que com os Winchester. Sentada sozinha em um quarto quase vazio, compreendi o desenvolvimento complexo da personagem que havia deixado passar bem perto de mim durante todo aquele tempo.

Sempre disse que acho que nunca vou ter filhos. Todo mundo diz, "Você é tão nova! Você vai mudar de opinião!" Não tem nada a ver com ser egoísta ou querer ser uma rebelde. Em vez disso, tenho medo de ser exatamente como meu pai foi comigo. Esqueça vampiros, lobisomens e fantasmas, porque isso seria a coisa mais assustadora que posso imaginar: me tornar ele. Bobby e eu temos isso em comum. Nós temos muito em comum.

Não são só as coisas sentimentais que me fazem amar tanto este programa. Estou em um estágio da vida em que tudo está mudando. Estou entrando na faculdade, e com isso vêm muitas outras jornadas. Estou descobrindo quem sou enquanto pessoa e também quem são as outras pessoas. Acontece que sou muito parecida com Charlie Bradbury: uma garota inteligente, *nerd*, com ambição e compaixão. Por amar este programa, pude entrar em redes sociais e conhecer outras pessoas que o amam também. Através do programa, ganhei uma família. Uma família que, em vez de dizer que eu sou "nada", aceita quem eu sou e diz: "Venha com a gente. Nós te amamos de qualquer jeito".

Acho que as pessoas têm que ser relembradas às vezes de como são bonitas e maravilhosas de verdade. Enquanto fãs, sempre conversamos sobre como desejamos que Dean soubesse o quanto ele significa para nós e do quanto Sam é capaz. Acho que o mesmo se aplica a nós, fãs. Só posso falar por mim mesma, mas eu evitava toda e qualquer coisa que tivesse a ver com minha vida pessoal. Até a morte de Bobby me confrontar diretamente, mantinha estas coisas trancadas dentro de mim. Apesar de todas as experiências ruins na minha vida terem me transformado em uma pessoa melhor, às vezes ainda fico envergonhada de falar a respeito delas. Acho que todos nós ficamos, mas aqui está este programa sobre dois irmãos que são mais parecidos conosco do que percebemos e eles estão confrontando tudo isso. Então por que nós não podemos fazer o mesmo?

Às vezes, quando estou tendo um dia ruim, olho para minha estante de livros e vejo minha cópia de *O Hobbit*, e me lembro de Charlie Bradbury e suas dificuldades. Ou então me pego dizendo: "Saca só", ou com uma certa música do Kansas grudada na cabeça, e me lembro. Lembro de como Dean vendeu a alma para que Sam pudesse viver, e lembro de como também fui longe enquanto pessoa. Cresci tanto desde quando comecei a assistir o programa. Descobri isso porque precisei disso. Não acho que foi um acidente o fato de minha mãe ter escolhido a primeira temporada, e não acho que foi um acidente o fato de eu tê-la escolhido de novo dois meses depois. Tudo acontece por um motivo, e sou eternamente grata por ter este programa.

É bobo — eu sei disso. As pessoas gostam de me dizer o tempo todo o quanto sou *nerd* e me fizeram sentir uma fracassada mais de uma vez. Mas isso não importa mais, porque sei quem sou e do que sou capaz.

Provavelmente nunca vou me deparar com um *wendigo*, mas sei como lidar com ele, se acontecer. É mais provável que me depare com outros monstros, monstros da variedade humana. Sei como lidar com esses também. Assim como Charlie e Jo e principalmente Bobby, vou me salvar quando precisar e lutar pelas pessoas que amo, quando elas precisarem de mim.

Nunca fui a uma convenção, mas, enquanto escrevo isto, estou planejando ir a uma no próximo mês de julho. Provavelmente vou estar acabada e sei que vou chorar muito. Mas sei que vou estar em boas mãos, com pessoas que não se importam com o fato de ter comparecido usando símbolos de antipossessão ou com lágrimas nos olhos. Sei que vou conhecer pessoas com quem vou fazer amizade e que vão me amar por quem sou. Também sei que vou conseguir conhecer os atores que dão vida a este programa. Não sei que nota vou tirar em latim básico no próximo semestre nem quanto vou ter de dívida por causa dos empréstimos para estudantes neste período do ano que vem, mas sei que ir a essa convenção vai ser a melhor coisa que vou fazer.

Antes de começar a assistir ao programa tinha bem poucos motivos para sorrir. Era tímida, não me defendia e tinha vergonha de quem era. Dez temporadas depois? Estou muito diferente. Se você me perguntar qualquer coisa sobre meus *hobbies* ou minha vida em geral, vou falar sobre isso. Sorrio com mais frequência, e mesmo quando parece que tudo está perdido, me lembro de seguir adiante porque mais de uma vez os Winchester salvaram a humanidade, porque

Dean e Sam podem fazer qualquer coisa, porque existe um anjo adorável que ama a espécie humana apesar de tudo que fizemos, *porque eu posso*. Agora, sei que sou uma enorme *nerd* com um coração de ouro e tenho o poder de mudar as coisas, se assim decidir.

Sei que não sou a única com uma história como esta. Talvez alguém leia isso e me veja nessa convenção e pergunte se me importo de conversar. Provavelmente vou dizer que não me importo, e talvez essa pessoa me conte sua história. Não sou nenhum Metatron, mas vou escutar, dar um tapinha nas costas dela e abraçá-la. (Bem, só se isso não for um problema para ela, porque não gosto que estranhos encostem em mim, então sei como é isso). Talvez, se eu puder ser corajosa o bastante para dizer o que está no meu coração, os outros também sejam.

Este programa vai sempre significar mais para mim do que apenas um programa sobre dois caras perseguindo monstros. Apesar de ser sobre esses dois irmãos... é maior que isso. É muito maior do que acho que qualquer um esperava. Tenho orgulho deste programa e dos atores e das pessoas por trás das cenas. E a qualquer um que leia isso e sinta uma ligação mais profunda com o programa: tenho orgulho de nós.

COMPLETAMENTE NATURAL

RACHEL MINER

Não é necessário que eu diga o quanto vocês são extraordinários, ou como é maravilhoso quando pessoas tão gentis, solidárias, divertidas, fortes, inteligentes, *nerds*, bobas e amáveis se reúnem.

Não é necessário que eu diga como a vida é mais iluminada quando a compartilhamos com os outros, quando não nos escondemos, quando somos verdadeiros com nós mesmos, quando sempre conseguimos encontrar um motivo para rir e um amigo para rir conosco, quando vivemos e amamos um ao outro, por algo maior que nós mesmos.

Não é necessário me dizer estas coisas, porque isso é apenas quem e o que vocês são.

E para muito além do que palavras podem capturar, eu os amo verdadeira e profundamente, assim como amo todo o *fandom* de *Supernatural*, por isso.

Parece redundante lhes contar histórias de como as pessoas incríveis e adoráveis que foram reunidas por causa deste programa — este fenômeno, esta força alquímica para o bem — me trouxeram de volta à vida mil vezes de mil formas diferentes. Quando temos a sorte de encontrar nossa tribo, frequentemente acabamos expressando precisamente as mesmas coisas que os outros dentro dela. Perdi a conta do número de vezes em que digo alguma coisa e então me mostram um vídeo de um dos meus parceiros de SPN dizendo *exatamente* a mesma coisa. Então, em vez de repetir o que já foi dito, direi simplesmente que vou lutar pelos membros da minha tribo e defendê-los com todo o meu poder.

O engraçado é que um dos atributos dos membros desse grupo é a modesta ausência de ego a respeito de tudo isso; então acho que nenhum de vocês realmente entende o quanto vocês significam para mim ou para inúmeros outros.

É verdade que sou esquisita além da conta. Não é necessário um estudo cuidadoso para ver que eu meio que não me encaixo. Passei toda a minha vida escutando coisas como "Ninguém fala *realmente* desse jeito", e sendo alvo de risadas (às vezes de forma amável) pela forma estranha com que processo o mundo. Talvez este seja um dos motivos por que gosto tanto de atuar, porque posso tirar o tempo para estudar e entender toda essa coisa de "ser humano". Sei que personagens como Meg e Castiel (assim como Sherlock Holmes, Spock, Data e Doctor Who, para citar alguns de meus favoritos) fazem tanto sentido para mim porque, como eu, eles tendem a processar os dados macro facilmente e deixam passar as nuances dos (ou, do meu ponto de vista, a racionalização completamente ilógica para) comportamentos humanos.

Então ficam entre raramente e nunca as vezes em que senti como se de fato fizesse sentido dentro do contexto de um grupo. Leio e estudo muito, o que me faz sentir bastante ligada à humanidade, e meus "amigos" frequentemente são os filósofos, historiadores, cientistas e grandes pensadores cujos pensamentos me fazem sentir compreendida e menos sozinha quanto à minha forma de ver o mundo.

Com este grupo, a SPNFamily, é uma história diferente. Fico sempre tocada por ele ser amável, leal, inclusivo e receptivo (dentro do círculo mais amplo nas convenções, nas mídias sociais e no grupo de atores/equipe com os quais passei tempo). É algo sutil — não acontece porque as pessoas estão propagandeando a forma como são "amáveis e inclusivas", mas porque saio da presença delas me sentindo mais feliz, mais completa e mais livre para expressar quem sou de verdade.

Tem outra coisa a respeito desta tribo. Amamos ajudar um ao outro.

Acho que descobrimos a dádiva maravilhosa que é ter alguém a quem se daria tudo de si para ajudar. É quando alcançamos isto que nós mesmos somos mais ajudados. Este é, sem dúvida, o presente pelo qual me sinto mais grata — a sensação de que há algum propósito para minha existência, que talvez possa fazer a vida de alguém um pouco melhor. Esta família é muito boa, não só em ajudar-se mutuamente, mas também em aceitar e reconhecer outros por ajudá-los.

Minha motivação original sempre foi, de alguma forma, servir os outros (acho que talvez isso seja verdade para todos nós), e, quando fiquei doente com EM, a coisa que mais me desafiou foi não saber se ainda poderia ser prestativa ou útil de alguma forma. Nunca poderei dizer *obrigada* o bastante, ou expressar gratidão suficiente, para mostrar o que significa para mim encontrar alguma sensação de propósito ou significância. E quando, como acontece com todos nós, me deparo com obstáculos na vida que exigem todo o meu esforço para serem superados, o que me faz saltar estas barreiras é a ideia de que não estou fazendo isso apenas por mim mesma, mas pelo grupo de outras pessoas que amo.

Sei que nunca estou sozinha, porque tenho vocês ao meu redor para me lembrar disto todo dia, e sinto uma sensação maravilhosa de propósito porque quero estar aqui para lembrá-los da mesma coisa.

Na Ladies of SPN Con, maio de 2016.

UMA HISTÓRIA DE AMOR SOBRENATURAL

ADAM WILLIAMS AND LUCY SCHNEIDER

ADAM:

Dizer que *Supernatural* provocou um impacto em minha vida é definitivamente subestimá-lo. A esta altura, tem sido uma jornada para além de qualquer coisa relacionada a trabalho, e uma história que adoraria compartilhar inteiramente, mas partes dela são demasiadamente pessoais para serem expostas publicamente neste momento da minha vida. Levando isso em consideração, ainda há muito o que dizer.

Antes de começar em *Supernatural* eu era, por fora, um animal completamente diferente. Estava isolado da maior parte das pessoas, em um trabalho que não me levaria a lugar nenhum, e tirando o melhor que podia de um ambiente grosseiro em um pequeno subúrbio rural de Vancouver. Para aliviar o tédio e a monotonia da minha existência, era um contribuinte regular de uma revista impressa e fazia vídeos tutoriais no YouTube. Não são as coisas mais entusiasmantes de se fazer, mas fazer os vídeos me deu alguma habilidade e experiência com *softwares* de edição, *codecs* e efeitos visuais corretivos... E essas habilidades seriam, quando a oportunidade surgisse, transferíveis para o emprego salvador que eu estava prestes a encontrar.

Frequentemente, a vida é tanto quem se conhece quanto o que se conhece, e no meu caso isso se mostrou verdade. O "quem" para mim foi um amigo que conhecia desde a escola e que havia, ele mesmo, se infiltrado em filmes alguns anos antes e conseguira crescer através do trabalho no departamento de efeitos visuais de um programinha que todos nós conhecemos e amamos: *Supernatural*. Uma posição editorial ficara vaga no departamento de efeitos visuais e, sabendo da familiaridade que eu tinha com *softwares* de edição, ele recomendou que me candidatasse.

Basta dizer que consegui o emprego como coordenador de E/S de efeitos visuais. Isso significou que fiquei menos isolado, curtindo um ambiente de trabalho relaxado. Mas a vida ainda tinha algumas sérias mudanças guardadas para mim, e nem todas eram agradáveis. Pouco mais de um ano depois de começar a trabalhar em *Supernatural*, meu mundo foi virado de cabeça para baixo, quando minha esposa e eu nos separamos, e antes de perceber estava deixando minha cidadezinha para me mudar para mais perto do trabalho.

Durante esse período estressante, as interações que fiz com fãs de *Supernatural* foi um ponto de luz. Um dos impactos mais significativos que trabalhar no programa me causou foi através das mídias sociais. Estava no *Twitter* provavelmente há cinco anos e tinha muito poucas interações, já que minha rede de seguindo/seguidores era limitada. Fiz uma conta nova como @adamwvfx para interagir com pessoas como coordenador de E/S, e em algumas horas consegui mais seguidores do que poderia ter imaginado. Segui de volta, conversei com pessoas e fiz amizade com vários fãs do programa. No período de três meses trabalhando com *Supernatural*, haviam me enviado três cestas de presentes com guloseimas, chocolates e outras coisas. Veja só se isso não era algo inesperado! Meu nível de gratidão vai além das palavras, não só pelos presentes, mas também pela aceitação que recebi da comunidade do *fandom*.

O que não esperava era que interagir com pessoas no *Twitter* me conduziria ao amor. Primeiro, realmente não sou um desses caras e, tendo me separado recentemente, a última coisa que queria era me apaixonar por alguém. Na realidade, se houvessem me perguntado, teria dito que meus limitados recursos emocionais já haviam sido designados. Também não sou o que chamariam de um ótimo partido — poucos conseguem tolerar minhas idiossincrasias, personalidade autoritária e hedonismo sem limites. Mas veja só, logo descobriria alguém que conseguiria. E iria — alegremente.

O universo do *Twitter* havia me apresentado a algo chamado "VanCon" durante meu primeiro ano em *Supernatural*, mas eu era um novato e havia pensado que isso era apenas uma *hashtag*. Tipo *Venha para o hashtag #vancon* (como quer que isso funcionasse) *e converse com fãs da cidade*. Ou algo assim. Foi só depois que ela terminou que descobri que era uma convenção de humanos. Humanos que amam *Supernatural*! Por ser uma pessoa que ama atenção (pense em um líder de banda aposentado), não perderia a convenção do ano seguinte. Enquanto a VanCon de 2013 estava se aproximando, conversei com algumas pessoas a respeito de nos encontrarmos e beber ou comer alguma coisa, e fiquei ansioso com a possibilidade de socializar com esta espécie estranha de humanos que chamamos de fãs de *Supernatural*. Uma destas pessoas era Lucy Schneider, @SpnUK, com quem havia conversado no *Twitter*.

Nos conhecemos na convenção na sexta-feira e, segundo lembro, passamos a maior parte do nosso tempo livre juntos durante o final de semana. O que não foi muito. Lucy tinha planejado várias sessões de fotos e autógrafos, assim como painéis para assistir, e eu tinha muitas socializações para fazer (foram dados muitos autógrafos naquele ano). Então o final de semana voou antes de percebermos. Quando chegou a hora de Lucy partir para a Grã-Bretanha, fomos separados. Mal nos conhecíamos, mas queríamos fazê-lo de verdade. Nós dois sentíamos atração um pelo outro, mas era uma atração que logo seria afastada por 10.000 quilômetros. Ela tinha uma casa, um bom emprego e família no Reino Unido; não parecia razoável nem responsável considerar "nós" alguma coisa... mas fizemos isso. Era impossível não fazer.

Então decidimos seguir adiante. Sentados numa cama de hotel no Sheraton, enrolados nos braços um do outro como *bacon* em volta de uma costela (desculpe a analogia, mas está quase na hora do meu almoço), decidimos jogar a cautela para o ar e seguir nossos idiotas interiores. Na época, parecia um desafio difícil, mas não fazíamos ideia de como nossa jornada seria longa e árdua. Boiamos como troncos à deriva em um rio de incertezas, enquanto semanas se transformaram em meses. Lucy tentou encontrar emprego em Vancouver, pulando de galho em galho para satisfazer a faixa vermelha de burocracia aparentemente infinita que evita que lindas mulheres britânicas encontrem seus sonhos no Canadá.

No final, fomos bem sucedidos, e a comunidade do *fandom* de *Supernatural* acrescentou mais uma história a seu legado de unir pessoas — pessoas que não faziam nenhuma ideia de que estavam procurando por outra ou que precisavam de alguém. Ao redor de todo o mundo pessoas se juntam ao *fandom* e são atraídas pelas mídias sociais para discutir o programa, descobrir outros que compartilham suas paixões por alguma celebridade ou ler críticas de outros fãs. O que encontram é algo muito mais vasto e complexo do que qualquer simples *blog* de críticas ou grupo de *Facebook* de *fangirls* de Jensen. Encontram uma comunidade de fãs enorme e ativa, abrangendo todas as plataformas de mídias sociais: gente que torce para personagens ficarem juntas, pessoas que criam *fanarts* ou *fanfics*, músicos que escrevem canções ou adaptam faixas *cover* ao redor do programa e literalmente dezenas de milhares de contas de fãs no *Twitter* ou *Tumblr* que se agitam todos os dias com o fervor do *fandom*.

Quando comecei a trabalhar em *Supernatural*, não fazia ideia de que poderia causar um impacto tão grande na minha vida — para não dizer em mim enquanto pessoa. Normalmente, empregos não envolvem a criação de novas redes sociais para além de uma cerveja ocasional com colegas. Não é esperado que empregos venham acompanhados de experiências que mudem a vida, provoquem crescimento pessoal ou possibilitem um romance. Isso não faz parte da programação. Mas essa vez, para esse cara chamado Adam, veio com isso tudo e ainda mais. E não tenho ideia do que esperar para o futuro, porque ninguém poderia ter previsto o passado.

Mas eu vou permanecer calmo e seguir adiante.

LUCY:

Não poderia me chamar de fã até cerca de seis anos atrás, quando me deparei com uma entrevista a respeito de *Supernatural* em uma revista, o que me levou a comprar a primeira temporada em DVD sem literalmente nenhuma ideia de que efeito causaria em mim. Estava em um estágio da minha vida, após terminar um relacionamento de quinze anos, no qual estava ganhando minha independência e explorando o que isso significava de verdade para mim. Também estava bastante solitária na época e sentia como se precisasse de alguma coisa, uma distração, na minha vida. Minha primeira incursão no *fandom* foi através do *Twitter*, quando criei minha conta na rede @SpnUK e fiz uma pesquisa sobre *Supernatural*.

Rapidamente seguia e começava a interagir com cada pessoa que conseguia encontrar que trabalhava no programa ou que fazia parte do *fandom*. As respostas que recebia eram encorajadoras e os *posts* que outros faziam eram inspiradores. Não havia realmente levado em consideração fazer parte de um "*fandom*" até minha exposição à SPNFamily. Ser um "fã" sempre foi um certo tabu dentre meus pares, como o é em muitos círculos, e antes de ter a primeira experiência com o *fandom* de *Supernatural* nem mesmo sabia de verdade o que era ou o que fazia um *fandom*.

Quando descobri como era maravilhosa a comunidade que se autointitulava SPNFamily, comecei a mergulhar nela o máximo possível. Tentei me envolver com quantos projetos *online* de *fandoms* pudesse, e a esta altura isso era tanto pela diversão e pelas amizades que estava formando quanto pela minha própria necessidade de distração. Ao final de 2012, havia não só lançado meu próprio *site*, www.spnuk.com, como também havia entrado no SuperWiki e começado a ajudar tanto na edição quanto na condução de entrevistas com membros do elenco via *e-mail* ou Skype.

Um dos projetos de que tenho mais orgulho de participar é o que foi criado quando *Supernatural* foi cancelado no Reino Unido. Me juntei a um grupo fantástico de fãs britânicos, que estavam tentando levar "Carry On My Wayward Son" do Kansas até o número um das listas do Reino Unido, para chamar atenção e mostrar quantas pessoas no país adoravam *Supernatural* e queriam que continuasse a ser transmitido. Fizemos camisas e panfletos, que foram distribuídos em um concerto do Kansas em Londres, com a permissão da banda. Depois de pouco tempo, a música chegou à primeira posição na lista de *downloads* de *rock* no Reino Unido, e os esforços de numerosos fãs trabalhando juntos foi percebido pela Warner Brothers. Logo depois da campanha foi anunciado que um canal do Reino Unido iria começar a transmitir *Supernatural* de novo — um sucesso!

Houve tantos outros projetos maravilhosos nos quais estive envolvida, todos me apresentaram a novos amigos e novos aspectos do *fandom*, além de me mostrar o poder e o coração do *fandom*. É uma loucura pensar que tudo isso começou assistindo a um programa de TV e entrando no *Twitter*.

Foi também através do *Twitter* que interagi pela primeira vez com Adam. Ele era ótimo em responder fãs e conversar com eles sobre o programa ou quaisquer outros tópicos que surgissem. Depois de conversarmos um pouco pelo *Twitter*, nos tornamos amigos no *Facebook*, no qual pudemos ter discussões mais profundas sobre música, religião ou o que quer que surgisse na conversa.

Tem um momento em particular durante estas interações que realmente se destaca para mim: quando Adam tocou para mim uma das músicas antigas que ele havia escrito e gravado. Era tão bonita, de partir profundamente o coração. Isso me mostrou um lado vulnerável e abalado deste homem que contava normalmente com uma máscara egoísta e a prova de balas e com a qual já estava acostumada até então.

Além de travar amizade com Adam, também encontrei outras pessoas maravilhosas que sei que serão amigas por toda a vida. Estes amigos, e fazer parte do *fandom*, me ajudaram a preencher meu dia e me dar um propósito na vida. Mas foi só quando tomei parte no GISHWHES que as mudanças realmente grandes começaram a acontecer.

Ouvi falar do GISHWHES (*Greatest International Scavenger Hunt the World Has Ever Seen*[5]) pela primeira vez em maio de 2012. Como parte da caça ao tesouro, recebem-se tarefas como tirar fotografias ou fazer vídeos de aproximadamente 200 itens com quinze colegas de time de todo o mundo. É de abrir os olhos, mudar a vida, e uma das coisas mais loucas que você se pegará fazendo! Através do GISHWHES, aprendi a não levar a mim mesma nem a vida tão a sério, a me orgulhar de minha criatividade e não ter medo de arriscar. Me ajudou a aprender a não ligar para o que as pessoas pensariam de mim quando me envolvesse em coisas loucas; elas poderiam aceitar que o que eu estava fazendo estava me deixando feliz, assim como outros, ou não poderiam — era uma escolha deles, mas que não exercia mais influência nos meus objetivos.

Foi participar do GISHWHES que me deu a confiança para viajar sozinha pelo mundo até uma convenção de *Supernatural* em Vancouver. Escolhi a de Vancouver porque era onde o programa era gravado, então poderia visitar alguns dos locais de filmagens e participar do *tour* organizado pelo gerente de locação de *Supernatural*, Russ Hamilton.

Era também onde Adam morava. Como nossa amizade havia florescido ao longo das conversas *online*, eu estava ansiosa de verdade para conhecê-lo pessoalmente; não estava realmente esperando que se tornasse um novo romance, mas sim uma grande nova amizade.

Então, em agosto de 2013, fiz minha mala e, nervosa, atravessei 10.000 quilômetros até o outro lado do mundo. Essa era a primeira vez em que viajava sozinha de avião — na verdade, era a primeira vez em que tirava férias sozinha. A ideia de encontrar Adam e os outros amigos que havia feito *online* me transformou em uma bola de nervosismo entusiasmado durante o voo de nove horas de duração. Sinto pena de quem quer que tenha se sentado a meu lado.

Meu primeiro dia em Vancouver consistiu em fazer o *tour* dos locais, então foi um furacão de ocupações. O *tour* era tudo que eu esperava e ainda mais! Visitamos alguns locais extraordinários, incluindo a parte externa do *bunker*

---

5 N. T.: Em tradução livre, "Maior Caça Internacional ao Tesouro que o Mundo Já Viu".

dos Homens de Letras e a parte reencenada de "Larp e a garota real" no local onde de fato havia sido filmada. Também tive a chance de conhecer alguns novos amigos maravilhosos, incluindo o enigma que é Jules, administrador do SuperWiki e, é claro, Adam.

Apesar do nervosismo que estava sentindo, quando Adam e eu nos encontramos pessoalmente, acabou sendo fantástico. Conversamos como fazíamos *online* e realmente curtimos a companhia um do outro desde o começo. Aquilo passou a sensação de ser certo.

Tentamos passar tanto tempo quanto possível juntos — tanto tempo quanto comparecer a uma convenção permite. Sabíamos que nós dois havíamos visto algo de muito especial um no outro imediatamente, embora só no meu último dia lá tenhamos discutido a respeito de eu voltar a Vancouver para ver se conseguiríamos dar certo como casal. A esta altura, simplesmente sabia que tinha que arriscar e ver o que aconteceria; a forma como nós dois estávamos nos sentindo significava que não tentar sequer era uma opção.

Mas primeiro havia muitas coisas para arrumar no Reino Unido. Tinha um emprego que pagava muito bem como gerente de uma companhia na qual havia crescido ao longo de doze anos. Também tinha um carro zero da companhia e lindo e uma propriedadezinha adorável que havia comprado e decorado de acordo com meu gosto pessoal, além da minha família e meus amigos próximos, dos quais sentiria muita falta. Era uma decisão enorme e extremamente arriscada, totalmente fora do meu perfil, mas sabia que tinha que seguir meu coração e simplesmente torcer para que todo o resto se encaixasse no lugar certo. Então, sem hesitar, abri mão por vontade própria de tudo que tinha para poder arriscar uma vida nova e excitante no Canadá.

Um dia depois de voltar ao Reino Unido fui visitar minha mãe e contar a grande novidade. Já lhe havia dito por mensagens que havia conhecido um cara em Vancouver, mas ainda não achava que isso me ajudaria a abrandar o golpe que seria a filhinha dela se mudar para 10.000 quilômetros de distância para viver com um homem que havia acabado de conhecer!

Separar-me da minha família foi, de longe, a parte mais difícil de deixar o Reino Unido. Nunca havia estado muito longe da minha família e amigos por qualquer período maior de tempo. Mas eles compreenderam e conseguiram enxergar o quanto Adam e a mudança significavam para mim. Então, em novembro de 2013, apenas dois meses depois de voltar da minha viagem a Vancouver, coloquei o máximo que podia da minha vida em duas malas e parti

Esquerda: Um beijo roubado após um dia adorável no Stanley Park, em Vancouver.

Direita: Passando o tempo perto do nosso apartamento, em nosso lugar preferido junto ao rio, ao qual nos referimos como Praia de Adcy.

de volta a Vancouver para viver com um homem com o qual, pessoalmente, mal havia passado um final de semana junto!

Desta vez, o voo foi intenso. Nove horas é muito tempo para contemplar as próprias escolhas, mas quando finalmente passei pela segurança do aeroporto e vi Adam parado, esperando por mim, simplesmente soube que havia feito a coisa certa. Não conversamos muito durante a jornada até meu novo lar, apenas ficamos de mãos dadas, roubando alguns beijinhos. Acho que, em algum momento, eu perguntei se era louca por estar fazendo aquilo, ao que ele sorriu e respondeu: "É!".

Os primeiros meses em seguida foram um turbilhão, enquanto arrumávamos nosso apartamento e passávamos tempo juntos para realmente nos conhecermos; por sorte, descobrimos que ainda tínhamos a atração do começo, que apenas cresceu com o tempo. Às vezes, senti muita saudade de casa, mas Adam conseguiu me ajudar a tirar aquilo da cabeça, além do que os pais, a irmã e a filha dele me fizeram sentir bem-vinda, como se fosse parte da família.

Por estar seguindo meu coração em vez de minha cabeça, não havia realmente levado em consideração o quanto seria difícil estar de fato no Canadá assim que chegasse lá; o processo de conseguir permissões de trabalho, vistos temporários e em dado momento o *status* de residente permanente foi longo e, às vezes, parecia que não conseguiria conquistar meu objetivo. Tive até que voltar para o Reino Unido por alguns meses em 2014, quando um visto temporário expirou, o que foi extremamente difícil para ambos. Mas com trabalho duro, determinação e muita sorte, em maio de 2016 me tornei uma orgulhosa residente permanente do Canadá, o que significava que #ADCY (nosso nome de casal) poderia ficar junto.

Tivemos nossos altos e baixos, o que imagino ser esperado em qualquer relacionamento "loucamente corrido", mas trabalhamos para conseguir o que queríamos juntos e agora estamos mais fortes do que nunca. Ainda questiono a minha sanidade naquela ocasião, assim como Adam, mas também sinto que milagres realmente acontecem. Correndo riscos, encontrei não só uma amizade verdadeira, mas também um grande amor.

O *fandom* de *Supernatural* me ajudou a atravessar um período de grande solidão. Com Adam na minha vida, ainda amo o *fandom*, mas não conto mais com ele para preencher meu tempo e aliviar minha solidão. Aguardo ansiosamente um futuro entusiasmante juntos, trabalhando em nossos projetos e vivendo nossas aventuras.

Se aprendi alguma coisa durante o meu tempo no *fandom* de *Supernatural*, foi a abraçar minhas paixões, a me orgulhar de quem sou de verdade e a não deixar o medo me impedir de arriscar. Nunca se sabe aonde isso pode levar!

A ESTRADA ATÉ AQUI

LAURENA AKER, TAMBÉM CONHECIDA COMO "NIGHTSKY"

Como são todos os eventos que mudam vidas, o impacto de *Supernatural* na minha vida pode parecer um pouco comum. Não fui tirada da beira da morte, convertida após uma vida de crimes nem descoberta por um produtor de Hollywood. Mesmo assim, o efeito de *Supernatural* em mim foi profundo, e não foi só o que aconteceu mas como aconteceu que foi surpreendente.

Quando tive o primeiro contato com *Supernatural*, era uma dona de casa, mas não havia sempre sido assim. Por mais de vinte anos, havia sido uma executiva de corporações que se equilibrava entre as pressões da carreira e da família com uma rotina precisa. Chamadas em conferência e viagens internacionais coexistiam com jogos de futebol e recitais de dança... por algum tempo. As fraturas de estresse na minha vida aumentaram aos poucos, até que um dia se tornou claro que não conseguia mais viver duas vidas. Enfim, fiz a escolha de Sofia e desisti de uma coisa que amava, minha carreira, para conseguir salvar a outra coisa que amava, minha família. Durante os dez anos seguintes fiquei contente e engajada com minha nova vida, mas vivia em um mundo bem menor do que antes. Apesar de outrora ter interagido com pessoas de todo o planeta, agora tudo com que me preocupava praticamente acontecia dentro de um raio de dez quilômetros da minha casa. Minhas atividades não exigiam *laptops* ou mídias sociais, então fiquei bastante para trás na evolução tecnológica. Não me importava com *Facebook* ou *Twitter*, e não tinha um *smartphone* ou aplicativos. Esperava que "algum dia" embarcasse em uma segunda carreira, mas isso ainda não era uma forte preocupação.

Supernatural começou a provocar um processo de transformação no meu mundo, no momento em que vi as entrelinhas, o conflito entre Céu e Inferno sendo combatido por dois jovens admiráveis que eram dedicados ao conceito de família. Diariamente, esperava com ansiedade as reprises, mas elas estavam várias temporadas atrás da versão de horário nobre do programa e eu estava começando a ficar cada vez mais impaciente com o andar da televisão aberta. Para acelerar minha imersão, fiz algo inconcebível e sem precedentes (pelo menos para mim): comprei a série inteira em DVD e assisti a *Supernatural todas as noites, durante meses*, até alcançar os episódios que estavam passando na época — 130 episódios de uma vez! Nada, jamais, havia capturado minha imaginação ou minha *dedicação* desta forma antes.

Quando a maratona compulsiva terminou, voltei minha obsessão por *Supernatural* para a internet. Imaginem meu alívio quando descobri que não estava sozinha quanto à minha paixão pelo programa! Muitas pessoas *realmente inteligentes* estavam postando exames perspicazes acerca de tramas e mitologias, cinematografia e escrita. Apesar de originalmente ter me sentido atraída pela complexidade do programa, agora fui atingida por um grupo global de seguidores que era complexo exatamente da mesma forma... e tudo se interligou de algum jeito. Quase por acidente, havia me deparado com a vasta e intricada família *Supernatural*. Bem, este também era o meu programa agora, e eu queria entrar nisso.

Abracei entusiasticamente minha nova aventura, mas minhas habilidades ultrapassadas não estavam no nível da tarefa de navegar no reino *online*, então derrubei minha resistência teimosa contra os avanços das redes sociais, que se havia formado durante minha ausência de dez anos do que estava na moda, e aprendi a usar um iPad. Desbravei os mundos desconhecidos da *Apple*, *Twitter* e *YouTube* e investiguei vários *sites*, encontrando em algum momento os epicentros do *fandom* de *Supernatural*. Foi um empreendimento enorme, e conquistei tanto tão rápido, mas a próxima toca de coelho ainda estava adiante, apenas esperando que eu desse mais um passo...

Descobri as convenções de *Supernatural* através do meu novo acesso *online* à SPNFamily. Fui seduzida por uma chance de conhecer o elenco do programa, mas ser uma fã *online* é completamente diferente de ir a uma convenção! Será que estava seriamente levando em consideração me tornar uma tiete da cultura *pop*? Pesquisar na internet me permitiu ler sobre *Supernatural* do anonimato da minha sala de estar. Ir a uma convenção significava admitir publicamente que estava fascinada por um programa de televisão! Era uma noção completamente fora do comum, que iria requerer um nível inteiramente novo de comprometimento com este interesse crescente que eu ainda não havia compreendido completamente. Eu era uma primogênita tradicional, que sempre havia feito o que era esperado de mim. Nunca havia me rebelado, viajado pegando caronas ou tirado um verão para fazer um mochilão. Morava em um subúrbio com a família, um cachorro e uma cerca de madeira branca. Fiquei escandalizada com a ideia louca de ir a uma convenção de fãs! Mas, por mais que tentasse, não conseguia afastar a atração magnética de me aproximar do programa que havia feito minha vida despertar; então respirei fundo e apostei todas as fichas... e comprei ingressos para minha primeira convenção de *Supernatural*.

A esta altura, tinha certeza de duas coisas: que tinha perdido a cabeça absolutamente e que não havia simplesmente *nenhum jeito* de desbravar esta aventura sozinha. Aterrorizada pelo lapso contracultural sob julgamento, entrei em contato às cegas com duas pessoas cujos nomes estavam associados a *sites* que havia passado a admirar, perguntando se elas seriam minhas salva-vidas durante a convenção. Uma era uma professora e a outra conduzia um *site* de críticas. Com certeza, tendo em vista as posições que ocupavam, elas seriam velhas o bastante para que tivéssemos algo em comum! Aceitaram gentilmente tentar me encontrar mas, apesar desta nova garantia, quando cheguei à convenção quase saí correndo pela porta dos fundos, antes mesmo de começarem a fazer os registros! Me sentia como uma intrusa acanhada e de meia-idade invadindo um mundo de fãs jovens e desinibidos. Havia chegado até lá, entretanto, então, mesmo nervosa, mantive minha posição.

Foi então que as coisas começaram a ficar um pouco estranhas. Em meio ao caos da convenção, consegui encontrar uma das mulheres que esperava conhecer. Pedindo desculpas, me apresentei à fã assustada que eu havia perseguido durante todo o final de semana. O nome dela era Lynn Zubernis (é, a editora deste livro!), que depois descobri ser uma das mais conectadas e prolíficas autoras do *fandom*. Ela estava a caminho de encontrar Alice Jester, a fundadora do site *The Winchester Family Business* (*The WFB*), que depois descobri também ser o maior *site* de críticas dedicado a *Supernatural*. Estas foram as pessoas com quem havia entrado em contato! Dentre os milhares de fãs *online*, havia ingenuamente pedido para conhecer duas das mais ativas veteranas do *fandom*; depois, dentre as milhares de pessoas na convenção, encontrei as duas juntas. Por sorte,

Parte da alegria de uma convenção de Supernatural *é a risada contagiosa, normalmente iniciada pelos próprios Jared e Jensen se divertindo. Na ChiCon, em setembro de 2016.*

elas eram amigas e me chamaram para almoçar. As bases de apoio da minha nova vida haviam acabado de ser estabelecidas, e nada menos que um ato divino iria intervir em seguida para conectá-las.

O furacão Sandy atingiu a costa leste dos Estados Unidos no último dia da convenção, deixando Lynn encalhada em Chicago. Já que centenas de voos foram cancelados, o único hotel que ainda tinha vagas era uma espelunca atrás do aeroporto. Lynn implorou à *Supernatural Family* no *Twitter* para que lhe recomendassem acomodações melhores. Só havia me encontrado com ela uma vez, mas ela estava desesperada e "família não é só a de sangue"; então a convidei para ficar na minha casa. Ela aceitou entusiasmada e passamos as vinte e quatro horas seguintes fazendo um *tour* pela cidade, comparando pensamentos acerca de Jared e Jensen e rindo até nossas costelas doerem. Nosso dia juntas foi espontâneo e despreocupado. Eu tinha coisas que supostamente deveria estar fazendo e ela deveria estar no *campus*, dando aulas, mas lá estávamos nós, discutindo sobre nosso amor por *Supernatural* e simplesmente nos *divertindo*. Foi empolgante e de abrir os olhos. Nos tornamos amigas queridas da noite para o dia.

Em dado momento, Lynn conseguiu voltar para casa e eu fui deixada, tentando compreender as experiências esmagadoras do meu final de semana surpreendente. Enquanto a audiência da convenção se expandia a cada dia que passava, eu me tornei cada vez mais confortável com as pessoas que gastavam seu tempo e dinheiro para celebrar uma coisa maravilhosa em suas vidas chamada *Supernatural*. Testemunhei cenas de camaradagem, alegria, triunfo pessoal e compaixão. Já que praticamente não conhecia ninguém na convenção, Alice me levou para jantar com a equipe de escritores de *The Winchester Family Business* (o que foi ao mesmo tempo intimidador e maravilhoso!). A convenção também me forneceu a experiência eufórica de conversar com os dois atores que são o coração e a alma de *Supernatural*, Jared e Jensen (o que foi completamente alucinante!).

A onda de choque pós-convenção que me atingiu foi muito maior que estes momentos individuais, entretanto. Palavras continuavam fluindo pela minha mente para tentar expressar a *alegria* pura que havia visto e sentido. As palavras se tornaram orações; orações se tornaram frases; frases se tornaram parágrafos. Dia e noite, estes pensamentos não me deixavam descansar. Eu *tinha* que escrevê-los.

Quando terminei de registrar minha experiência atravessando as lentes da televisão, compartilhei-a com minhas duas novas camaradas de *Supernatural*, Lynn e Alice. Para minha surpresa, Alice gostou o bastante do meu relato sobre a entrada no *fandom* para perguntar se poderia publicá-lo. Fiquei emocionada com a reação dela, mas ainda estava envergonhada demais para admitir minha obsessão recém-encontrada, então concordei sob a condição de permanecer anônima. Assumi minha identidade no *Twitter*, "Nightsky", e um novo capítulo da minha vida começou. Meu entusiasmo no dia em que minha história foi postada no *site* não ficou aquém do que ganhadores do Pulitzer devem sentir quando recebem o prêmio. Eu estava descaradamente fora de órbita, exaltada com mais uma aventura completamente inesperada.

Após este breve encontro com a fama, minha vida lentamente recuperou alguma semelhança com a normalidade... exceto pelo fato de que agora *Supernatural* e seu *fandom* estavam firmemente enraizados na minha rotina. Passaram-se três meses até o impulso de escrever atacar de novo. Fui levada a capturar meus pensamentos acerca da temporada atual do programa e novamente enviei minhas observações para Alice, que graciosamente as postou em seu *site*. Eu estava catatonicamente nervosa, esperando receber pelo menos um comentário para que não fosse publicamente humilhada pela completa falta de interesse em meu ensaio. Afinal, eu não era uma crítica de televisão. Por que as pessoas se importariam com o que uma fã nova e, na prática, desqualificada tinha a dizer? Mas não tive que esperar muito tempo até que o primeiro comentário foi postado. Logo, mais comentários foram postados, depois mais, e mais. Quando acabou, havia quase 450 comentários e o artigo havia sido lido por 22.000 pessoas apenas nas primeiras semanas, muito mais que o normal! Não entendi o que estava acontecendo, mas me lembro de pensar que algo estava começando. Estavam me enviando uma mensagem clara e inequívoca de que devia fazer isso de novo.

Ocasionalmente, escrevi sobre *Supernatural* ao longo das semanas seguintes, e a cada vez Alice publicou meu trabalho. Os últimos artigos convenceram Alice de que eu tinha algo a dizer, então ela me convidou para fazer parte da equipe de escritores — uma honra que requeria o comprometimento de escrever uma crítica toda semana. Tinha certeza de que não tinha *tanto assim* a dizer e igualmente de que não era capaz de escrever sob demanda! Havia escrito porque me senti compelida a expressar o que estava sentindo, não para exercer um papel mais ativo na sequência do programa. Mesmo assim, até então *Supernatural* havia sido tremendamente bom para mim: novos amigos, a resposta avassaladora a meu primeiro artigo e agora um convite surpreendente para estar dentro de tudo aquilo. Isto soa estranho, mas senti que devia seguir aonde fosse que o programa me levasse. Aceitei a oferta e comecei a escrever para *The Winchester Family Business*.

Então, apenas três semanas depois de embarcar nesta nova aventura, aconteceu a coisa mais extraordinária de todas. Havia acabado de postar meu terceiro artigo semanal. Era uma carta aberta a Jared na qual o elogiava pela *performance* no episódio final da oitava temporada, "Sacrifício". A esposa dele, Genevieve, viu a carta e me respondeu pelo *Twitter*, dizendo: "@Jarpad e eu lhe agradecemos. Isso é muito especial". É claro, eu não vi o *tweet*. Não considerava que eu mesma causasse qualquer consequência aos olhos do público. Tinha bem poucos seguidores no *Twitter* e podia contar nos dedos o número de *tweets* que havia feito, então não estava esperando que ninguém me mandasse um, quanto mais Genevieve Padalecki! Alice me mandou um *e-mail* bastante eufêmico, que simplesmente dizia, "Você viu o *tweet* de Genevieve?" Sabe aquela sensação de quando o mundo parece estar em câmera lenta? A mente para de ser capaz de compreender palavras. A voz não sai da garganta, apesar de o maxilar estar escancarado, permitindo que o ar escape dos pulmões. Minhas mãos estavam tremendo e eu não sabia mais qual era a direita e qual era a esquerda; então era impossível digitar uma resposta em um meio social com o qual mal era familiarizada, enquanto minha mente ainda estava congelada no pensamento de que Genevieve e Jared haviam gostado da minha carta. *Eles leram minha carta.*

Minha conta no *Twitter* explodiu. Todo mundo estava tentando descobrir quem eu era, o que Genevieve havia lido, e como eles conseguiriam uma cópia daquilo. *Links* do artigo estavam voando de um lado para o outro. O *site* de *The WFB* caiu devido ao bombardeio de cliques que vieram do nada. Eu estava na equipe havia apenas *três semanas* e tinha feito o *site* cair! O que estava acontecendo com a minha vida? Se tivesse pensado que o furacão, a resposta desconcertante ao meu editorial e a oferta surpreendente de fazer parte da equipe de escritores eram sinais de que deveria confiar no lugar aonde *Supernatural* estava me levando, então estes poucos dias foram o tsunâmi subsequente que estava varrendo todos os traços da minha existência anterior, reconstruindo minha vida do zero. O *site* havia desmoronado, e não conseguia ignorar a ironia simbólica de que a mesma coisa estava acontecendo comigo.

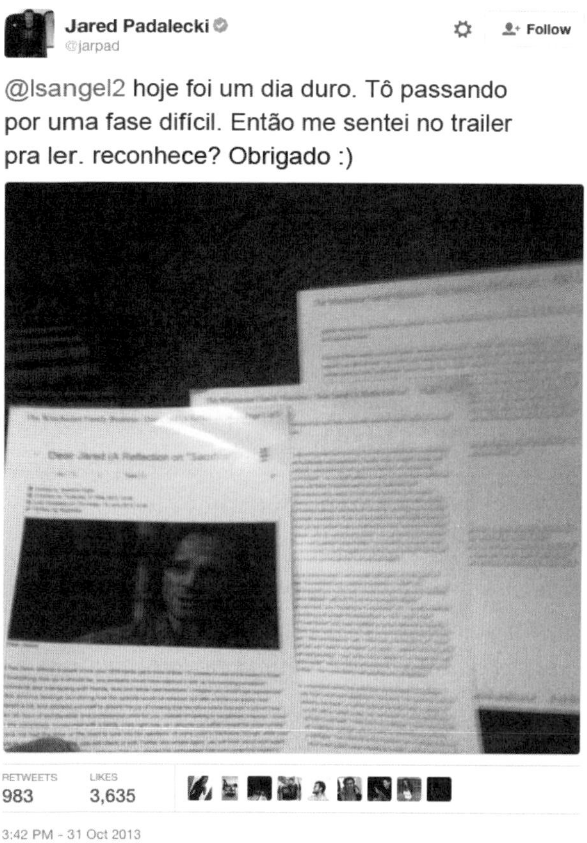

Inacreditavelmente, cinco meses depois, no Halloween de 2013, recebi a seguinte mensagem:

Jared havia me enviado um *tweet*. Pessoalmente. *Meu texto* havia ajudado *Jared*. Uma das estrelas que fazem *Supernatural* e inspiram esperança, força e bondade em uma família global foi ajudada pelo meu texto. Minha mente ficou vazia enquanto minhas mãos tentavam digitar uma resposta. Esta mulher puritana e com uma carreira que havia ultrapassado o que era esperado pulou da cadeira e correu pela casa gritando. Agora, mais de 10.000 pessoas leram a pequena carta que escrevi para Jared.

Se você está acompanhando, até agora esbarrei em um almoço acidental, tive minha rota alterada por um furacão, fui possuída por uma musa da escrita, causei a queda de um *site* e recebi encorajamento pessoal *tanto* de Genevieve *quanto* de Jared. Eu não estava recebendo sinais; estava sendo atingida em cima da cabeça por bigornas.

Passei os seis meses seguintes soltando críticas semanais. Aprendi mais a respeito de postar coisas *online*, da indústria do entretenimento e de escrita. Então, para dar ainda mais um passo à frente, ambos os administradores do site de *The Winchester Family Business* saíram praticamente ao mesmo tempo e fui chamada para me tornar a editora-chefe do *site*. Isso significava um comprometimento muito maior com aprender, bem, tudo, e mais tempo do que realmente tinha para oferecer, mas agora acreditava que os eventos em cascata não eram meras coincidências. Disse sim.

Lynn e eu continuamos amigas durante todo este percurso. Ela havia me encorajado e guiado através de *e-mails*, mas só nos tínhamos visto uma vez desde a primeira vez em que nos encontramos (na convenção seguinte de *Supernatural* em Chicago, é claro). Agora era abril de 2014 e ela estava de novo em Chicago para uma conferência acadêmica, na qual estava lançando seu terceiro livro, *Fan Phenomena: Supernatural*[6]. Queríamos nos ver, então ela me chamou para encontrá-la na conferência. Enquanto estava esperando, comecei a conversar com o editor dela, que estava mostrando a série inteira de livros de *Fan Phenomena*. Casualmente, comentei que um fenômeno da cultura *pop* parecia estar faltando na coleção deles. O editor reconheceu esta lacuna, então me perguntou sem cerimônias se gostaria de enviar uma proposta a respeito deste livro. Fala sério. De verdade? Eu era só uma visita passando o tempo batendo

6 N. T.: sem tradução para o português.

papo! Quando pensei sobre isso, porém, no meu papel de editora-chefe havia editado tanto envios da equipe quanto *fan fictions* independentes. Tinha um ano de publicações *online* a meu crédito e compreendia o fenômeno da cultura popular chamado SPNFamily. Tinha *expertise* em gerenciamento de projetos dos meus dias em corporações e uma extensa experiência em escrita, pesquisa e *marketing* empresarial. Levei a oferta em consideração e decidi que este era outro daqueles momentos milagrosos. Estava completamente fora da minha área, no que diz respeito ao processo de publicação acadêmica, mas lhe enviei uma proposta alguns meses depois. Para minha surpresa, eles aceitaram minha visão sobre o livro em detrimento de todas as outras propostas que lhes foram enviadas. Meu primeiro livro, *Fan Phenomena: The Twilight Saga*[7], foi publicado dois anos depois.

Como foi que tudo isso aconteceu? Não acho que foi um acidente ter deparado uma manhã com aquele episódio de *Supernatural*. Raramente assistia à TV, enquanto estava trabalhando em casa. Nunca antes, nem depois, havia escolhido assistir a um programa de terror (não gosto de coisas assustadoras!). Apesar de ser fã de ficções científicas desde a série original de *Star Trek*, nunca havia tido nenhum desejo de me tornar membro de um *fandom*, ir a uma convenção ou escrever a respeito de um programa. Embora tenha tido posição de liderança em uma firma de consultoria de gerenciamento e tecnologia, nunca havia adotado a tecnologia como uma parte integral da minha vida. Havia escrito volumes de *marketing* e comunicação empresarial, mas nunca havia considerado a possibilidade de seguir carreira como autora. Agora tenho um livro publicado sobre *Crepúsculo*, uma das maiores séries de cultura *pop* do nosso tempo; sou editora-chefe e gerente de mídias sociais de um *site* proeminente de *Supernatural*; estou escrevendo um capítulo em um livro sobre *Supernatural*, e os capítulos do meu segundo livro estão invadindo meus pensamentos. Não passará muito tempo até que tenha que escrever estes pensamentos também.

Também não acho que tenha sido um acidente que os dois homens bem jovens chamados Jared e Jensen tenham sido colocados juntos em um teste para *Supernatural*. Os dois atores nunca haviam se conhecido, mesmo assim tiveram uma química instantânea, tanto pessoalmente quanto nas câmeras. Eles se tornariam amigos para a vida toda e desenvolveriam um vínculo profissional raro, que se tornou o pilar de uma franquia e uma "família" global. De acordo

---

7 N. T.: sem tradução para o português.

"Nightsky" e Lynn em um abraço apertado com Jared e Jensen, setembro de 2016, no ChiCon. É, percorri um longo caminho desde minha primeira convenção!

com todas as expectativas razoáveis, tanto o programa do qual fizeram o piloto quanto o esforçado canal que o patrocinou deveriam ter desaparecido até atingir a obscuridade. Em vez disso, *Supernatural* exemplificou de forma ousada o melhor de se correr riscos, contar histórias e se conectar com fãs; alcançou o marco de doze anos, que é reservado apenas para as lendas da indústria, e se tornou um fenômeno mundial que mudou milhões de vidas — e não mostra nenhum sinal de estar perto de terminar.

O respeito, a dedicação e o amor que Jared e Jensen têm um pelo outro, o programa que criam, as pessoas com quem trabalham e os fãs que os amam causaram um efeito de ondas de bondade no mundo. Acredito que isso é mais do que inspiração. Na luta real entre a bondade e a maldade, entre a complacência e a ação, entre ser ignorado e ser amado, entre apatia e paixão, entre medo e coragem, algo fez estes dois jovens pingarem juntos no oceano do universo, gerando ondas de milagres que estão irradiando ao longo do globo terrestre.

Como *Supernatural* me mudou? Como tantos outros, a série tirou as amarras da minha criatividade. Uma pessoa que vivia cada dia com precisão de agenda agora é uma escritora, seguindo intuitivamente a inspiração. Sempre aceitei o desconhecido como algo que é o que deve ser, mas nunca imaginaria este futuro para mim.

No meu primeiro relato de convenção, quando estas pérolas estavam apenas começando, confessei que queria trabalhar para Jared. Reconheci o efeito extraordinário que ele estava provocando no mundo e queria aplicar meus talentos e experiência para ajudá-lo a estender seu alcance. Eu não sei; talvez, de uma forma pequena, tenha sido exatamente isso o que acabei fazendo (ou será que isso ainda está no meu futuro?).

Não faço ideia de onde esta estrada possa me levar, mas aprendi a confiar em aonde quer que *Supernatural* me leve. Talvez seja fé, Deus, anjos, o universo, a bondade, ou apenas a sorte me guiando, mas tenho plena certeza de que *Supernatural* muda vidas. Sei disso porque mudou a minha absolutamente.

WAYWARD AF

KIM RHODES

A primeira vez em que subi em um palco de uma convenção de *Supernatural*, estava bastante convencida de que estava no lado errado da equação. Eu era uma fã. Não era um alvo de *fandoms*. Estava bastante convencida, mesmo. Estava esperando alguém me dar um tapinha no ombro a qualquer momento e dizer: "Sinto muito, senhora, poderia me acompanhar? Estes petiscos estão reservados para os talentosos. Quem deixou você entrar aqui? E como foi que você acabou com um microfone na mão?"

Nasci querendo ter um microfone na mão. Precisava ser escutada. Raios, eu simplesmente *precisava*. Isso define bem minhas memórias de infância. Precisar ser escutada e precisar ser alguém que não era. Quando descobria coisas das quais poderia ser fã, uma parte disso ficava em suspenso por pouco tempo. Podia assistir *Mulher Maravilha*, depois passar horas no quintal dos fundos com a capa que minha mãe havia tecido para mim, tentando laçar o cachorro com minha corda de barbante e forçá-lo a me dizer a verdade para que pudesse salvar Lyle Waggoner. Ainda adoro Lynda Carter pelo que ela forneceu a meu jovem e frágil eu. Eu podia não ter voz própria, mas podia pegar a dela emprestada por um tempo. Isso me dava conforto e força.

Então fiquei um pouco mais velha e meu conforto na idolatria se transformou em desespero. Percebi que eu *não era suficiente*! Era por isso que ninguém queria me escutar. Ou brincar comigo. Ou me aguentar. Não tinha nada a ver com eu ser uma criança mandona, egoísta e insuportável. Era porque me faltava o que "eles" tinham. O mundo se tornou cheio de "eles" e "deles" e "aqueles" e eles estavam todos no lado vencedor. Eu estava no lado povoado por permanentes feitas em casa e sutiãs de ginástica usados com enchimentos de meias. Nós *não* éramos os vencedores.

Tentei tantas vezes encontrar uma voz que fosse considerada aceitável. Flertei com os garotos populares e ignorei o escárnio deles. Deixei que pessoas com QIs criminalmente baixos colassem dos meus trabalhos, para que parassem de fingir que não me conheciam na cafeteria. Roubei dinheiro da minha mãe para comprar doces para crianças. Fiquei doida para cacete e comecei a usar batom preto, escrever poesias reeeeeeeeealmente indulgentes e, não estou mentindo quanto a isso, até mesmo me cortei e desenhei um maldito autorretrato com sangue. Não era uma escoteira feliz. Além do quê, não sabia se alguém estava escutando ou não a essa altura: pelo fato de estar tão desesperada para que alguma coisa fosse o feijão mágico do qual crescesse o caule pelo qual poderia subir para uma vida diferente, eu não estava escutando mais ninguém. (Deus, coitada da minha mãe. Ela me amava tanto. Me ver tão miserável deve tê-la destruído.)

TEMPOS BONS PRA CARALHO!

Em desespero completo e absoluto, me tornei uma atriz. Pensei que, se pudesse vestir *outros* rostos e vozes e usar palavras que houvessem sido previamente aprovadas, talvez pudesse encontrar alguma sensação de ter valor. Além disso, pessoas teriam que me aplaudir. Era uma regra. É obrigatório aplaudir depois de uma peça, então há-há, vocês vão ter que me aplaudir, se de algum jeito eu entrar naquela peça.

Comecei a trabalhar. A alma vai encontrar um caminho. Lentamente, mas sem erro, comecei a me sentir parte de alguma coisa. Não era da humanidade ainda. Não era uma sensação de aceitação ainda. Mas descobri uma forma de ser útil, se não para mim mesma, pelo menos para uma história. Para algo maior que eu. Encontrei uma sensação de calma e diversão. Encontrei um pouco de autoestima e recebi alguma aprovação. Me tornei um humano funcional, de todo jeito. Ainda associava isso às personagens que vestia, acreditando que minhas próprias verdade e voz nunca conheceriam elogios. Mesmo assim, estava contente em ser a voz de outros.

Este era o meu estado mental quando cheguei a *Supernatural*, em 2010. Havia feito as pazes com minhas várias máscaras, aprendendo a moldá-las a partir de pedaços de mim mesma, em vez de me agarrar com selvageria a características completamente estranhas para mim. Havia aprendido até a me permitir o luxo de rir e incluir alegria em performances. Minha atuação estava bastante madura. Minha vida como atriz, entretanto, estava prestes a abrir as portas do inferno. Eu não fazia ideia.

Pisei no palco na minha primeira convenção e percebi que não tinha falas. Não tinha roteiro. Não tinha nada além da minha própria voz, empoeirada e enferrujada devido à falta de uso. Não sabia o que era esperado de mim. Não sabia o que as pessoas queriam. Eu estava *certa* de que não seria eu. Mas isso era tudo que tinha a oferecer. Então, por um milagre, graça, insanidade, ou apenas pura sangria mental, fiz isso. Me ofereci com tanta honestidade quanto podia reunir, em meio a um medo de tremer os ossos. Honestidade não era uma habilidade na qual tinha prática, sendo eu uma pessoa tão assustada quanto era. Honestidade, pensava, era para pessoas que sabiam que eram boas o bastante. Honestidade era para "eles". Mas fiz uma tentativa.

Ninguém jogou nada. E algumas pessoas aplaudiram. Alguns até me disseram que viram a minha verdade e sentiram como se fosse a delas também.

Bem, *isso* foi inesperado.

Eu fiquei fascinada. Estava fazendo exatamente o oposto do que pensava precisar fazer para ser escutada, vista, amada e respondida com um "É!", e aqui todos pareciam estar dizendo... "É!" Então continuei tentando. Ainda estou tentando. Ofereço uma perspectiva única que moldou a personagem de Jody Mills. Ofereço a experiência única da minha vida e das minhas visões quando interajo com fãs. Mas o que *recebo* não tem preço.

Comecei a me sentir da forma com que sempre imaginei que "eles" se sentiam. Me sinto bem, e que tenho valor. Sinto que posso dizer minhas crenças e libertar qualquer necessidade para definir como elas são recebidas. Me sinto forte. Ainda me sinto aterrorizada, mas posso combater este terror com verdade. A verdade é que eu mostrei a um monte de estranhos a criatura partida, frágil, blasfema, esquisita e exageradamente enérgica que é meu coração, e eles disseram "É!" e deixaram de ser estranhos. Encontrei a identidade que estivera buscando. Acontece que era eu mesma.

E é então que eu embrulho a vida com um laço apertado e a coloco na prateleira, certo?

A vida tinha outros planos.

"Me" encontrar era apenas o começo. Era a parte de "vista-se e apareça". A vida queria que eu me alongasse. A vida queria que eu crescesse. A vida, aparentemente, queria que eu aprendesse essas coisas apenas para que pudesse compartilhar como se faz com outros que merecem sentir isso também. A arena

Supernatural foi onde aconteceu, porque com a mais absoluta certeza não poderia fazer isso sozinha.

Veja bem, minha cabeça ainda é a minha cabeça. Não é um lugar em que alguém gostaria de estar sozinho. Aqui há dragões, confie em mim. Por sorte, um Poder Maior ou um Destino ou uma sorte inacreditável me forneceu uma parceira, e de repente um mais um era igual a fogos de artifício de quatro de julho.

Briana Buckmaster é a professora que veio quando a aluna estava pronta. Cheia de pólvora e pirulitos, ela se anunciou como inteiramente no meu time desde o momento em que nos conhecemos. Aqui está: por mais confiante e segura que possa ter me tornado, eu não tinha um "time". Meu conforto era ficar sozinha, embora o *fandom* já se houvesse aninhado suficientemente em meu coração para ameaçar isto um pouco. Tenho um marido, um filho, uma irmã e duas melhores amigas... é, estou bem, obrigada!

Mas aqui estava este espírito reluzente proclamando que, sim, eu havia mudado, mas agora que tal mudarmos o mundo? Que tal oferecermos a outros o que encontramos aqui? Que tal criarmos um espaço para TODO MUNDO se divertir e se expandir e se sentir apoiado e fazermos isso nós duas? Que é que 'cê acha?

Isso é só papo de doido. Sai de perto de mim.

Mas o "eu" que havia encontrado tinha um coração que cresceu até o triplo do tamanho naquele dia. Minha amiga Briana me dá coragem para gritar minha verdade, não só sussurrá-la. Ela tem pontos fortes onde tenho fraquezas e, por causa do amor que compartilhamos, isso me fornece consolo em vez de inveja. Pude conhecer o eu que era através do *fandom*, e agora estou me tornando o eu que quero ser por causa da experiência inteira de *Supernatural*. E escolhi tornar esta jornada pública, porque é uma oferta de amor a todos. Estou encontrando o cerne do que é verdade.

Acho que é fácil olhar para alguém sobre o palco e deixar o guarda-chuva de sua imagem ou personagem superar quem é enquanto pessoa. E, além disso, quando essa pessoa é você, é fácil acreditar que você DEVE ser essa imagem. Então Briana e eu fizemos um compromisso consciente com a honestidade. Foi daí que veio o Wayward. Estamos seguindo nosso caminho de amar uns aos outros e amarmos a nós mesmas. Neste mundo, dizem-nos que isso não pode ser feito. De alguma forma, é desrespeitoso ou perigoso *para o status quo*.

Sabe o quê? Achamos que o *status quo* pode tornar as pessoas bastante tristes.

Para mim, foram necessários uma amiga e o *fandom* para dar o primeiro passo de "Sim, aqui estou eu", e agora o segundo passo de "Estou aprendendo a amar isso, e convido você a fazer o mesmo". Briana e eu não somos diferentes de vocês. Somos perfeitas com nossas imperfeições. Estamos nos esforçando para melhorar através de nossos erros. Estamos crescendo e aprendendo, e a força que encontramos uma na outra está disponível para todos os humanos neste planeta. Aceite a verdade e a ame. Ela pode curar e conquistar tudo. Cada única voz cantando a mesma música pode mudar o mundo.

Talvez você esteja lendo isso e balançando a cabeça negativamente. Você está machucado demais. É impossível que eu entenda, você acha. Você está sozinho demais e machucado demais e com medo demais e seguro demais de que eu não estou falando por experiência própria.

Eu quero abraçá-lo e beijar o topo de sua cabeça. Quero fazer piadas bobas e fazê-lo rir em meio a suas lágrimas. Quero lhe mostrar as cicatrizes idiotas no meu pulso e dizer as coisas *ridículas* que fazia quando estava me sentindo do mesmo jeito. Mas não posso. Então escrevi isto para que você saiba que eu sei. E a dor que sinto é deliciosa e vale cada lágrima que derramo, porque é o preço que pago por encontrar minha voz, assim como sei que você também encontrará.

Percorri esse caminho. E lhe mostro minhas falhas e meu mapa para que você possa fazê-lo também. Você é amado. Você tem valor. Eu sou eternamente grata a você.

WAYWARD DAUGHTERS

http://waywarddaughtersacademy.tumblr.com

Wayward Daughters é um movimento liderado por fãs que surgiu do *fandom* de *Supernatural* em maio de 2015. No episódio "Coração de anjo", quando Claire é mandada para viver com Jody e Alex, a fala "O que é isso, uma espécie de casa no meio do nada para garotas adolescentes e rebeldes[8]?" tocou em um ponto sensível do *fandom*. Depois de "Emergência em Hibbing" — episódio de sucesso sem precedentes de Kim Rhodes e Briana Buckmaster —, ficou claro que era exatamente isso que as fãs queriam ver: um *spin off* estrelando Jody, Donna, Alex e Claire.

Kim Rhodes respondeu ao entusiasmo das fãs Riley Keshner e Betty Days com um conselho útil: os mandachuvas vão precisar ver o interesse por trás da ideia para levar isto em consideração. O *fandom* estava definitivamente interessado — apenas não tinham nenhuma organização. Assim, o "Wayward Daughters" — um apelo por um *spin off* de *Supernatural* liderado por mulheres — nasceu. Foram criadas páginas em mídias sociais e uma petição para canalizar as vozes díspares do *fandom* através de um dispositivo central. As fãs queriam uma melhor representação feminina no programa — queriam que as garotas dele não só permanecessem por perto por mais tempo, mas também que tivessem mais profundidade e estivessem envolvidas em relacionamentos melhores com outras mulheres. O que Riley e Betty não notaram a princípio era que as fãs não queriam simplesmente ver estes relacionamentos positivos em *Supernatural*; queriam incorporá-los à vida real.

O *fandom*, como qualquer grupo, pode às vezes ser sectário e mal-criado. Em grande parte graças ao exemplo de Kim e Briana, as fãs de Wayward Daughters jogaram esse drama pela janela. A comunidade Wayward se tornou um lugar onde fãs podem encontrar pessoas que pensam de forma

8 N. T.: no original, "*wayward* teenage girls".

parecida, igualmente excêntricas (rebeldes), e expressarem-se livremente sem serem julgadas. (A linha de roupas WaywardAF, também inspirada no movimento Wayward, dá voz a esta autoexpressão e empoderamento.)

Através do advento de campanhas de arrecadação de fundos e projetos de serviços, a comunidade cresceu e evoluiu para algo que nenhuma de suas organizadoras esperava, e, em pouco tempo, o Wayward Daughters havia se tornado uma força de empoderamento para o bem social. A campanha e o movimento, a certa altura, reuniram interesse suficiente para conquistar o próprio episódio de *Supernatural* ("Não se esqueça de mim", da décima primeira temporada, apelidada de "episódio das Wayward Daughters"). Mas acima e além disso, as fãs de WD levantaram milhares de dólares para caridade, ajudaram o Random Acts a construir uma escola gratuita na Nicarágua e cresceram para se tornarem mais amáveis em relação a si mesmas — e umas para com as outras.

Riley Keshner e Betty Days contribuíram com este conteúdo

Primeira de todas as sessões de fotos do grupo Wayward.

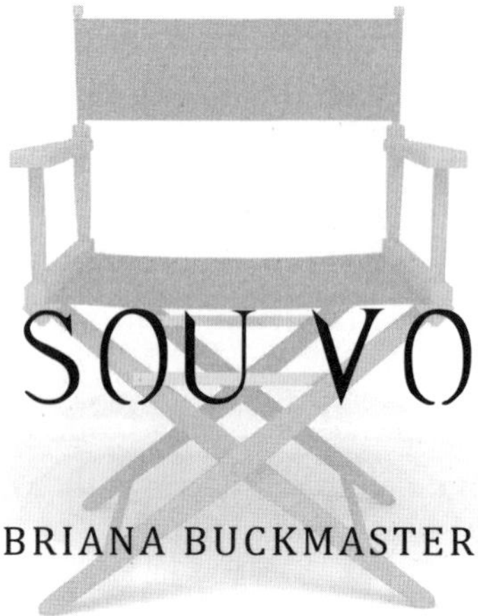

EU SOU VOCÊ

BRIANA BUCKMASTER

"O que é uma convenção?", perguntei, sentada na cadeira, enquanto esperava a equipe técnica fazer a volta. Kim Rhodes estava sentada a meu lado. Nós duas estávamos vestindo casacos aconchegantes e fazendo nosso lanche diário das 3 da tarde de café e biscoitos. Estávamos perto da metade das gravações de "Emergência em Hibbing" e, bastante convencida de que estava apaixonada por aquela mulher, então agarrava cada palavra dela.

"Oh. *Oh*. Espera só. Elas são *extraordinárias*. Com certeza você vai ser convidada".

"SÉRIO??!!", perguntei, enquanto deixava meu cinto de armas inclinado para que não tivesse que comprar o café da manhã para usá-lo.

Então Kim prosseguiu, me deixando a par do que parecia ser a realização de todos os meus sonhos. Um palco. Um microfone. Uma audiência de boa vontade. E karaokê.

Quando uma pessoa decide se tornar atriz, é possível que haja uma voz dentro de sua cabeça que lhe diz que ela é banal. Vaidosa. Talvez um pouco inútil. É confuso seguir sua paixão e mesmo assim sentir como se tivesse algo mais para dar. Uma parte sua que não está sendo preenchida. Eu havia alcançado a idade em que, como mulher, você é ensinada a começar a se conformar com o que a vida lhe dá. E então recebi a Xerife Donna.

O papel de Donna Hanscum era tudo com que poderia sonhar. Desde o começo, ela era uma mulher verdadeira: complexa, com sua disposição leve mas também sua tristeza e baixo senso de si mesma. E a melhor parte é que, por estar interpretando este papel e uma parte do programa, tenho a honra de ter uma plataforma na qual posso conversar com outros que tiveram a experiência do que Donna fez. O que eu fiz. Eu posso servir! Algo que nunca pensei que seria capaz de fazer.

Cresci em uma fazenda nos arredores de uma cidadezinha em Saskatchewan. Não tinha TV a cabo ou por satélite. Mas tinha um banco junto à lareira que lembrava bastante um palco. Então me apresentava constantemente. Meus pais eram fazendeiros e, embora não tenham me dissuadido de seguir meus sonhos, não foram grandes influências no que seria minha maior paixão na vida. Tinha irmãos gêmeos mais velhos (aos quais atribuo meus altos limites para as pegadinhas de J2), e a maior parte dos nossos dias era preenchido por coisas como pular amontoados de feno, coletar pedras e fazer labirintos em plantações de milho. Soa bastante pitoresco, não é? Era, em sua maioria, mas as escolas não eram muito boas e meu pai estava perdendo a visão devido a um tumor cerebral que tivera durante a maior parte da vida. Então tivemos que fazer algumas mudanças.

Nos mudamos para a cidade, onde a vida era bastante diferente. As crianças se falavam de forma diferente; tratavam-se de forma diferente. As garotas realmente queriam vestir as roupas "certas" e eu não fazia ideia do que era isso. Dizer que sofri *bullying* era um eufemismo gigantesco. Sempre fui muito maior que outras garotas da minha idade. A minha família não tinha recursos para viver em uma casa legal ou comprar roupas legais. Frequentemente, eu vestia roupas herdadas dos meus irmãos. Ao descobrir que eu não me encaixava, voltei-me para dentro de mim mesma e me tornei introvertida. "Tímida e quieta" era a expressão que frequentemente usavam para me descrever (se conseguem acreditar). Pensei: *Se eles não puderem me escutar, não vão poder tirar sarro de mim*. Não funcionou exatamente.

Isso durou até o começo do ensino médio, quando encontrei a nova compreensão de que, se iriam rir de mim, faria com que rissem *comigo* antes. Esse foi o começo de encontrar meu verdadeiro eu. Só precisava encontrar o que queria dizer.

Adiantando mais um pouco. Quando estava no segundo ano da escola de teatro, trabalhei duro de verdade e perdi uma quantidade substancial de peso (praticamente até atingir o tamanho que tenho agora). Isto é o que gosto de chamar de mudança de pele. Ainda não era o que seria considerado magra, nos padrões de Hollywood, mas estava sendo vista. Tipo, *vista de verdade*. As pessoas me olhavam no olho e escutavam quando eu falava. Então me esforcei para garantir que as coisas que estava dizendo fossem bem pensadas. Nada perfeito, mas realmente as coisas em que acreditava. E garanti que via todo mundo, independentemente do peso. Adiantando para as convenções de SPN. Tanto quando estou falando com o *fandom* do palco, durante um encontro entre artistas e fãs, quanto quando estou simplesmente passando para ir ao banheiro, tento garantir que os esteja escutando. Vendo-os. Porque realmente sou um deles. *Eu era vocês, eu sou vocês e eu aspiro a ser exatamente igual a vocês.*

A Xerife Donna, como muitas pessoas sabem, deveria ter sido apenas uma personagem pequenininha de uma aparição, uma mulher de coração leve com o ego partido. O texto era tão divertido para mim que estava ansiosa para entrar na sala de audição. Isso não é muito comum em atores. Phil Sgriccia estava lá e tinha algumas anotações para mim, baseadas na minha primeira audição. Deixou bem claro que o sotaque era importante. Já que sou do centro-oeste do Canadá, o dialeto estava diretamente na minha área. Fiz a audição e depois passamos alguns minutos conversando sobre futebol americano. Acho que esta conversa minúscula deu a ambos uma boa sensação a respeito de como seria trabalharmos juntos. Gosto de pensar que isto solidificou o fato de ter ganho o papel. Vamos, Riders!

Meu primeiro dia no estúdio foi emocionante e aterrorizante. Só estava trabalhando na TV havia cerca de seis meses, antes do meu primeiro episódio. A maior parte de meu treinamento e experiência de atuação eram no teatro e em comédia. Então estava muito comportada no estúdio. Não queria fazer merda e, quando as pessoas diziam coisas como “Preciso que você permaneça nas suas marcações originais” ou “Entrando o primeiro time!”, não fazia merda de ideia nenhuma do que estavam dizendo. Perguntava uma vez e lembrava para sempre. Não estava na posição de desperdiçar o tempo dos profissionais. A primeira pessoa que conheci foi Jensen. Ele era tudo que imaginava que seria: engraçado, cavalheiro e bonito para cacete. Quando conheci Jared, a primeira coisa que pensei foi “Meu Deus, ele é alto”. A segunda coisa que pensei foi “Como é que as pessoas conseguem completar qualquer trabalho que seja com esses dois homens na sala?”

Quando mergulhamos no primeiro ensaio para a agora infame cena do *donut*, gritaram “Ação!” e eu cravei os dentes naquele *donut* como se minha vida dependesse disso. Quando gritaram “Corta!”, a equipe começou a gargalhar e os garotos olharam para mim, dizendo: “Uau. Você realmente foi com tudo”. Achei que estava com problemas e que tinha cometido um erro enorme, mas na verdade foi o oposto. Como eu disse, eu não sou de brincadeira.

O último dia de gravações daquele episódio com os garotos foi mágico. Rimos mais do que eu havia rido em muito tempo e, em dado momento, os garotos viraram para mim e disseram: “Nós vamos roubá-la para Los Angeles para fazê-la famosa”. O que mais uma atriz pode pedir? Phil havia mencionado a

ideia de me trazer de volta. Mas nos meus quinze anos de carreira havia escutado estas palavras serem expressadas mais vezes do que me importava de lembrar, então não estava prendendo o fôlego. Mas olhe para Donna agora — uma caçadora completa. Sei que tenho Phil, os garotos e os fãs para agradecer. E graças a eles eu vou, pelo resto da minha vida.

A mágica que surgiu em minha vida por causa desta personagem bonita, simples e mesmo assim complexa, é difícil de descrever em apenas um punhado de palavras. Uma tarde em uma audição mudou completamente a minha vida, para sempre. E coincidiu quase que diretamente com o nascimento da minha filha; então a probabilidade de que havia uma espécie de mudança lunar é bem grande. Se isto soar muito fora da caixa para você, não o culpo. Mas CALMA AÍÍÍÍÍÍÍ. Três temporadas depois estou completamente entrincheirada na SPN-Family. Os atores que comparecem regularmente às convenções se tornaram alguns de meus melhores amigos, e aos poucos estou tendo a possibilidade de conhecer mais e mais fãs em nossos encontros breves, porém substanciais. Cada palavra que dizem para mim me afeta, me ensina e se transforma em uma parte de mim. Conhecer todas estas pessoas tem sido a experiência mais incrível da minha vida. Todo dia agradeço aos céus por terem me concedido a honra de ser parte da SPNFamily.

SINTA O QUE SINTO, VEJA O QUE VEJO

KIM PRIOR

Cheguei a *Supernatural* sabendo como ser uma fã. Afinal, havia passado os últimos vinte anos no *fandom* mais antigo da história dos *fandoms*: a Maternidade. Como mãe, tenho sido fã dos meus filhos desde o começo, de guardar obras de arte desenhadas com mãos minúsculas a assistir jogos de futebol e poupar centavos — literalmente, centavos — para comprar jogos e roupas novas e sapatos novos e ingressos para concertos e, ah sim, tirar mais do que algumas fotos pelo caminho. Mal sabia que o *fandom* de *Supernatural* seria tão semelhante, de ser fã — bem, de tudo — a *fanarts*, tirar fotos e poupar centavos para convenções.

Mais de vinte anos de Maternidade, e então o dia finalmente chegou: o dia em que meu caçula estava prestes a se formar na escola para em breve sair de casa para a faculdade. Embora eu sempre fosse ser um membro da Maternidade, seria de uma forma diferente deste momento em diante. O pensamento de ter um ninho vazio trouxe todos os sentimentos feios de vergonha, que havia combatido ao longo dos vinte anos passados, à superfície de novo: a vergonha de ser uma mãe dona de casa. O que faria agora que eles se foram? O que *poderia* fazer?

Havia sido dona de casa por mais de *vinte* anos. Era só uma mãe, só uma mãe de jogos de futebol, só uma mãe com uma câmera tirando fotos de todas as coisas que minhas crianças faziam, uma cinegrafista de meio período dos melhores momentos do time. Embora tivesse um diploma universitário, sabia que não tinha nenhuma habilidade real. Havia feito uma boa cota de trabalhos voluntários, mas não tinha nenhuma experiência de trabalho de fato. Percebendo que estava prestes a me tornar uma dona de casa sem nenhuma criança na casa, a ideia de que não tinha nada a oferecer para ninguém me atingiu com força. E comecei a pensar que talvez nunca tivesse tido nada a oferecer.

Um programa de televisão mudou isso.

Inicialmente, havia começado a assistir a *Supernatural* com meu filho alguns anos antes de sua formatura. Me senti atraída pelo forte elemento familiar do programa e sabia que continuaria a assistir mesmo depois que ele partisse para a faculdade. Embora estivesse assistindo ao programa desde 2012, foi apenas durante a temporada de 2013 que uma espécie de intervenção divina me conduziu à SPNFamily, mostrando-me esta comunidade *online* de apoio, algo de que precisaria enquanto a formatura do meu filho se aproximava.

Fiquei quieta por trás das sombras no começo, observando e aprendendo a forma como este *fandom* funcionava. Logo descobri elementos comuns entre este novo *fandom* e o *fandom* da Maternidade, com o qual estava tão familiarizada. Ambos são maravilhosamente diversificados. Nós somos mães de jogos de futebol, mães de bandas, mães trabalhadoras e mães donas de casa. Mães que cozinham e que não cozinham. Mães jovens e mães avós. Mães biológicas e mães adotivas. Somos Mary Winchester, que corta as bordas dos sanduíches, faz tortas e sussurra para nossas crianças enquanto caem no sono: "Anjos estão te vigiando". Somos Ellen Harvelle, dispostas a dar nossas vidas pelo bem-estar de nossos filhos, rezando para que estejamos ao lado deles quando nossas crianças passarem para o outro lado. Somos Jody Mills, dando um passo à frente para ser a mãe de todas as crianças rebeldes que venham na nossa direção.

Também somos pais que dão instruções, pais que nunca perdem um jogo ou um recital. Pais que trocam fraldas e pais que ensinam suas crianças a andar de bicicleta e dirigir carros. Pais que ensinam meticulosamente seus filhos a como dar um nó perfeito na gravata. Somos John Winchester, fazendo simplesmente o melhor que podemos por nossos filhos. E não podemos negligenciar os Bobbys de ambos os *fandoms* também: os pais honorários, os pais adotivos, os pais não tão biológicos, os pais que vêm e vão e nunca, jamais, decepcionam os filhos. Elogios a todos os Bobbys deste mundo, que personificam uma das melhores falas do programa: "Família não é só a de sangue".

Outro elemento comum entre estes dois *fandoms* é o conceito de ser fã. Na Maternidade, compartilhamos nossos pensamentos sobre pediatras, professores e novos brinquedos da moda, assim como a SPNFamily compartilha seus pensamentos a respeito do elenco, das personagens e dos episódios. Em ambos os *fandoms*, compartilhamos histórias engraçadas, histórias estranhas, fotos e memes, viagens ao hospital, mortes e às vezes compartilhamos apenas que estamos tendo um dia difícil... o que nos leva a compartilhar amor e abraços e orações, *gifs* e mais fotos.

Em ambos os *fandoms*, celebramos juntos. Comemoramos juntos. Compartilhamos entusiasmados um com o outro fotos novas e histórias novas. Aplaudimos as conquistas, os primeiros passos ou o primeiro encontro de um filho, ou uma primeira vez na cadeira de diretor ou a sessão de fotos executada com perfeição. Celebramos aniversários, os que sabemos que teriam e os que rezamos para que vissem; divulgamos aniversários também, com #HappyBirthdaySam ou #HappyBirthdayJensen ou #HappyBirthdayJJ. Estamos juntos para os momentos felizes, como formaturas no jardim de infância e casamentos, como em "O erro francês" e "Ficção de fã". Abraços? Temos em ambos os *fandoms* também. Abraços grandes, esmagadores, encantadores em aeroportos, ao ver o filho voltando para casa com segurança depois da viagem, ou o abraço igualmente emocionante no final de "Local misterioso", quando Sam percebe que Dean não vai morrer mais uma vez.

Infelizmente, como qualquer membro tanto da Maternidade quanto da SPNFamily lhe dirá, não é sempre que se tem felicidade e alegria. Em ambos os *fandoms*, passamos também por experiências decepcionantes e tristes. Aprendemos a nos apoiarmos um no outro durante momentos difíceis, como pontos ou braços quebrados ou corações partidos... como o Inferno, o Purgatório ou "Bloodlines". Damos apoio um ao outro, com orações e abraços durante sessões e sessões de exames, diagnósticos ou medicamentos, ou com orações e abraços durante cenas de lutas sangrentas, processos ou finais de temporadas. Acompanhamos um ao outro durante os momentos ruins, como campeonatos perdidos ou brigas com um melhor amigo, como em "Coração" ou "Canção do cisne". Confortamos um ao outro em funerais cheios de lágrimas que vieram cedo demais... na vida real, ou por Bobby, Kevin ou Charlie.

Enquanto conhecia esta SPNFamily, comecei a ver um ponto em comum de novo e de novo e de novo. Somos todos incrível e dolorosamente humanos. Todos temos problemas. Não importa qual é o seu problema; a ideia é que todos os temos. Enquanto há uma medida de apoio recíproco dentro da Maternidade, ela não se compara exatamente ao amor e apoio incondicionais um pelo outro dentro da SPNFamily.

Também comecei a ver mais e mais *fanarts* no *Twitter*. Isto foi algo que atiçou meus próprios interesses criativos como fotógrafa de meus filhos há bastante tempo. Fiz algumas pesquisas a respeito do assunto: Como as pessoas estão fazendo estas artes, através de quais meios, quais são as restrições e limitações? Fiz o que qualquer boa fã faria e entrei em contato com Jules no SuperWiki. Não tenho como dizer isso de forma clara o bastante — Jules não só me encorajou a mergulhar no campo das *fanarts*, mas também me encheu de vida. Não sabia aonde meus experimentos com *fanart* me levariam, se é que levariam a algum lugar, mas sabia que havia encontrado algo que me permitiria continuar com meus próprios interesses criativos agora que meus filhos haviam partido. (As pessoas que conheci neste *fandom*, os amigos que fiz — todos eles tiveram alguma parte nessa intervenção divina que mencionei, todos eles exerceram um papel para me ajudar a encontrar meu caminho, agora que estava com o ninho vazio — mas sempre serei grata a Jules, por suas palavras gentis de apoio e encorajamento.)

Combinei estas coisas — a percepção de que todos têm problemas, depois acrescentando meus anos de experiência com fotografia e edição, então a percepção de que poderia fazer meus próprios exemplares de *fanart*... e *Demons* começou a tomar forma.

As palavras estavam flutuando na minha cabeça por semanas. Precisava colocá-las no papel, partilhá-las com outros de alguma forma, de algum jeito. Então, em um dia do final de maio de 2014, sentei-me ao computador e botei tudo para fora. As palavras fluíram com facilidade, assim como minhas próprias lágrimas. O trabalho artístico não foi tão fácil, mas fiz o melhor que podia. Após vários dias pensando e repensando e exagerando ainda mais nos pensamentos, finalmente o deixei voar. E o postei no *Twitter*.

Demons continua lá, no espaço cibernético. Ainda aparece na minha linha do tempo do *Twitter*. Alguma pessoa, alguém que nem mesmo conheço, vai tuitá-lo, dizendo que é um lembrete para ele/ela de que sempre há esperança. Nunca sequer sonhei que tocaria tantas pessoas. Não sou nenhuma artista, não

como Petite-Madame, Denise Ferragamo, Anne Kirn, Kaiya, Sherri ou outras demais para citar nomes — elas são *artistas*. Mas, se conseguir colocar uma foto no Photoshop, arte-finalizá-la e acrescentar-lhe uma frase— e se essa foto fizer apenas uma pessoa sorrir, ajudar apenas uma pessoa a atravessar um dia difícil, dar a apenas uma pessoa um motivo para rastejar para fora da cama, levar apenas uma pessoa a #AlwaysKeepFighting... bem, é isso que importa. E isso me faz pensar: Será que tenho algo a oferecer? Será que posso amenizar a dor de alguém, ser amiga de alguém? No grande esquema da vida, não é a isso que tudo se resume — ajudar um ao outro, levantar um ao outro?

Tenho praticado minha arte — fotografia, videografia e edição — há mais de vinte anos. Tirei milhares e milhares de fotos, passei milhares e milhares de horas processando imagens, aprendendo Photoshop, aprendendo novas técnicas tanto de fotografia quanto de edição. Compreendi há muito tempo que tenho a habilidade de me afastar, de afogar o ruído branco de multidões comemorando, de torcer e virar e esticar e afinar sem de fato me mover um centímetro, de permitir que o momento passando dentro do meu visor me consuma, e mesmo assim permanecer extremamente consciente do ambiente ao meu redor. Descobri que consigo andar sobre a linha tênue entre aproveitar o momento enquanto acontece e manter o foco calmo no momento, para não perder a foto. Aprendi como lidar com a dor, quer seja uma enxaqueca ou um braço quebrado. Aprendi a me alinhar com meus instintos, permitindo que literalmente sentisse o momento quando está por vir — e então, quando o momento chega e eu aperto o botão, nesta fração de segundo capturo um momento que todo mundo pode *sentir*: alegria, entusiasmo, dor, angústia. Preenchi a moldura com minha própria respiração, lenta e mensurada, pacientemente antecipando aquela foto única, a foto única que é tão clara, tão tecnicamente correta, tão cheia de emoção.

Às vezes me permito sonhar em ver uma de minhas fotos como um pôster, adornando paredes de quartos e cubículos de escritórios por todo o planeta. Às vezes sonho até em tirar uma foto boa o bastante para que talvez Rob a use como a própria capa do próximo álbum de Louden Swain, ou para que talvez Jared use como a foto de perfil no *Twitter*, ou para que talvez Jensen use como a do *Facebook*. Não digo isso de forma vaidosa, "Ah, ei, olha essa coisa ótima que fiz", mas sim como um reconhecimento de que todos os meus anos sendo "só" uma mãe com uma câmera tenham sido na verdade tempo bem gasto e não algo para me envergonhar. Talvez, apenas talvez, o elenco e o *fandom* compreendam qual é a minha intenção toda vez que pego a câmera — quero compartilhar e saborear este momento juntos, quero que vocês sintam o que eu sinto, vejam o que eu vejo.

Muitos anos atrás, uma mulher que não era membro da Maternidade me fez esta pergunta: O que você *faz* o dia inteiro? O desprezo e o julgamento no tom da voz dela machucou até as profundezas da minha alma. Ela me julgou por ser uma mãe dona de casa, me julgou por não ter um emprego "real", me julgou pelo que assumiu ser ficar parada o dia inteiro sem fazer nada, me julgou por me aquecer com a alegria da Maternidade. Decidi ser uma mãe dona de casa, acreditando que dedicar minha vida ao meu marido e meus filhos seria uma coisa maravilhosa. Mas com uma pergunta, com apenas sete palavras, essa mulher despejou tanta vergonha sobre mim, uma vergonha que carrego em meus ombros e meu coração até o dia de hoje. Em todo formulário que vinha da escola, todo formulário que vinha do consultório médico, todo formulário para comprar um carro ou uma casa nova, em cada

Jensen, Vegas Con 2015

Jared, VanCon 2016

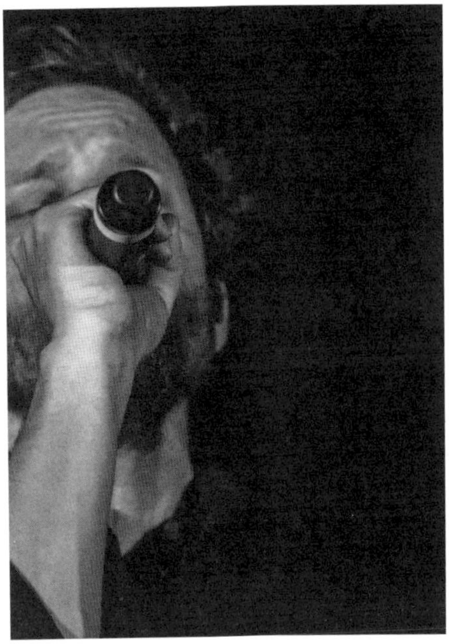

Rob, JaxCon 2016

Jensen, JaxCon 2016

maldito formulário, há aquela linha: "Profissão". Toda vez que não podia preencher esta linha, sentia aquela vergonha toda de novo. Com cada pessoa que conhecia havia esse momento de vergonha e julgamento, quando ele/ela me perguntava o que fazia da vida e a única resposta que podia dar era "nada". Sete pequenas palavras e anos de olhares inquisidores me ensinaram que eu era uma pessoa babaca, patética e improdutiva.

Encarando meu mais novo caminho, como uma pessoa com o ninho vazio, sofri ao saber como me tornaria ainda mais patética e improdutiva. Me perguntava como poderia ser útil de novo.

Até conhecer a SPNFamily.

Qual foi o impacto que este programa, este elenco, este *fandom*, esta família teve em mim? Apesar de ser um membro orgulhoso da Maternidade, apesar de amar minhas crianças e meu marido ao infinito, eu nunca, jamais, me senti tão aceita, valorizada e validada quanto agora. Tenho um dom para a arte? Sem chance. Sou uma grande fotógrafa? Certamente não. Mas este programa, este elenco, este *fandom* e esta família — vocês me apoiam, me encorajam e acreditam em mim de qualquer jeito. A SPNFamily me aprecia por qualquer pequeno pedaço de talento de um modo que ninguém jamais fez. É por causa deste programa, deste elenco, deste *fandom* e desta família que — pela primeira vez na minha vida — posso dizer em voz alta que sou uma fotógrafa, uma artista, e isso é realmente *ok*.

Tantos de nós tiram exatamente a mesma foto exatamente na mesma hora. Meus *posts* podem não ter milhares, talvez nem mesmo centenas, de inclusões como favoritos, de *retweets* ou compartilhamentos, mas isso não tem problema. Alguns de meus verdadeiros momentos "oh meu deus" acontecem quando Matt, Kim, Briana, Ruth ou qualquer um do programa marca uma de minhas fotos como favorita ou faz um *retweet* dela... e quando Gil usa uma das minhas fotos como sua imagem de perfil, bem, isso é uma alegria que me ajuda a atravessar meus dias mais sombrios. Mas é por causa desta SPNFamily que tenho até coragem de expor minhas fotos e minhas *fanarts* aos olhos do público. É por causa deste programa, deste elenco, deste *fandom* e desta família que eu me sinto de verdade — ah, qual é a palavra? — *autoconfiante*, quando posto uma foto nova. E sabe o quê mais? Às vezes, posso olhar o espelho e não sentir vergonha. Às vezes posso olhar o espelho e conseguir ver os anos de preparação unindo forças à oportunidade, e de repente tem uma artista sendo refletida de volta para mim. Por causa deste programa, deste elenco, deste *fandom* e desta família, posso começar a curar os anos de vergonha. Talvez possa até erguer um pouco mais minha cabeça. Posso dizer com orgulho que eu Sou uma Mãe — e que sou a pessoa mais sortuda do mundo.

Jensen, NashCon 2016

FOTOGRAFIA DE CONVENÇÕES: KIM EXPLICA O BÁSICO

Um: Conheça seu equipamento. Celulares e câmeras compactas têm habilidades bastante limitadas dentro do cenário de uma convenção. Mesmo uma câmera DSLR ótima tem limitações. Leia o manual. Conheça os botões da câmera, saiba o que cada um faz e saiba que cada pequena variação pode modificar drasticamente sua foto.

Dois: O local em que você está no salão importa. Seu celular pode tirar uma ótima *selfie* em grupo no almoço, na parte externa, sob a luz brilhante do sol vespertino, mas este mesmo celular não vai capturar a mudança de cor dos olhos de Jared enquanto ele se move sob as luzes, se você está sentado mais distante do que as duas ou três primeiras fileiras das cadeiras douradas. Se você tem uma DSLR, mas não uma lente ótima, você provavelmente não vai ver estas mudanças sutis de cor sob qualquer espécie de claridade.

Jared, ChiCon, 2014, tirada da Fileira Dourada L com uma Canon Rebel XTi, usando uma lente de 70-300 mm.

Três: Saiba seu objetivo ao tirar fotos em uma convenção. Se quiser apenas tirar algumas fotos para mostrar que esteve lá, então qualquer câmera vai bastar. E você poderá se sentar em qualquer lugar. Entretanto, se quiser ver as sardas de Jensen detalhadamente, então usar o celular ou uma câmera compacta da Fileira S não vai lhe dar o que quer. Garanta que seu nível de expectativa condiga tanto com seu equipamento quanto com seu assento.

Esquerda: Jared, DenverCon, 2015, tirada da Fileira Dourada F com uma Canon 70D, usando uma lente 2.8 de 70-300 mm. Direita: Misha, PittCon, 2016, tirada da Fileira Dourada B com uma Canon 70D, usando uma lente 2.8 de 70-300 mm.

O PODER DE UMA FOTO

STACEY ANDERSON

Quando me veio a ideia de usar uma foto minha e de minha mãe na sessão de fotografias, fiquei indecisa porque não sabia ao certo se isso assustaria os atores ou os faria sentirem-se inquietos. O décimo aniversário da morte de minha mãe estava chegando e, já que estávamos celebrando dez anos de *Supernatural*, imaginei que fosse cabível agradecer aos atores e os deixar saber o quanto haviam me ajudado a superar a dor de perder minha mãe quando tinha quinze anos. Então mandei um *e-mail* para o fotógrafo do *Creation*, Chris, e perguntei se seria *ok*. Ele disse que sim e de fato imprimiu a foto que queria usar na minha sessão de fotos do J3.

Entrei na fila com instruções específicas de ser a última ou o mais perto possível disso. Os voluntários me ajudaram bastante. Enquanto estava à toa no fim da fila, conheci Lynn (autora de *Fangasm* e editora deste livro) e ela viu que eu estava nervosa. Disse-lhe que não ficava nervosa normalmente, mas este era um memorial de tributo à minha mãe. Então ela meio que me protegeu e perguntou se eu ficaria mais confortável se ela me apresentasse aos rapazes. Eu respondi "Claro", já que os rapazes a conheciam bastante bem.

Quando chegou minha vez e nós nos aproximamos, eu estava tão nervosa que mal olhava para o elenco. Escutei Lynn contar aos rapazes quem eu era e Jensen disse: "Ah, que legal da sua parte apresentá-la. Ela é tímida para valer".

Então olhei rapidamente para Jared e Jeff, a foto da minha mãe apertada com força na mão, enquanto me movia por um instinto natural bem na direção de Jensen. Inspirei profundamente, embora isso não tenha me ajudado, e comecei a explicar a minha sessão.

"Minha mãe morreu há quase dez anos, no verão anterior à transmissão do piloto. O programa me deu alguma coisa para olhar adiante e me ajudou com o luto. Foi uma forma de me distrair de tudo". (Saiu de uma forma muito mais agitada, mas tudo isso saiu, de algum jeito.) Então me virei para Jensen e disse: "Eu realmente gravitei na direção de Dean porque ele costumava ser engraçado". Jensen abriu um sorriso largo e Jeff riu e me disse: "Você está certa, ele costumava ser engraçado. Agora nem tanto". Olhei de relance para Jared e a expressão dele estava cheia de simpatia. Olhei rapidamente para Jeff de novo e pedi: "Esperava que pudéssemos colocar minha mãe na foto também". E Jared respondeu "Sim, é claro", enquanto Jeff pegava a foto emoldurada da minha mão.

Fiquei extasiada quando Jensen disse"Vem aqui, querida", e me puxou para um abraço enorme e reconfortante. Não fazia ideia do que Jared ou Jeff estavam fazendo. Tudo que consigo lembrar é de ser engolfada pelos braços calorosos e protetores de Jensen e de recuar para me aproximar de Jared ou Jeff, quando Chris fez um sinal para Jensen chegar um pouco para trás.

Chris tirou a foto; não consigo sequer lembrar de quando foi tirada. Tudo que consigo recordar é de me agarrar à camisa de Jensen enquanto ele me abraçava, tentando sorrir para parecer um pouco decente. Quando comecei a me afastar dele para agradecer, ele me puxou de novo para um abraço protetor, dizendo: "Espera, querida, deixa eu te dar outro abraço". Não estava esperando que ele levasse o meu cabelo para trás e me desse um beijo na testa.

Depois de receber um beijo de Jensen, não sei ao certo como funcionei. Mas agradeci a Jared e ele me deu um abraço realmente grande. Então agradeci a Jeff e ele também me abraçou e beijou minha testa.

A princípio, estava nervosa quanto a postar minha foto na página do *Facebook* da *Creation*, porque tinha medo de receber ódio por compartilhar uma "história melosa". Mas o retorno que recebi foi cheio de apoio, compreensão e amabilidade. Foi um alívio finalmente expor minha história. Me senti bem de compartilhá-la. Espero, para os fãs que não são capazes de compartilhar suas histórias com os rapazes, que possam aprender com minha experiência que Jared, Jensen e Misha realmente se importam com seus fãs e com as circunstâncias que os guiaram por sua jornada em *Supernatural*.

Embora seja muito improvável que Jared, Jensen ou Jeff se lembrem da minha história, o que importa é o impacto que aquele momento causou em minha vida. Agora, quando olho para a foto de minha mãe e eu, a imagem traz uma sensação de desfecho — me faz lembrar de memórias boas nas quais minha mãe está incluída. Antes desse momento em Vegas, era difícil olhar para fotos de minha mãe... agora, quando o faço, tenho um motivo para sorrir.

Estes homens são muito humildes e respeitosos e realmente se importam com as vidas dos fãs. Não posso agradecer o bastante a Chris por me ajudar a fazer isso acontecer. Sinto tanto alívio por J3 ter tirado um tempo para escutar minha história e mostrar interesse no que tinha para dizer, mesmo quando estava para morrer de tão assustada. Nunca tremi ou gaguejei tanto quanto naquele momento. Não era porque estava nervosa de estar na presença desses homens; não, era porque tinha medo de que eles ficassem desconfortáveis com o fato de estar lhes contando minha história. Fui uma boba de ficar nervosa. Como se pode ver na foto, eu estava um bagaço e Jensen foi basicamente meus salva-vidas.

Então, obrigado, Jared, Jeff e Jensen... obrigado por não me apressarem enquanto contava minha história. Obrigado por me fazer sentir como se vocês realmente se importassem com aquilo naquele momento. E obrigado por me fazer sentir um pouco mais relaxada, enquanto estava contando minha história... mesmo que meu foco estivesse principalmente sobre você, Jensen.

E obrigado a todos *online* por suas palavras gentis, quando compartilhei minha foto com Jensen, Jared e Jeff com todos vocês e por tirar um tempo para ler, porque aquela foto era muito importante para mim. O amor que a SPNFamily demonstra um pelo outro é de outro planeta e realmente tocou meu coração.

UMA MENSAGEM DE

MISHA COLLINS

(É MAIS ENGRAÇADO EM ENOQUIANO)

Acho que é uma coisa extraordinária sobre este programa descobrir que serviu como salva-vidas de muitas formas, para muitas pessoas diferentes, por muitos motivos diferentes. Pessoas se identificam com as personagens, ou algo que um ator do programa disse ecoa neles, ou a comunidade que se desenvolveu organicamente ao redor da série serviu como uma rede de proteção para elas. Sinto-me realmente abençoado por fazer parte disso. É simplesmente um fenômeno extraordinário, que é muito raro, muito precioso, e acho que todos nós temos muita sorte de ser parte disso.

Escutei muitas pessoas dizerem que lutaram contra sentimentos de baixa autoestima ou automutilação, e de alguma forma algum fio que puxaram de *Supernatural* e sua comunidade expandida lhes forneceu conforto, que nesta comunidade há muitas pessoas dispostas a ajudar. Acho que é muito comum as pessoas passarem por dificuldades, que muitas pessoas tenham dificuldades em suas vidas. Sei que eu tive. Nossa família não tinha muito dinheiro, ficamos sem lar muitas vezes e batalhamos contra alguns problemas que vêm com a pobreza. Mas tivemos um núcleo familiar amoroso, que era muito importante para mim e acho que isso me ajudou muito a atravessar tempos difíceis. Nem todo mundo tem isso. Mas por sorte, nesta SPNFamily, você pode ter aterrissado em uma comunidade de apoio e amor — uma comunidade que o protege.

ESPALHANDO GENTILEZA COMO SE FOSSE CONFETE

CLAUDINE HUMMEL

Misha Collins é tão despretensiosamente bom que faz as pessoas quererem ser melhores. Através de sua personagem em *Supernatural*, Castiel; de GISHWHES, a caça ao tesouro conduzida por ele que quebrou o recorde do Guinness; do Random Acts, a organização sem fins lucrativos que fundou; do YANA (*You Are Not Alone*), movimento social de intervenção em crises que surgiu do Random Acts, e de simplesmente ter a coragem de ser ele mesmo, aberta e honestamente, ele me inspirou e mudou minha vida. É difícil *não* ser inspirado por alguém que é tão apaixonado por tudo que faz.

Não consigo de fato apontar um momento específico no qual Misha mudou minha vida, porque a melhora aconteceu de pouquinho em pouquinho, todos os dias. Não tive a melhor das infâncias e tinha tendência a ficar brava e me odiar sempre que "fracassava" em alguma coisa. Me sentia feia e me sentia sozinha. Em um dia bom, eu acordaria e diria "Eu sou uma gorda fracassada, mas tudo bem", e seguiria o meu dia. Deixava a sociedade e parentes ditarem meu valor próprio.

Então Misha apareceu, essencialmente dizendo que nosso valor não era medido pela aparência ou pelo sucesso, mas por nossas ações. Não sei por que um estranho mudou a minha vida — talvez tenha sido sua forte energia positiva, na qual eu queria me enrolar como se fosse um lençol —, mas de alguma forma suas palavras e ações me tocaram. Ele é tão encorajador e ativo em tantas empreitadas que posso acordar quase todo dia e ver suas palavras gentis e sentir sua positividade. Ele não tem medo de dizer que estragou as coisas ou que se fez parecer tolo. Não tem medo sequer de dizer que está com medo. Essa era a mensagem de que eu precisava, quando comecei a assistir *Supernatural*, cinco anos atrás, dois anos depois da faculdade, sem emprego e sentindo medo.

Assistir Misha retratar Castiel em *Supernatural* foi só o começo de como ele me persuadiu a me tornar uma pessoa melhor. Castiel sempre se esforça para ser o melhor que pode ser e fazer a coisa certa. Com frequência, toma as decisões certas, mas, apesar de seus melhores esforços, às vezes não toma. Todos nós passamos por isso. Por vezes, a vida nos joga em lugares nos quais não queremos estar. Mas Castiel nos ensina a encontrar a força para perseverar, independentemente de quão sombrias as coisas possam parecer. Sua fé e otimismo inocentes de que as coisas vão sempre dar certo significam que ele ainda não perdeu a esperança. Não importa o quanto as coisas tenham se tornado difíceis. Não importa o que tenha passado. Temos que continuar lutando sempre, apesar das probabilidades, e Castiel nos inspira a fazer isso.

Logo depois de descobrir *Supernatural* e ficar encantada com Castiel, comecei a seguir Misha e o resto de elenco através de várias mídias sociais. A partir daí, descobri as convenções de *Supernatural* e comecei a participar delas, e lá conheci pessoas maravilhosas e iniciei as amizades mais verdadeiras e significativas que já tive, as amizades que mais mudaram minha vida. As convenções, é claro, foram também onde tive a possibilidade de conhecer Misha.

Especificamente, conheci Misha na convenção Creation Entertainment Las Vegas, em março de 2013. Comprei uma foto dupla com ele e Jim Beaver, que partilhei com uma nova amiga que havia conhecido alguns dias antes da convenção. Parece bobo, enquanto escrevo isso agora, mas queria abraçar Misha, enquanto Jim segurava uma placa que dizia "*Idjits*!" junto a nós, e estava realmente preocupada de que Misha não fosse me abraçar. Estava com medo de estar pedindo demais. Aconteceu que não tinha absolutamente motivo nenhum para me preocupar. Os dois estavam a postos para a foto e Misha me deu um abraço apertado. Quando acabou, ele disse que eu estava bonita com meu vestido e que esperava que eu tivesse um ótimo resto de convenção. Ninguém, além dos meus pais, havia dito que eu estava bonita antes. *Eu, bonita?* Fico com lágrimas nos olhos até agora de pensar naquele momento: como minha autoestima estava baixa e como essa simples declaração me ajudou a mudar o rumo da minha vida.

Esse final de semana deu início a um efeito bola de neve. Estava me sentindo melhor comigo mesma, então fiquei disposta a sair mais e tentar coisas novas. Tenho sorte e felicidade suficientes para poder ir a algumas convenções de *Supernatural* por ano, onde posso conseguir mais abraços de Misha, durante sessões de fotos, ou alguns segundos rápidos para conversar com ele, enquanto pego um autógrafo. A cada vez me sinto mais feliz, mais confiante, mais *eu*. Também comecei a visitar o mundo, especificamente a Europa. Agora, abri com um chute as portas que a sociedade havia fechado para mim e explorei.

As convenções de *Supernatural* me apresentaram à GISHWHES (a *Greatest International Scavenger Hunt the World Has Ever Seen*). Adoro tudo que tem relação com a GISHWHES. A lista é sempre desafiadora, emocionante e absurda, abrangendo de itens que fazem chorar até itens que fazem gargalhar. A GISHWHES gosta de fazer os participantes saírem de suas zonas de conforto, pensarem fora da caixinha e realizarem atos de caridade. Os GISHers acreditam que a "normalidade" é superestimada e que todos nós somos artistas com presentes que podemos dar à sociedade, independentemente de nossos talentos e capacidades.

Participar da GISHWHES é uma volta em uma montanha-russa de emoções. Vai-se de um "De jeito nenhum vou conseguir fazer qualquer um desses itens! Vou decepcionar o meu time!", completamente estressado, até "Esta é a melhor semana da minha vida! Não acredito que realmente consegui fazer tudo isso — estou tão orgulhosa de mim mesma!"

A GISHWHES é sobre arte; é sobre atos aleatórios de gentileza; é sobre sair da zona de conforto, fazer amigos e se fazer sentir mais vivo... e o efeito dominó que estas coisas causam em todos ao seu redor. O número de pessoas dispostas a sair de seus caminhos para fazer algo completamente ridículo é extraordinário e vai restaurar sua fé na humanidade. A GISHWHES não só aceita sua esquisitice e o absurdo da vida, mas também os celebra.

Continuando a cadeia de inspiração, através da GISHWHES conheci o Random Acts, uma organização sem fins lucrativos que Misha fundou. A missão do Random Acts é conquistar o mundo através de um ato aleatório de gentileza por vez. Tem o objetivo de inspirar atos de gentileza, tanto grandes quanto pequenos, ao redor do planeta. E fornece uma rede vasta de pessoas carinhosas que encorajam e apoiam as pessoas a mudar suas vidas para melhor.

Misha demonstra que o jeito mais efetivo de se fazer a diferença é liderando através de exemplos. Gentileza e generosidade são contagiantes, e um pequeno ato pode causar um efeito exponencial. Este pequeno gesto pode ser uma semente da qual floresce a empatia, e a empatia é uma cura muito poderosa. Tudo se resume a fazer as pessoas se importarem... e Misha faz com que as pessoas se importem.

O Random Acts faz muitas coisas todo ano. Existe o AMOK (*Annual Melee of Kindness*[9]), um dia global para a gentileza. Existe o E4K (*Endure For Kindness*[10]), um evento de resistência, energia e de levantamento de fundos. Existe o #SPNFamily *Crisis Support Network/You Are Not Alone*[11], um sistema de apoio comunitário ao qual a SPNFamily pode se voltar em busca de ajuda para si mesma ou para outros que sofram de problemas de saúde mental como depressão, automutilação ou dependência. E existem os projetos *Dreams to Acts*[12], que ajudou crianças em Jacmel, Haiti, após um terremoto devastador, em 2010. Levantou milhares de dólares para construir o Centro Infantil de Jacmel, além de apoiar outros projetos locais sustentáveis. O *Dreams to Acts* também apoia a Escola Gratuita em San Juan del Sur, Nicarágua, que fornece acesso à educação para adolescentes e adultos que foram excluídos de escolas normais, incluindo mulheres com crianças, qualquer um acima de dezoito anos, pessoas que trabalham durante os dias de semana e aqueles que moram longe demais da cidade para comparecer diariamente.

O Random Acts me motivou a fazer mais trabalhos voluntários. Me inscrevo para o *AMOK* e o *E4K* todo ano e, a cada vez que participo destes eventos, espalho gentileza como se fossem confetes. É como se a vida fosse uma festa e eu não fosse a pessoa à toa no canto, junto à mesa de guloseimas; sou a pessoa dançando, conversando e vivendo.

Na Comic-Con de San Diego, em 2016, após visitar o *GishBus* (projeto de arte humanitária móvel) no sábado e esperar na fila para o Hall H para ver o painel de *Supernatural* da manhã de domingo, Misha, com alguns da equipe do

---

9 N. T.: Em tradução livre, "Esforço Anual pela Gentileza".
10 N. T.: Em tradução livre, "Resista pela Gentileza".
11 N. T.: Em tradução livre, "Rede de Apoio a Crises/Você Não Está Sozinho".
12 N. T.: Em tradução livre, "De sonhos para Atos".

Random Acts, aproximou-se da fila para distribuir barras de granola como café da manhã. Quando Misha me viu, sorriu e disse: "Você de novo? Você está em todos os lugares!" Eu ri e respondi "É, estou", e isso graças a você, Misha. Você me inspira a viver de forma corajosa e com gentileza.

Dizer "obrigada" nunca vai fazer justiça à magnitude da mudança positiva que Misha causou em minha vida. Sua atitude, estilo, espírito, emoções, coração e trabalho duro me deram o desejo de ser tudo que sou capaz de ser e a noção de que aquilo de que sou capaz é muito mais do que sempre achei. Misha, por tudo que você faz e por tudo que você é, vou ser sempre grata por ter entrado na minha vida.

Você também pode inspirar os outros, como Misha. Então saia por aí e comece a inspirar pessoas pelo que você é e como vive sua vida. E lembre-se de sempre ter coragem e ser gentil.

MINHAS CINCO CITAÇÕES INSPIRADORAS PREFERIDAS DE MISHA

"Quero viver em um mundo onde a palavra 'normal' é um insulto".

"Não se pressione. Não se preocupe com o que outros pensam que você deve fazer ou com qual é a norma social. Faça o que o toca e o faz sorrir e o bem vai vir em seguida".

"Estamos presos apenas aos limites das nossas imaginações".

"Seja gentil consigo mesmo, para que possa ser feliz o bastante para ser gentil com o mundo".

"É divertido ver pessoas ultrapassarem os limites que elas mesmas se impuseram".

RANDOM ACTS

http://www.randomacts.org

O Random Acts teve sua origem humilde em 2009, quando o ator Misha Collins pediu a seus seguidores no *Twitter* para unir forças com ele para encontrar formas de levantar fundos e fazer algum bem no mundo. Logo no início, o movimento viu uma necessidade imediata de assistência subsequente ao terremoto de 2010, que devastou grande parte do Haiti, e se uniu para juntar dinheiro para as vítimas, inicialmente conseguindo um total de US$ 30.000 para um esforço de ajuda da UNICEF. Foi na fundação deste primeiro ato de gentileza que o Random Acts começou a ganhar forma.

Hoje, o Random Acts é registrada na modalidade 501(c)(3), sem fins lucrativos, organizada sob sua companhia matriz, *The Art Department*. Sua missão é conquistar o mundo com um ato aleatório de gentileza por vez e, com o apoio de seus vários seguidores extraordinários, o Random Acts tem dado muitos passos em direção a este objetivo.

Foi com a ajuda destes mesmos apoiadores que o Random Acts foi capaz de criar programas sustentáveis em Jacmel, no Haiti, para ajudar crianças de lá a conseguir acesso a necessidades básicas, como comida, água, cuidados de saúde e educação. Ao longo de vários anos, centenas de milhares de dólares foram doados como contribuição para os afetados pelo terremoto. Atualmente, o Random Acts também está construindo um *campus* novo em San Juan del Sur, na Nicarágua, para a Escola Gratuita local, para que estudantes que desejem continuar ou terminar sua educação secundária incompleta possam fazê-lo em um espaço que seja propício ao aprendizado.

Todo ano, Collins também organiza uma caça ao tesouro internacional recordista no Guinness em benefício do Random Acts, a *Greatest International Scavenger Hunt the World Has Ever Seen* (GISHWHES). A caça, que dura uma semana, encoraja pessoas a saírem de suas zonas de conforto e se desafiarem a empreender, nas palavras de Misha, "o bizarro, o belo e até mesmo o impossível". A GISHWHES tem o objetivo de estimular a expressão criativa e atos aleatórios de gentileza, dando aos "Gishers" permissão explícita para brincar e deixar o "normal" para trás. Talvez igualmente importante, muitos fãs fizeram amizades próximas e duradouras em seus times da GISHWHES.

Os apoiadores do Random Acts prosseguiram na realização de atos incríveis de gentileza em suas próprias comunidades, manufaturando cobertores para crianças sem-teto, criando jardins sustentáveis, utilizando os fundos do Random Acts para comprar novos purificadores de água para vizinhos em recuperação após cirurgias e distribuindo *kits* de auxílio para desabrigados.

Ao comprar este livro, você pode contar-se entre estes apoiadores: uma parte dos rendimentos com a venda deste livro vai diretamente para o Random Acts e será usada para dar sequência a todos os projetos supracitados e muito mais. Ainda mais importante, a equipe do Random Acts é grata por seu apoio e espera que você se junte a nós em nossa missão de conquistar o mundo com um espírito de gentileza, generosidade e compaixão por todos.

Contribuição de Jennifer Willis-Rivera e Melanie Schmitz

O OPOSTO DE *FAN FICTION*

As aventuras extrovertidas de um introvertido

OSRIC CHAU

"Você concorda com coisas demais", um amigo me disse recentemente. "Concordo mesmo!" respondi, exageradamente entusiasmado.

Meu comportamento está frequentemente em desacordo com meu raciocínio lógico, e isso acontece porque no fundo ainda sou favorável a muitas das coisas que me ensinei a evitar. Coisas como conforto. Associo conforto com o ano da minha vida que passei em um porão jogando *video game* o dia inteiro enquanto me alimentava de batatas *chips*, salsa e escondidinho. E, apesar de ter sido uma das pessoas mais felizes do mundo naquele ano, sei que não posso me permitir fazer isso de novo. Quando uma oportunidade semelhante se apresenta, meu cérebro me diz que um "não" rápido é a melhor decisão, pois isso me aproximaria daquele porão maravilhoso de novo. Normalmente, esse é o momento em que grito um "Sim!", impulsivamente, antes de ter a chance de me convencer do contrário.

Mas ignorar seu bom senso tem um custo. E este seria me encontrar em situações nas quais estou além da minha capacidade — ou, no caso de concordar em escrever um capítulo para este livro, muito além da minha capacidade. Não sou um escritor e não escrevo um texto há... bem, acho que qualquer

professor de inglês que tenha tido dirá que eu nunca escrevi um texto, com certeza não um texto que fosse sólido estruturalmente ou tivesse qualquer tipo de sentido, de qualquer forma. A única coisa que tenho a meu favor desta vez é que este é um assunto com que realmente me importo, e este assunto vai além de simplesmente como *Supernatural* mudou minha vida ou da minha imersão no *fandom*. É sobre como *Supernatural* continua a mudar minha vida e como o *fandom* continua a me ajudar em minha tentativa vitalícia de sair de minha zona de conforto.

Dez anos atrás, fiz um teste de personalidade da Myers-Briggs, como parte de um curso preparatório para carreiras e, entre outras coisas, ele me identificou como introvertido. Muito pode acontecer em dez anos, entretanto, e nos últimos dias simplesmente assumi que havia feito uma espécie de transição, me tornando extrovertido. Sou um ator, afinal, e meu trabalho é ficar em frente à câmera, sabendo que milhões de pessoas vão ver cada movimento meu. Também sou um cara que sobe no palco fantasiado, sem nenhum bom motivo aparente, antes de conhecer e conversar com centenas de pessoas sem hesitar. Fiz que se tornassem minhas tarefas sair em público e tentar inspirar outros a fazer o mesmo, mas algo que notei nestes últimos meses de autorreflexão não se encaixou perfeitamente. Então comecei a procurar mais a fundo nos vãos do meu cérebro, na esperança de descobrir algumas dessas memórias não confortáveis que todos nós somos tão bons em suprimir.

Meus primeiros pensamentos foram a respeito de um evento de karaokê em uma noite de sexta-feira, na convenção de *Salute to Supernatural* aqui na América do Norte. Vocês vão perceber que a maior parte dos meus relatos a seguir serão sobre o tempo que passei nestas convenções. No geral, essa é a única vez em que conheço e interajo com pessoas novas, então é uma boa medida da minha verdadeira coragem. Passo a maioria dos meus dias em um canto de casa, em frente ao computador, e testar a coragem de alguém enquanto se está atrás de um teclado não é muito preciso.

Se você nunca foi a uma festa de karaokê de Matt Cohen e Richard Speight Jr., aqui vai um breve resumo: é o karaokê normal, ao estilo americano, que se encontra em qualquer canto de bar, com a exceção de que é no salão principal da convenção, onde são conduzidos os painéis. É o único evento gratuito na convenção; pessoas que não conseguem ingressos para a convenção podem participar, assim como qualquer um que por acaso esteja passando por ali; está crescendo a cada vez que é realizado, e já tem a energia de um *mosh pit* de concerto de *rock*, tanto sobre o palco quanto fora dele. Acrescente a isso uma maioria de músicas de sua *playlist* com tema de *Supernatural* e é um evento realmente divertido. Então, apesar do grande respeito que tenho por Matt, Richard e Rob Benedict — eles são uma espécie de trio, então joguei Rob ali no meio também —, não só como artistas, mas também como pessoas boas e honestas de cujos eventos participaria, mesmo que simplesmente para demonstrar apoio, este é o evento facultativo ao qual vou absolutamente todas as vezes, por ser um evento divertido. E estou longe de ser o único. Mesmo depois de um dia longo, desde que se juntaram ao circuito de convenções, os companheiros de Rob da banda Louden Swain sempre se apresentam, e a maior parte dos convidados de sexta-feira e até mesmo de sábado, que chegam cedo o bastante, participam ou pelo menos comparecem. É uma festa gigante, na qual podemos tirar ainda um pouco mais o véu e interagir com as pessoas de maneira muito menos formal. Isso é algo que realmente aprecio, e por este motivo tem sido um dos meus eventos preferidos, desde meu primeiro comparecimento a convenções.

As últimas festas de karaokê das noites de sexta realmente me fizeram pensar a respeito de dinâmicas de palco. Não tenho problemas em estar sozinho no palco. Painéis duplos tornam-se bastante divertidos, especialmente quando os dois estão levando adiante e trocando coisas um com o outro. Mas, quando se transforma em uma coisa de grupo, na qual se tem dez pessoas no palco simplesmente à toa, muitos dos quais artistas — e isso inclui membros de nossa base multitalentosa de fãs —, minha autoconsciência dispara pelo teto, enquanto começo a me comparar com todos os outros e a sentir os cantos escuros do ambiente me chamando. Lembro de uma noite em que estava assistindo Matt e Rob animando a multidão entre músicas, enquanto Richard estava fazendo seus comentários sempre espirituosos. Estava no palco com eles, admirando seu carisma e desejando conseguir fazer o mesmo. E então minha mente pegou no tranco, como normalmente faz, e me lembrou de que conseguia fazer o mesmo, é claro, e frequentemente o fazia. Então decidi me juntar a eles e fazer um 1-2-já! Mas meu corpo e mente estavam em desacordo naquela noite e meu corpo simplesmente não concordava com o que minha mente estava disposta a fazer. Logo após, percebi há quanto tempo devia estar parado no palco, perdido no espaço. Esperando não parecer imbecil demais, recuei para os bastidores para me recuperar.

Essa lembrança me faz recordar muito minha infância. Nunca fui o garoto legal, embora andasse com os garotos legais de vez em quando. Eles faziam as palhaçadas deles e eu ficava sentado no fundo, tentando não chamar muita atenção. Nunca senti como se tivesse muito conteúdo para acrescentar à conversa ou algo engraçado para dizer que faria alguém rir. Durante a maior parte do ensino primário, minha identidade vinha das artes marciais e de ser um lutador, mas isso apenas me tornava alguém sobre quem as pessoas queriam conversar, não com quem. Na época em que fiquei esperto o bastante para aprender como não brigar, encontrei meu novo interesse, e este era ser um estudante ativista, presidente da escola e participar de tantos grupos quanto fosse possível. Era um estilo de vida incrivelmente social, no polo oposto dos anos anteriores, e estava passando mais de dezesseis horas por dia na escola. Essa vida me deu um propósito; me tornou importante — sempre tinha algum lugar aonde ir e alguma coisa para fazer. Mas também me desgastei demais e acabei me tornando medíocre em tudo, um mestre de nada. E isso incluía minhas habilidades sociais. Nunca cheguei a conhecer um grupo de amigos bem o bastante para entender todas as piadas internas ou ser capaz de encontrar aqueles momentos inteligentes para

dar meus pitacos. Indiscutivelmente, eu era a estrela social do meu ano, mas mesmo assim não sabia verdadeiramente como me socializar. Estava acostumado a ser necessário em algum lugar e raramente precisava permanecer em uma conversa por muito tempo — certamente não o bastante para entrar em quaisquer discussões profundas. Nos raros momentos em que permanecia, era deixado lá de uma forma esquisita, apenas com meus pensamentos a respeito de como desejava ter algo inteligente para dizer ou outro lugar para ir.

O concerto do Louden Swain de sábado à noite, que em dado momento se tornaria o "Saturday Night Special", estreou em 2014, na convenção *Salute to Supernatural* daquele ano, no distrito de Washington. Recentemente, havia começado a tocar guitarra e tomei a decisão impulsiva de dizer sim, quando me perguntaram se queria tocar algo no palco. Havia estado com dor de barriga durante todo o final de semana até subir naquele palco, e quando terminei tive que deitar no chão por alguns minutos, até minha mente se reajustar. Enquanto estava escrevendo este texto, decidi que encontraria e assistiria a esse vídeo de novo, e senti meu coração pular de ansiedade por me ver no palco. Até hoje, fazer qualquer apresentação musical em frente a uma audiência ainda me traz as sensações mais intensas de ansiedade que já experimentei. E, se não fosse pelo entusiasmo e a aceitação que sabia existir no *fandom* de *Supernatural*, nunca teria me colocado numa posição tão vulnerável.

A rede de segurança que é este *fandom* me permite fazer estar coisas que, de outra forma, teria medo demais de fazer. Pude desligar a parte do meu cérebro que costumava gritar comigo, agitando bandeiras vermelhas freneticamente, assim que calculava a desgraça iminente que estava se aproximando rapidamente em forma de vergonha. Bem, talvez esta parte de mim não esteja desligada, mas a parte que grita "Isso vai ser tão divertido!" parece afogá-la.

As pessoas vão dizer não para você quando disser "Quero estar naquele filme". Haverá milhares de pessoas que dirão "Não, você não pode estar naquele filme". Mas *você* não pode dizer "Não posso estar naquele filme"; você tem que dizer "Eu vou estar naquele filme" e seguir adiante até não poder mais. Assumir estes riscos me ensinou uma lição muito valiosa, que com frequência prego a qualquer um disposto a escutar. Existem centenas, até mesmo milhares de pessoas que dizem não prontamente às coisas. Você não pode ser uma dessas pessoas. Essa programação mental abriu muitas portas para mim e me guiou por algumas de minhas aventuras preferidas.

Devido ao meu envolvimento com a *web series* em tempo real *Halo*, fui convidado para ir à Comic-Con de San Diego, em 2012. Era a primeira vez que comparecia a esta convenção e ela me surpreendeu. Me lembro de dizer a várias pessoas que esta experiência mudou minha vida para sempre. Fui fisgado e então, ansioso por retornar em 2013, passei meses preparando uma das fantasias mais elaboradas que já vesti, chegando até a recorrer à ajuda de amigos e outras pessoas.

Na sexta, 20 de setembro de 2013, cheguei a Dallas pronto para outra convenção de *Supernatural*; esta seria a minha terceira aparição no palco. Lá estava eu, no quarto de hotel, olhando no espelho e ajustando minha tiara. A Comic-Con de San Diego havia passado e, devido a um conflito de agendas de última hora, não pude comparecer. Meu *cosplay* de Princesa Jujuba seria minha *pièce de résistance* para o Comic-Con e estava absolutamente preparado para atravessar a multidão de cabeça erguida, como se não dissesse respeito a ninguém, coberto de rosa da cabeça aos pés. Sem querer esperar um ano ou desperdiçar uma boa fantasia, levei meus apetrechos de Princesa Jujuba comigo para a outra convenção à qual iria, a Dallas Con, sem levar em consideração o fato de ser um convidado do evento e não um participante.

Ainda me lembro da sensação esmagadora de arrependimento e vergonha que senti, quando vi a expressão de choque no rosto do meu guia. Nesse momento, tive a plena intenção de bater a porta, tirar a roupa e esfregar a tinta rosa, para depois me desculpar pelo atraso. Foi um momento de tudo ou nada, e foi então que escutei aquela minha voz interior de novo: "Só vai lá, Osric. As pessoas gostam de *Hora da aventura*. As pessoas tímidas vão ficar mais confortáveis ao conversar com você, se não estiver se sentindo mais envergonhado que elas. Se você puder fazer isso na frente de alguém, vai ser na frente deste grupo de pessoas. Você sabe que quer fazer isso". E então os anos de atuação finalmente valeram e simplesmente me entreguei àquilo. Atravessei a porta com um sorriso e passei por um encontro atrás do outro com plena confiança, olhando de volta diretamente para os olhos que estavam olhando para mim. A resposta que recebi foi uma mistura de perplexidade, riso e, gosto de acreditar, admiração.

Este acidente feliz deu início a alguma coisa. Ele me deu algo para fazer que fosse proveitoso para muitos dos fãs que compareciam às convenções. Desarmou o medo de me tornar insensível a convenções, se comparecesse a tantas a ponto de se tornar algo rotineiro, já que a dúvida constante a respeito da reação das pessoas à minha fantasia me deixava longe de acalmar meu batimento cardíaco. Usar uma nova fantasia a cada convenção me deu um objetivo, algo para ser minha obsessão, algo em que poderia ficar bom e progredir, poderia dizer que em níveis, com desafios cada vez maiores, enquanto aumentava a dificuldade dos desenhos e materiais com que trabalhava. Rapidamente, precisei começar a recorrer à ajuda de *cosplayers* de todos os lugares, e o processo de seleção dos meus *cosplayers* em dado momento evoluiu ao ponto de começar a buscar especialistas: encontrar um especialista em couro para uma fantasia com base de couro. Se houvesse componentes eletrônicos, recorrer à ajuda de um engenheiro. No *cosplay*, acabei encontrando uma espécie de jogo de interpretação da vida real, e isso me deixou realmente entusiasmado. Não era só pela diversão, mas também porque dava aos participantes e a mim algo para quebrar o gelo. Se não houvesse nenhum assunto para conversarmos, poderíamos pelo menos conversar a respeito do que eu estava usando, e, já que ainda não havia refeito nenhuma fantasia, o assunto era sempre atual.

Não consigo enfatizar o bastante a importância de um bom assunto para quebrar o gelo, seguido de um papo despretensioso e agradável, uma lição dolorosa com repercussões esquisitas que ainda estou descobrindo. Poderia dizer que a quantidade de vezes em que conseguimos executar tranquilamente um começo de conversa com um assunto para quebrar o gelo e um papo despretensioso poderia corresponder quase que proporcionalmente ao sucesso tanto social quanto profissional. Na época em que vivemos, ter uma rede de contatos está mais perto de uma necessidade para se obter sucesso do que de uma simples recomendação. Mesmo se você for bom no que faz, a menos que outros gostem de você como pessoa, não vão querer estar perto de você oito horas por dia de segunda a sexta; prefeririam contratar uma pessoa com menos habilidades com quem não precisassem se preocupar. É claro, tranquilidade é um termo relativo, e algumas das apresentações mais estranhas poderiam se mostrar encantadoras para alguém de espírito semelhante que talvez acabe se tornando seu melhor amigo. Esse melhor amigo poderia acabar levando-o à carreira que tanto esperava.

Percebi isto pela primeira vez, há cerca de oito anos, quando estava começando a trabalhar como ator e tudo que conseguia dizer era: "Oi, meu nome é Osric, sou ator". Isso normalmente era seguido por um "O que você fez?", ao que respondia com silêncio, ou às vezes tinha sorte e de alguma forma conseguia começar a conversar sobre artes marciais. Digo tudo isso porque agora tenho muita consciência do assunto. E, se olhasse para isso como se fosse um jogo, com este *fandom*, é como se o estivesse jogando na dificuldade Chuck Norris. Conheço o *fandom* o bastante para saber que cada pessoa dali poderia muito bem acabar se tornando meu melhor amigo, e não tenho medo de quebrar o gelo ou conversar com eles a respeito de qualquer assunto aleatório que venha à minha mente. Houve tantas convenções e conheci tantos milhares de pessoas com esta "trapaça" em mãos que se tornou a única forma com que sabia me apresentar, e acabei meio que dependente dela.

Alguns meses atrás, fui a uma festa de aniversário na qual conhecia apenas o aniversariante, então compreendi que não poderia me grudar à única pessoa que conhecia. Mas em nome da aventura, e por ter em mente que eu era bom em conhecer e conversar com estranhos, compareci. Nessa noite, me vi sentado em um canto vazio, observando os convidados entrando e saindo, antes de escapar sorrateiramente. Estava fora da minha área; não tinha o benefício de as pessoas saberem exatamente quem eu era, e aprendi que era incapaz de me sustentar sozinho em algumas situações sociais. É claro, meio que apaguei essa lembrança e a sensação de desamparo e descartei o ocorrido com base no fato de o evento ser uma festa de negócios e eu simplesmente não gostar dessas coisas em geral.

Com tudo isso em mente, e para mergulhar mais a fundo nas descobertas e evolução pessoais, decidi fazer o mesmo teste de personalidade de novo e ver o quanto havia mudado ao longo de uma década. Os resultados vieram, e eis que ainda era introvertido, mas desta vez vim com tendências muito fortes de extroversão. Então, vou continuar a me fazer ir a estas festas que teria evitado dez anos atrás. Posso ter melhorado na forma como lido com elas, mas ainda tenho muito trabalho pela frente. Como artista, aprendi a ligar ou a desligar meu cérebro, quando preciso subir ao palco. Mas, a menos que tenha algumas facilidades ou alguma espécie de vantagem por ser conhecido, é só me colocar debaixo dos holofotes, do nada, que retorno ao meu estado natural de introvertido.

Sabendo de tudo isso e classificando as ricas experiências que acumulei e as aventuras que tive e que, de outro modo, teria perdido sem a rede de segurança deste *fandom*, só posso ser grato. Recebo diariamente mensagens extraordinárias de fãs me agradecendo, mas essa é realmente uma via de mão dupla e um relacionamento simbiótico maravilhoso. Por causa de vocês, me permito fazer as coisas que faço, e então vocês me agradecem por isso. E então dou a resposta mais honesta e direta que conheço: "Não, obrigado *a vocês*".

Osric e Rob Benedict no Saturday Night Special.

UM PEDAÇO DO MEU CORAÇÃO

SABRINA GREENWOOD-BRIGGS

Seria uma hipérbole dizer que minha vida começou quando descobri *Supernatural*, mas é verdade que a vida que levo agora é um efeito direto de ter encontrado o programa. Em cada pedaço de onde estou agora é possível ver um vestígio de um caminho que veio de *Supernatural*.

Há dez anos, estava arrasada com a vida que estava levando, com o que parecia ser uma estrada chata (e longa) pela frente. Havia feito a escolha de me mudar da cidade dos meus sonhos, na Califórnia, para voltar à cidade em que nasci, em New Hampshire, com o objetivo de juntar dinheiro para pagar minha dívida e ir morar com meu namorado quando ele voltasse do posto militar em que estava, do outro lado do oceano. Estava encarando o caminho que pensava dever querer: marido, filhos, um emprego estável. Mas estava fazendo todas as minhas escolhas com base no que outros ao meu redor estavam fazendo e no que pensava dever fazer com minha vida, sem nenhum conceito real de para onde estava me dirigindo ou até mesmo do que eu realmente queria para mim mesma. Estava empurrando com a barriga, a vida era um filme a que estava assistindo, em vez de vivendo. Me sentia completamente sozinha com esta insatisfação, como se fosse a única tropeçando e confusa, apesar de estar cercada de amigos e familiares maravilhosos.

Encontrei o mundo *online* acidentalmente, quando um conhecido me mandou um convite por *e-mail* para me juntar a um grupo do Yahoo! sobre *Star Wars: Episódio I — A ameaça fantasma*. Lá, fiz alguns amigos fascinantes, que me ajudaram a escapar mentalmente do pântano da minha existência cotidiana. Esse grupo me levou a outros, que finalmente me levaram a entrar em uma comunidade *online* de escrita de *fanfics*, que chamei de lar por quase nove anos. Isso tudo soa melodramático quando escrito, mas ainda me recordo da desesperança e da dor que senti naqueles anos.

Quando uma destas amigas *online* sugeriu que assistisse a *Supernatural*, pensei que ela estava louca. Eu não era nem sou fã de terror, e as poucas vezes em que havia visto o programa de passagem, enquanto caçava um canal, me fizeram pensar que o programa era feito de sustos e nojeiras sem fim. Mas essa era a mesma mulher que me havia apresentado *Firefly*, *Sports Night* e muitos outros programas maravilhosos. Ela foi uma das primeiras pessoas a encorajar meu lado de fã, o que fez toda a diferença na minha vida. Então decidi confiar nela e pedi o primeiro disco da primeira temporada pela Netflix (nesta época, a segunda temporada estava chegando ao hiato de meio de temporada). Contra todas as minhas expectativas, fui fisgada. Tão fisgada, na verdade, que assisti ao primeiro disco inteiro em uma sentada, roendo as unhas, conseguindo tirar apenas algumas horas para dormir antes de trabalhar no dia seguinte. Enviei aquele disco (e todos os outros na casa) de volta no dia seguinte e reorganizei minha fila no Netflix para que me mandassem a temporada completa o mais rápido possível. Me perdi profundamente no mundo de Sam, Dean, e na ideia de salvar pessoas e caçar coisas. Este objetivo deles ressoou profundamente em mim. Queria fazer alguma coisa que importasse e, assistindo ao programa, percebi que, apesar de estar sem propósito, estava absolutamente sob o meu poder mudar isso.

Ao longo dos dois meses seguintes, comprei a primeira temporada e então encontrei *torrents* para engolir a primeira metade da segunda, para pode alcançar a série e estar pronta quando a temporada recomeçasse. Até atraí minha colega de quarto, junto com vários dos meus amigos, para assistir comigo. Fazíamos festas em casa para assistirmos toda semana, a partir dos novos episódios da segunda temporada, depois do hiato. Nosso grupo devorava o programa e passava horas discutindo-o. Também despendi tempo e energia nas campanhas anuais para renovar o programa. Estava revigorada e eletrizada, e o amor que sentia pelo programa me empurrou para fazer mudanças na minha própria vida.

Me fez dar uma boa e longa olhada para quais eram as causas da minha insatisfação, para o que realmente queria e o que poderia fazer quanto a isso.

Não estava mais me escondendo do fato de que tudo estava dentro do meu controle, se apenas estivesse disposta a aproveitar e realizar o trabalho de fazer as coisas mudarem. Muito da vida se resume a fazer um balanço e então agir quanto a isso, um mote que era martelado na minha mente em quase cada episódio daquelas primeiras temporadas. Quando o verão de 2007 chegou, eu havia feito mudanças sérias: terminado com o namorado, feito mais amigos, tanto *online* quanto na minha região, voltado à escola e finalmente conseguido um emprego novo, que me fez fazer as malas para me mudar de volta para o sul da Califórnia. Sabia que lá era o meu lugar, onde precisava pegar minha história e escrever novos capítulos.

Desde o momento em que meu avião encostou no solo naquele 4 de julho, sabia que tudo iria mudar. Era semelhante ao jeito como sabia qual faculdade frequentar e se deveria ou não estudar no exterior. Sentia isso dentro de mim: uma certeza completa que havia estado ausente durante os anos mais recentes da minha vida. Naquele verão, fiz tudo que podia para forjar uma nova vida com a qual estivesse feliz. Isso incluía ir à Comic-Con de San Diego pela primeira vez (estava planejando dormir no chão do trabalho na noite anterior, até conhecer uma editora de antologias que foi amável o bastante para me oferecer um lugar para passar a noite), ver uma exibição de *Amor e Sanduíches* com amigos novos, assistir a *shows* de música nos arredores de Los Angeles, estrelando Jason Manns e Steve Carlson, e me desafiar a me candidatar a um emprego de contadora iniciante, que se transformou em uma carreira profissional de nove anos em finanças e recursos humanos. Nunca imaginei que minha vida daria as voltas que deu, enquanto estava sentada na minha antiga sala de estar em New Hampshire. O processo desta mudança de vida foi algo que finalmente me senti capaz de fazer, e sentia como se eu merecesse. Devo muito disso a *Supernatural*.

Ao longo de todas estas aventuras conheci mulheres extraordinárias, algumas muito mais parecidas comigo do que qualquer pessoa que havia conhecido antes, que me ajudaram a moldar a pessoa que sou hoje. Cada experiência que tive com elas continuou a acrescentar algo à minha vida. Elas me ajudaram a atravessar todos os tipos de experiências de montanhas-russas, e me ensinaram lições valiosas a respeito de ser uma grande amiga, ter amigos verdadeiros e o que significa ser uma mulher adulta e solteira com paixões e interesses apenas um pouquinho além do mundano.

E não teria conhecido nenhuma delas sem *Supernatural.* Posso dizer isto com certeza, porque conheci a primeira dessas mulheres (juntamente com a editora de antologias) às 4:30h da manhã, na fila para o painel de *Supernatural* da Comic-Con de 2007 em San Diego. Isto foi na época em que o programa era apresentado numa sala de tamanho modesto (não no maior salão, como é hoje) e a maior parte das outras pessoas na fila estava lá para assistir a outros painéis. Esperamos desde a madrugada para conseguirmos assentos na primeira fileira, batalhamos com pessoas que tentavam reservar esses assentos para amigos que não estavam na fila e ficamos sentadas durante um dia inteiro de programações sobre as quais não sabíamos nada apenas para ver os caras e a equipe entrarem naquela sala, nos presentearem com alguns vídeos exclusivos e falarem conosco a respeito do amor que sentiam pelo que estavam fazendo. De lá, esta nova amiga me convidou para me juntar ao grupo de amigos dela em um *show* de música algumas semanas depois, no qual me apresentou às mulheres que conhecia... a maioria formada por pessoas que ela havia conhecido ou por serem fãs do programa ou por serem de outros *fandoms*. Foi um verão transformador.

Pelo que parecia ser a primeira vez na minha vida, fui imediatamente aceita em um espaço não virtual. Estas mulheres me acolheram; celebraram a forma como eu era fã, compartilharam suas paixões e me ajudaram a encontrar saídas adicionais através desta coisa extraordinária que todas nós amávamos. Até hoje, continuo conectada a estas pessoas através das experiências que compartilhamos; incluí uma parte delas em mim mesma e fui moldada e modificada. E toda a Família *Supernatural* foi junto nesta viagem, mesmo se não fizessem ideia de que eram parte da minha jornada. O programa estava lá para mim no momento em que mais precisei, me ajudou a desenvolver meu lado criativo através das *fanfics* que escrevi e me forneceu algumas das pessoas mais extraordinárias e importantes da minha vida, inclusive várias mulheres que são como irmãs para mim.

Se eu acho que teria uma vida decente sem *Supernatural*? É claro que acho. Mas essa vida não teria sido nem de perto tão completa, nem de perto tão entusiasmante e nem de perto tão gratificante quanto a que tenho hoje. Aprecio profundamente o amor e a energia que todos aqueles ligados ao programa colocam nele, sejam estes parte da produção ou parte do *fandom*. E, apesar de não participar mais do *fandom* como já participei, este programa vai sempre reivindicar uma parte do meu coração e da minha alma. Ele deixou uma marca indelével na pessoa que sou, e vou carregar isso comigo pelo resto da vida.

FINALMENTE, EU

MATT COHEN

Meu nome é Matt Cohen. Nasci no sul da Flórida e fui criado por um pai solteiro desde que tinha dezoito meses de idade. Meu pai e eu temos um ótimo relacionamento; somos mais parecidos com melhores amigos do que com pai e filho. Ele foi fantástico ao me criar e me deu tudo que poderia pedir na vida. Só comecei a atuar em 2004 ou 2005, quando tinha cerca de vinte e dois ou vinte e três anos de idade.

Passei a maior parte da minha vida tentando descobrir quem eu era e o que queria fazer da minha vida. Era uma criança bastante popular na escola. Jogava futebol americano, fazia atletismo e participava de todas as danças, todos os bailes de boas-vindas etc. Meu pai participou de corridas de carro durante toda a vida, então naturalmente tentou me guiar nessa direção. Participei de corridas de tudo, desde *motocross* e *dirt bikes* até *stock cars* e *karts*. Gostava de corridas de carro e de motocicletas; surgiram para mim de forma muito natural e eu era bastante bom nisso. O problema é que estava dividido entre ser a estrela de futebol americano popular e tomar um caminho diferente. Meu pai ficava entusiasmado por eu estar correndo, mas, por mais que amasse isso, nunca soube se era onde me enquadraria.

Quando cresci e ser legal passou a importar mais, me afastei do meu histórico de corridas e foquei mais em ser uma estrela do futebol americano. Mas, apesar de estar dividido entre correr de carro e tentar ser uma estrela de futebol americano — o que nunca conquistei de verdade —, passei por todos os outros estágios da vida que existem no planeta. Durante a sétima, oitava e nona séries, estava andando muito de skate e patins, raspei a cabeça e tentei ser um completo skatista *bad boy* do *punk rock*. Isso foi seguido pelas décima e décima primeira séries, quando pensei que fosse uma estrela do *rap*. Calças largas, cabelo trançado e músicas de *rap* altas aonde quer que fosse.

Nunca me senti realmente confortável em nenhum destes estágios da minha vida. Sempre me vi tentando ser algo para outra pessoa. Não estou dizendo que não curti inteiramente correr, mas queria ser o melhor motorista de corrida porque meu pai adorava correr. O futebol americano foi inteiramente outra experiência. Aprendi muito a respeito da disciplina que levo para a vida no campo de futebol, mas queria ser a estrela do time de futebol porque, bem, sejamos francos, quem não quer ser a estrela popular do time de futebol americano? Nunca fui o melhor jogador de futebol, mas tentei muito, mesmo.

Não ser o melhor em alguma coisa pode fazer as pessoas quererem remar contra a maré. Então quis ser um *punk* skatista apenas para me rebelar contra as normas. Nunca foi por mim mesmo; era para a ideia de mim para outras pessoas. Queria que as pessoas pensassem sobre mim de uma certa forma, então me tornei todas estas outras coisas. No último ano da escola, eu estava em todos os lugares. Estava jogando futebol americano e fazendo algumas corridas e andando de skate sempre que tinha tempo. Nunca, durante a minha carreira na escola, quis ser ator. Fiz aula de atuação com um professor fantástico de teatro, que se chamava Jim Usher. Era um ótimo professor e, infelizmente, não levei as aulas dele muito a sério. Fazia monólogos que eram apenas letras de músicas que havia memorizado para me virar.

Foi apenas quando parti para a Florida State University que fiz minha primeira aula de teatro. Parecendo o Sr. Esportista, não fui bem recebido logo de início pelos outros estudantes. E, para ser honesto, não os culpo. Provavelmente, eles pensaram: *Olha esse esportista tentando conseguir uma nota fácil, fazendo essa aula de teatro com que todos nós nos importamos muito*. E a verdade é que talvez eu estivesse tentando conseguir uma nota fácil; não tenho certeza, como não tinha certeza de nada a respeito do que fazia na minha vida naquela época. O assustador de se descobrir é que talvez você não goste do que encontre.

É desnecessário dizer que a aula de teatro não deu muito certo para mim. Logo depois disso, estava em uma encruzilhada na qual estava tentando de novo decidir o que fazer da minha vida. Tive sorte o bastante de conhecer uma gerenciadora de talentos em Miami, chamada Sharon Lane. Ela me disse que eu não tinha técnica para atuar, que não poderia atuar nem se fosse necessário para salvar minha vida, mas, se realmente quisesse tentar, deveria ir a Los Angeles para a temporada de pilotos. Isso não caiu muito bem com o meu pai. Acontece que sou a única pessoa da família que já entrou na faculdade e frequentou a faculdade. Acrescentei mais um primeiro a essa lista: era o primeiro a deixar a faculdade sem me formar. Queria algo diferente da vida, mas não fazia ideia de quê. A única coisa que sabia era que não aguentava mais estudar a noite inteira e fazer provas. Onde estava a criatividade nisso?

Apenas poucos meses após conhecer Sharon Lane, que ainda gerencia a minha carreira até hoje, me mudei para Los Angeles. O problema de se estar com vinte e poucos anos e se mudar para o outro lado do país para tentar descobrir quem você é, é como frequentar a escola desde o começo mais uma vez. Me lembro da minha primeira entrevista em uma grande agência de talentos em Los Angeles. Minha gerente me deu instruções de como me portar, quando entrasse naquela sala: como agir, como falar, as coisas que devia ou não dizer. Então me tornei esse cara durante aquele tempo. Pouco depois de contratar um agente, me lembro de estudar para papéis e ir às minhas primeiras audições em Los Angeles. Ia para audições e tentava me vestir como os outros caras que via nelas — não as personagens para as quais deveria estar me vestindo, mas tentando parecer com os outros *atores* que estavam na sala. Queria que as pessoas me olhassem e dissessem: "Esse cara deve ser um ator". E então havia a vida noturna: belos bares e clubes e muitas, muitas pessoas jovens, talentosas e bonitas em todos os lugares. Eu ia a bares ou boates, olhava para todas as pessoas ao meu redor e tentava me tornar mais parecido com elas. O problema com tudo isso é que nunca fui capaz de ser eu mesmo. Provavelmente porque ainda não fazia ideia de quem era ou do que queria ser.

Vamos avançar um pouco. Comecei a trabalhar como ator e, com poucos anos de carreira, consegui um papel em *Supernatural*. Participar de *Supernatural* me deu a oportunidade de ir a convenções de fãs. A primeira convenção à qual fui por acaso foi em Birmingham, na Inglaterra, e foi absolutamente aterrorizante. Eu estava com todos aqueles atores famosos e nunca pensei que seria bom o bastante para andar com qualquer um deles. Estava extremamente intimidado pelas pessoas talentosas que me cercavam. Estava extremamente intimidado pelos milhares de fãs e com o que queriam de mim. Estava tão confuso a respeito de onde estava na vida, mas também estava no estágio mais bem sucedido que já havia conhecido. Se minha mulher não estivesse comigo, talvez tivesse simplesmente implodido. Lembro de me sentar naquele palco pela primeira vez, aterrorizado. Lembro de corar e suar e tremer. Foi apenas depois, no circuito de convenções, que aprendi que aquelas pessoas eram fãs do que eu fazia. Isso basicamente significa que estavam ali para me apoiar. Isso me fez perguntar o porquê de tantos atores tenderem a agir como se fossem muito famosos, quando estão cercados por seus fãs. Esses fãs me apoiam e amam o que faço; isso me fez sentir como se devesse ser mais aberto com eles. Acho que, em determinado momento, decidi apagar um pouco a linha que separa fãs e atores. Isso permitiu que eu me relacionasse com os fãs e fosse mais aberto comigo mesmo.

Deste ponto em diante, a vida começou a ficar boa de verdade. Ser um livro aberto e simplesmente mostrar apreço pelas pessoas é uma coisa adorável. Comecei a perceber que as pequenas coisas que fazia pelos fãs eram coisas enormes aos olhos deles. Descobri que mandar um "feliz aniversário" pelo *Twitter* para um fã faz com que ele se sinta realmente ótimo. Descobri que, se abraçasse todos os fãs que pudesse em uma convenção, haveria sorrisos quilômetros afora. Descobri que, se dançasse e cantasse versões toscas de *covers* de karaokê, os fãs dançariam e se divertiriam. Descobri que, quando abria meu coração para os fãs e lhes contava minhas histórias pessoais, tanto de triunfo quanto de tragédia, eles podiam se relacionar com isso. Os fãs me deram a oportunidade de me examinar publicamente sem ser julgado. Isso é algo raro.

Todas estas novas experiências me fizeram dar um passo atrás e examinar por que estava tão feliz. Sentei e pensei um pouco. Estava feliz, verdadeiramente feliz, pela primeira vez na minha vida. O motivo? Acho que descobri quem eu sou. Acho que quero ser a pessoa que faz as pessoas se sentirem bem. Acho que quero ser o ouvido que escuta as pessoas quando elas precisam de alguém para conversar. Acho que quero ser a pessoa que prova que um abraço pode mudar o dia das pessoas. Estava tendo uma epifania do caralho! Quero ser a pessoa que muda vidas, enquanto muda a própria.

Comecei a perceber que estamos todos aqui pelo mesmo motivo: para ajudar um ao outro e ensinar um ao outro. Agora, não estou dizendo que posso ensinar muita coisa academicamente, mas posso ser capaz de lhe ensinar como ter uma existência mais feliz. Os fãs, sem saber, estavam me ensinando isso e me tornando um homem mais feliz. A parte mais engraçada de tudo isso é que nenhum dos fãs jamais soube que eles estavam me transformando no homem que sempre quis ser. Ao me abrir a eles e eles encontrarem a própria felicidade, pude encontrar a felicidade. O *fandom* estava me ensinando a me soltar, me divertir e sorrir. Estavam me ensinando que todos somos iguais neste mundo gigantesco. O *fandom* sabia quem eu era desde o começo, e eles me aceitaram. Todos nós crescemos juntos e continuamos a crescer a cada dia. O entusiasmo constante de me preparar para viajar ou ir a uma convenção é extraordinário. Não só posso ir a lugares nos quais posso ser o homem que tenho orgulho de estar me tornando, como também posso andar com as pessoas que são responsáveis por isso: os fãs.

Além de ver todos os fãs que provocam um grande sorriso no meu rosto, tenho a experiência extraordinária de trabalhar com um grupo de pessoas que considero minhas mentoras. Mentoras que não teria conhecido se não tivesse sido convidado para uma convenção de *Supernatural*. Um convite que recebi apenas por causa da resposta positiva dos fãs. Então, não só os fãs ajudaram um garoto a se tornar um homem orgulhoso, como também ajudaram fornecendo as instruções de como ser um marido e pai de qualidade, ao me juntar, um final de semana após o outro, com o ótimo grupo de pessoas com que trabalho nas convenções.

Aprendi o que um bom marido, um bom pai e um bom amigo são de verdade. Além disso, aprendi a ver o resultado de trabalho duro e a dedicação mergulhados em talento. Vi os homens com que trabalho respeitarem e amarem suas esposas enquanto trabalham e viajam continuamente. Tive a rara oportunidade de sentir o gostinho da paternidade antes de eu mesmo me tornar pai. Os caras com quem trabalho nas convenções me mostraram o que é necessário para ser um pai fantástico. Quando todos nós nos juntamos nestes finais de semana é meio que hilário. Ficam cerca de cinco ou sete caras, todos mostrando um ao outro fotos dos filhos. E não só são ótimos pais e maridos, como todos nós também somos amigos para cacete. Passamos por todos os altos e baixos da vida juntos. Alguns de nós quase morreram juntos e alguns de nós celebraram as melhores dádivas da vida juntos. Sou apenas um pouquinho mais novo que meu grupo central de parceiros de convenções. Me tornei marido durante meu período de convenções, e me tornei pai durante meu período em convenções. Posso dizer, com toda sinceridade, que espero morrer ao lado destes caras. Os fãs me permitiram entrar no reino deles e por causa deles encontrei a mim mesmo, meus amigos e um novo sentido. Talvez um sentido pela primeira vez.

Então, deixe-me tentar isso de novo:

Olá, meu nome é Matt Cohen. Sou da Flórida e estive confuso durante a maior parte da minha vida neste planeta. Percebi algumas coisas nos últimos quatro ou cinco anos. Sou um homem muito feliz. Amo muito o meu filho.

Amo muito minha mulher. Amo muito meu pai e a minha família. Amo muito meus amigos. Amo ir a convenções e abraçar milhares de pessoas, porque amo ver milhares de sorrisos. Sei que não tem problema dançar de uma forma esquisita e cantar mal, contanto que se esteja fazendo isso com pessoas que o aceitam. Aprendi que se vestir com fantasias de mulheres, assim como fantasias de vegetais, faz com que a vida seja muito mais divertida. Percebi que chorar com mais algumas centenas de pessoas faz as lágrimas arderem bem menos. Esta é minha carta de agradecimento ao *fandom* de *Supernatural*. Sou muito grato por vocês terem me recebido e me feito sentir em casa. Sou muito grato por vocês terem permitido que eu me encontrasse.

Sou, finalmente, eu.

Matt e Rob no Saturday Night Special.

NA ENCRUZILHADA COM

MARK SHEPPARD

O mundo agora passa por tempos muito perturbadores. Não é um lugar tão amável e gentil quanto pensava que era quando criança. Em meio a tudo isso, o que tem sido fascinante para mim é esta espécie de coisa secreta que fazemos — esta coisa de *fandom*, pelo desejo de um mundo melhor. Esta coisa de *fandom* uniu pessoas.

O fato de Jared e tantos dos meus colegas que coestrelam a série estarem dispostos a falar de suas jornadas na vida significa que isso não tem mais o mesmo estigma que costumava ter. É um imenso catalisador de mudanças. Tenho orgulho de Jared especialmente, falando de problemas como depressão e ansiedade. Não há como passar pela vida sem que doenças mentais provoquem um impacto na própria pessoa, nos membros de sua família e em seus amigos.

O que amo é o que acontece quando se juntam grandes grupos de pessoas, unidas por algo positivo — o amor pelo programa, o amor por uma ideia a respeito do programa, ou pelo que o programa defende. O fato de defender a família, o fato de defender a união. Combater demônios — apesar de, pessoalmente, eu (assim como Crowley) detestar esta ideia — combater nossos demônios é algo muito importante. E assistir a pessoas se unindo através disso, usar o programa e os pontos de encontro ao redor do programa, como convenções, para se unir e ajudar um ao outro é algo que estimula enormemente a humildade.

Tentaríamos provocar mudanças de qualquer jeito, mas o fato de, ao transmitirmos isso, estarmos fazendo algo e vocês apoiarem o que fazemos é extraordinário. Vejam o que Misha faz — escolas, hospitais e ajudar pessoas, uma lista sem fim de belos feitos. Conversamos sobre como é maravilhoso que pessoas com pouco poder e influência façam a coisa certa, mas acho que o que surpreende todos nós é o fato de vocês serem tão dispostos a aderir ao que fazemos e a empurrar e conduzir isso para algo maior e algo incrível.

Tenho tanto orgulho de vocês, porque me lembro da época em que era um fã, porque, é claro, isso era relacionado à palavra *fanático*, era visto com maus olhos. Um fã era alguém fora das normas, alguém que tinha um apreço irracional por alguma coisa. Como "Ah, essas pessoas esquisitas que leem revistas em quadrinhos". Mas agora, influenciamos a televisão, influenciamos a internet, somos uma força. Mudamos a forma como as coisas estão sendo assistidas e a forma como as coisas estão sendo absorvidas e vistas. É quase como se os *nerds* tivessem herdado a terra.

Acho que costumávamos ser párias; enquanto *nerds* e esquisitões, estamos meio que acostumados a ficar do lado de fora, ficar na periferia do normal. E assim, devido ao tipo de pessoas que somos, acho que tendemos a ser muito mais gentis em relação a outras pessoas que têm mais dificuldades que a maioria. Vejo que grupos de pessoas que se sentem diferentes e afastados de outros tendem a amar apoiar causas, fazer mudanças e fazer as coisas acontecerem. E então tenho orgulho de vocês por exporem seus sentimentos e emoções e por sair ao mundo e mostrar às pessoas o que vocês amam, de que vocês gostam. E tenho orgulho do fato de vocês defenderem aqueles que não podem necessariamente defenderem-se por si mesmos.

ALWAYS KEEP FIGHTING
SPN
FAMILY
EST. 2005
MOOSE & SQUIRRE
SAY ALWAYS KEEP FIGHTIN

JOHN DEERE

Different

Love
Yourself

LAUREL

FROM THE
COME

WAYWARD
AF

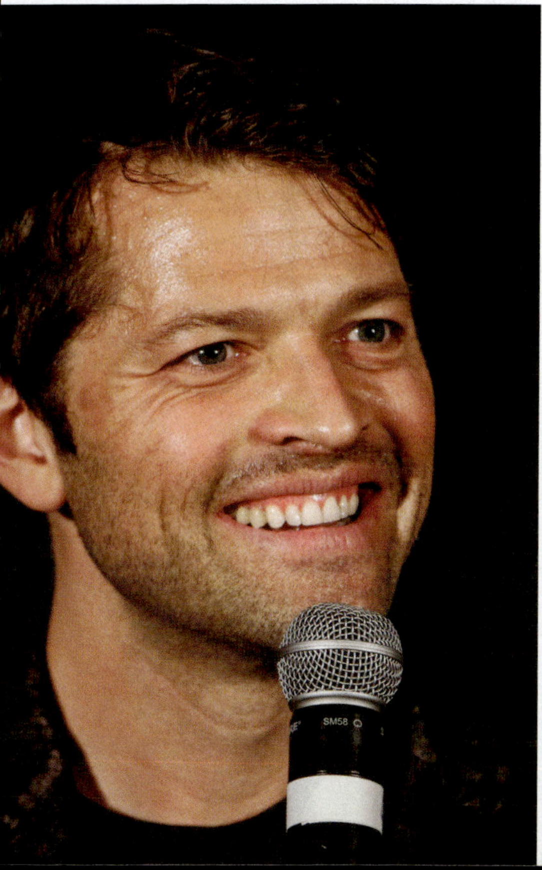
SM58

WAYWARD
AF

FANGIRL

LYNN ZUBERNIS

Há um motivo para eu ter querido escrever um livro sobre como um programa de televisão mudou e até mesmo salvou vidas: *Supernatural* mudou a minha.

Sou uma pessoa diferente do que era, antes de um programa do gênero de ficção científica, que passava no canal CW, me sequestrar e decidir nunca mais me deixar. Antes de descobrir esta comunidade extraordinária de fãs chamada *fandom* e deixá-la me inspirar a colocar alguns medos para trás. Por toda a minha vida, tive medo. Medo de fracassar. Medo de ser qualquer coisa além de perfeita, como se isso fosse alcançável, para começo de conversa. Medo de ser eu mesma e, em vez disso, investia tempo e esforços de forma muito exagerada para descobrir o que os outros queriam que eu fosse e então lutava bravamente para ser isso. Meus pais, meu parceiro, meus amigos, meus chefes — passei tanto tempo descobrindo quem eles esperavam que eu fosse que quase me perdi em meio a este processo.

Quando era criança, me escondia atrás da saia da minha mãe — literalmente — e dificilmente dizia alguma palavra. Acho que a maioria dos meus professores sequer sabia que eu estava ali. Quando sabiam, não ficavam exatamente felizes com isso. Claro, eu tirava boas notas, mas participação em classe era uma história diferente. Ainda me lembro da humilhação que senti quando minha mãe marchou escola adentro para protestar contra o meu C em geografia. O Sr. Ritts, meu professor de geografia da sétima série, manteve sua posição.

"Desculpa, mas ela nunca falou na minha aula. NENHUMA PALAVRA".

Até minha mãe ficou sem ter o que falar quanto a isso.

Durante a maior parte da minha vida, tentei me encaixar e não provocar muitas ondulações. Ser invisível. O medo me impedia de fazer uma variedade surpreendente de coisas, desde falar em frente a uma multidão (até um pequeno grupo de vizinhos) a viajar sozinha. O medo de não ser aceita me levou a cortar da minha vida várias das coisas que havia amado quando criança (como programas de televisão de ficção científica e bandas de *rock* obscuras), permitindo-me apenas "buscar coisas sérias", como uma graduação, trabalho e responsabilidades de mãe. Tenho bastante convicção de que gastei grande parte do início da minha vida adulta ficando constantemente ansiosa e vagamente insatisfeita — e bastante entediada.

Até *Supernatural*.

Você pode estar pensando como diabos um programa de televisão poderia mudar esse aspecto da personalidade de alguém, ainda mais para melhor? Com mais frequência, fãs são vistos como fracassados obcecados por uma personagem fictícia ou uma celebridade, ou como *nerds* que precisam "arranjar uma vida". Ser um fã evoca imagens de garotas histéricas, gritando por causa dos Beatles, ou adultos gastando seu dinheiro suado em viagens para o Harry Potter World. Certamente, fãs não são imunes a fazer escolhas ruins; a paixão pode inspirar as pessoas a assumir riscos que, de outra forma, não assumiriam, e às vezes o resultado não é bonito. Mas outras vezes? Esse é o risco que muda vidas para melhor.

Como muitas pessoas que encontram um *fandom*, sempre me senti diferente, o que tenho certeza que contribuiu para minha busca de ser invisível. Eu era a garota de óculos, tímida e magrela, que queria se esconder todas as vezes que as pessoas me chamavam de "CDF" ou sussurravam algo pior à boca miúda. Aprendi rapidamente a nunca levantar a mão ou chamar a atenção para mim, escondendo o fato de ter um cérebro com o objetivo de me manter segura. Escondia as coisas que amava também; as coisas que, agora, reconheço como inspiradoras das minhas primeiras paixões de fã: *Star Trek*, *Arquivo X*, *Buffy*. Afinal, não era provável que eu parecesse mais legal aos olhos dos meus pares ao confessar que sentia algo por Spike, ou que imaginava que ele sentisse algo por uma das outras personagens (talvez até Angel em vez de Buffy). O fato de algumas de minhas fantasias a respeito das minhas personagens fictícias preferidas não serem exatamente apropriadas para todas as idades apenas me deixou mais convencida acerca da minha esquisitice. Muitos de nós ficam facilmente envergonhados quando se trata de sexo, mulheres e garotas especialmente. Não é de se estranhar que meu verdadeiro eu tenha se escondido no subsolo, junto com a minha voz. Na superfície, minhas diferenças eram apagadas; na verdade, foram apenas encobertas por uma personagem falsa que queria agradar e estava feliz de sacrificar ser genuína para isso. Casei, tive filhos, trabalhei duro, fui para a universidade. Fantasias? Diversão? Quem tinha tempo para isso?

Foi apenas quando me apaixonei perdidamente por *Supernatural*, muitos anos depois, que lembrei como era me sentir apaixonada por algo. Amar tanto algo a ponto de não conseguir nem sentar enquanto se está assistindo. Estar tão entusiasmada a ponto de não conseguir impedir-se de gritar quando o mocinho cai — e gritar ainda mais alto quando ele se levanta de novo, cambaleando, sangrando e com hematomas, e salva o dia mesmo assim. Pela primeira vez em um período muito longo, estava fazendo algo que queria fazer... algo por mim mesma.

Estava aterrorizada. E me sentia culpada. Poderia realmente me permitir algo assim? Me *divertir*?

Tentei me convencer a deixar isso de lado, a voltar a ser uma mulher séria, que trabalha duro, com um PhD e muitas caronas para dar. Mesmo assim, por mais desconfortável que estivesse me sentindo com essa recém-encontrada busca frívola, descobri que não podia desistir. *Supernatural* me prendeu com mais força do que o vilão Demônio de Olhos Amarelos havia feito com o pobre Sam Winchester!

Pesquisei *online* por mais, mais e mais coisas sobre o programa que amava, e percebi, para minha surpresa, que havia outras pessoas também apaixonadas por programas de televisão. Muitas delas. Muitas eram mulheres e, embora algumas delas lutassem contra a mesma vergonha e culpa que eu estava sentindo, também estavam determinadas a não desistir. *Online*, formamos nossas próprias comunidades de *fandom*, com normas que eram vastamente diferentes das que existiam no "mundo real". Aqui, mulheres erguiam a voz, não com o que os outros queriam escutar, mas para dizer o que realmente sentiam. Aqui, estava tudo bem em gritar sua paixão, em vez de suprimir toda essa emoção. Também não havia problemas em ter fantasias, e não apenas em relação a coisas que eram cor de rosa e socialmente sancionadas. Aqui, se podia compartilhar suas verdadeiras fantasias e se sentir validada em vez de envergonhada.

O *fandom*, para mim, foi uma revelação. Em questão de semanas, fiz um curso expresso de todas as coisas de fãs (o qual tenho certeza que gabaritei). Aprendi a respeito de *fan fictions* em todas as suas permutações gloriosas. Aprendi a respeito de *fanart* e *fanvids*, *manips* e *gifs* e mídias sociais. Aprendi a respeito de fazer envios e disparos ao mesmo tempo em que via como os fãs apoiavam e ajudavam uns aos outros. Esta era uma comunidade que descartava as normas costumeiras com as quais a maioria de nós — especialmente as mulheres — vivia. Normas como "Não diga a verdade; fale o que eles querem que você fale". "Não ame demais nem queira demais nem, Deus proíba, deseje demais". O *fandom* não dizia nada disso. Fale sobre o que realmente sente, o que realmente quer, o que realmente aprecia. Fale sobre isso aqui e não a julgaremos nem censuraremos; vamos nos juntar a vocês e dizer: *Oh meu Deus, sim, eu também.*

Dentro do espaço seguro do *fandom*, também desaprendi as lições do meu passado repressivo e comecei a aprender outras, novas. Encontrei minha voz, quase literalmente, através do *fandom* e de *Supernatural.* Dentro da comunidade do *fandom*, brinquei de ser genuína pela primeira vez. Me senti menos diferente do que nunca; ou, para ser mais precisa, aprendi a valorizar minhas diferenças em vez de escondê-las. Comecei a falar. E comecei a escrever. Escrevi durante toda a minha vida, mas em segredo. Em diários de páginas com cantos amassados e canetados toda noite antes de ir para a cama, imaginava as aventuras de minhas personagens preferidas da televisão, livros e filmes, e guardava os resultados escondidos em uma caixa embaixo da cama. (Como muitos outros, eu estava escrevendo *fan fiction* muito antes de saber que o termo existia.) Mas isso era apenas para mim. Nunca levei em consideração que alguém mais pudesse querer ler o que havia escrito... até *Supernatural.* A profundidade do meu amor por este programa de televisão foi uma força impossível de parar, que insistia em se expressar. Não foi muito como se eu tivesse decidido escrever sobre isso; eu *tinha* que fazer isso. Quando descobri o espaço criativo entusiasta que era o *fandom online* (e descobri que o que estava escrevendo há décadas tinha um nome e uma audiência), segurei o fôlego, sussurrei uma prece e mergulhei. Postar algo que havia escrito foi aterrorizante. Fiquei checando obsessivamente o *post* a cada dois minutos, esperando que talvez houvesse um comentário. E que este seria, "Que tipo de merda é essa?"

Na primeira vez em que alguém disse "Essa história realmente parece verdadeira", fiquei com lágrimas nos olhos. Lentamente, enquanto as pessoas comentavam, me encorajavam e davam retorno acerca do que tinha ou não funcionado, comecei a pensar, *É, eu posso fazer isso. Eu posso escrever.* Outra coisa aconteceu, também. As pessoas que comentavam a respeito da minha *fan fiction* e as pessoas que escreviam as *fan fictions* que eu lia e comentava se tornaram minhas amigas. Aprendi com elas e pude conhecê-las. Suas lutas e triunfos, suas famílias, seus amores e perdas. Também compartilhavam seus medos e raivas: todas aquelas coisas que nos disseram para manter escondidas. Às vezes, elas mostravam esses sentimentos proibidos em personagens fictícios; às vezes, vomitavam tudo diretamente. Eu fiz o mesmo. Como um grupo de terapia gigante, multinacional e gloriosamente diversificado, ajudamo-nos uns aos outros a descobrir quem éramos de verdade e então a encontrar a coragem de viver essa verdade.

Conheci minha amiga Kathy Larsen nesse grupo e juntas embarcamos em uma viagem inesperada pelo *fandom* de *Supernatural.* Nós duas éramos acadêmicas e já havíamos escrito artigos antes, apesar de apresentá-los em revistas acadêmicas lidas apenas por outros acadêmicos. Agora, queríamos escrever algo muito diferente, dizer algo que sentíamos ser ainda mais importante. Tivemos a ideia louca de que poderíamos escrever um livro sobre como era realmente ser uma fã — um livro que colocaria a limpo os registros acerca de *fandoms* e desafiaria os estereótipos negativos. Afinal, sabíamos de primeira mão como um *fandom* podia ser poderoso e positivo! Também suspeitávamos, até mesmo nessa época, que *Supernatural* era algo especial.

É claro, ninguém acreditou em nós.

"Vocês querem escrever um livro sobre *qual* programa de TV?" disse um editor atrás do outro, franzindo o rosto. "Que tal fazer um sobre *Star Trek*?"

Amo *Star Trek*, mas a série não é exatamente pouco pesquisada. Mesmo em 2007, sabíamos que *Supernatural* seria um fenômeno. Infelizmente, ninguém mais àquela época partilhava da nossa convicção. Mas Kathy e eu não desistimos. Em parte através de sorte de principiante e em parte por não sabermos muito bem o que estávamos fazendo, algumas de nossas tentativas atrapalhadas de entrar em contato com o elenco do programa funcionaram. Para nossa surpresa, os atores de *Supernatural* estavam interessados no nosso projeto. Ninguém mais lhes havia feito os tipos de perguntas que estávamos fazendo, e todos eles eram pessoas atenciosas que gostavam de entrar em tópicos um pouco mais profundos do que o padrão de jornalistas "Qual é sua cor preferida?" A Warner Brothers ouviu falar a respeito do que estávamos escrevendo e, já que ninguém mais estava prestando atenção no programinha deles naquela época, decidiram que apoiariam tudo que pudessem. Eles nos convidaram para o estúdio de *Supernatural* e para os bastidores para conversar com os atores, o que era basicamente nossa Fantasia de *Fangirl Nº 1* se tornando realidade.

Conseguimos manter a calma, mais ou menos, enquanto conversávamos com Jensen Ackles em seu *trailer*. Conseguimos nos manter articuladas, quando

Jared Padalecki começou a tirar as roupas no meio da nossa entrevista. (Do armário, galera; do armário.) Entrevistamos Misha Collins em um bar e lhe causamos problemas por se atrasar para a entrevista seguinte; gostamos de pensar que isso aconteceu porque a conversa estava muito sedutora. Com uma frequência alarmante, viajamos de avião através do país para ir a convenções de *Supernatural* e Comic-Cons, encontrando-nos com os fãs que havíamos conhecido *online* e entrevistando os atores.

Esquerda: Com Jared na primeira convenção Creation Supernatural, em 2008. Direita: Minha primeira foto esquisita com Jensen (na qual sorrateiramente encostei meu ombro no dele...).

Os atores continuaram concordando em dar entrevistas, mesmo enquanto Kathy e eu repetidamente nos provávamos lamentavelmente ineptas como jornalistas amadoras. Durante uma das nossas primeiras vezes na sala verde isolada (a sala nas convenções onde os atores têm permissão para ir e os fãs não), Kathy e eu estávamos agitadas de nervosismo. Eu estava tentando muito parecer pertencer àquele lugar — e me sentindo como se definitivamente não pertencesse — enquanto o sujeito da nossa entrevista conversava com alguns de seus amigos. Havia uma garrafa de vinho sobre a mesa, nos fundos da sala, então casualmente me servi um copo muito grande.

"O que você está fazendo?" Kathy perguntou, sussurrando.

"Tomando um vinho", respondi, também sussurrando. Isso não era óbvio?

"Isso é uísque, sua idiota", Kathy disse alto demais, pegando o copo gigante da minha mão. "Se você beber isso tudo, vai capotar", continuou, virando os olhos debochadamente.

Ela estava certa. Sou uma peso-pena em quaisquer circunstâncias. E a bebida provavelmente era das melhores, então teria desperdiçado mais dinheiro do que poderia sequer estimar. Tentar colocar a bebida de volta na garrafa não ajudou minha busca por me encaixar.

Mais tarde naquela noite, fiquei feliz de Kathy ter intervindo, para que eu pudesse estar sóbria o bastante para me lembrar de Jensen Ackles brincando conosco, usando sua habilidade estranha de virar *um* olho (a única vez na minha vida em que lhe disse para sair de perto de mim). Também pudemos testemunhar Jared Padalecki dando início à sua conta do *Twitter*, o que acabou se mostrando um momento bastante significativo para o *fandom* de *Supernatural*. Conseguimos até conduzir uma entrevista mais ou menos decente.

Enquanto viajávamos de carro e dávamos continuidade a nossas tentativas desajeitadas de fazer pesquisas, nosso livro começou a ganhar forma — uma forma incomum, que deixava confusos a maior parte dos possíveis editores. Mesmo assim, o fato de nossos entrevistados terem tanto a dizer, unido à confiança que adquirimos na comunidade do *fandom*, nos manteve de pé ao longo de repetidas rejeições. Em dado momento, uma editora acadêmica pequena aceitou arriscar dar uma chance a nosso livro. Acabou que esse se tornou nosso Livro Nº 1. Nossa ideia original era escrever um livro híbrido, que contava a história real, divertida e entusiasmante de ser uma *fangirl*, junto a toda a pesquisa que havíamos feito a respeito dos benefícios psicológicos de ser um fã. Infelizmente, embora soubéssemos através da experiência pessoal que fãs eram inteligentes, analíticos e inquisitivos, ninguém acreditou que fãs e acadêmicos leriam o mesmo livro e gostariam. Conseguimos, entretanto, inserir sorrateiramente algumas anedotas decididamente não acadêmicas nesse primeiro livro, *Fandom at the Crossroads*. (O *fandom* também nos havia ensinado a como ser subversivas para fazermos nossas vozes serem escutadas, o que veio a calhar.)

A editora era tão obscura que não tínhamos certeza se alguém chegaria a ler o livro. E, mesmo assim, descobri que isso não importava tanto quanto esperava. *Fandom at the Crossroads* era uma carta de amor: para o *fandom*, para sua comunidade de mulheres e seu convite à realidade; e para *Supernatural*, que havia nos inspirado. Se ninguém o lesse, pelo menos teríamos feito o que nos propusemos a fazer: havíamos dito o que queríamos dizer.

Levei uma cópia a uma fila de autógrafos na convenção seguinte de *Supernatural*, colocando-a na frente de Jensen.

"Isso é para você", eu disse, relativamente calma. Tão calma quanto sempre estou perto do Sr. Ackles. "Muito obrigado por todas as entrevistas que você nos deu".

Jensen olhou para mim, aqueles grandes olhos verdes me fazendo parar e encarar, porque *porra*.

Então ele empurrou o livro por cima da mesa, de volta para mim.

Congelei de horror, meu estômago girando de forma selvagem. Será que ele havia odiado a ideia inteira do livro? Será que estava arrependido por ter nos dado aquelas entrevistas? Como poderia sobreviver a esta rejeição?

"Sabe", Jensen disse, sem notar meu ataque de pânico em curso, "dei muitos autógrafos pra você ao longo dos anos".

Fiz que sim com a cabeça, minha garganta apertada demais para falar.

Jensen calmamente abriu o livro na página das autoras, depois olhou para mim. Apontou para a página e sorriu.

"Acho que já está na hora de você *me* dar um autógrafo".

Se houvesse um prêmio para manter a compostura sob circunstâncias impossíveis, eu deveria tê-lo ganhado. A onda de alívio que me tomou deixou meus olhos tão molhados que mal conseguia ver a página em que ele queria que escrevesse. Meus dedos estavam atrapalhados enquanto ele me entregava a caneta que estava usando para dar os autógrafos, e de algum jeito consegui assinar meu nome, provavelmente de forma ilegível.

Jensen o pegou e o colocou ao lado dele. Acho que ele disse parabéns, mas àquela altura eu não conseguia mais ver ou escutar muita coisa de verdade. Não faço ideia do que murmurei em resposta ou de como consegui voltar ao meu assento. Se alguém tivesse me dito, no começo desta jornada maluca, que Jensen Ackles iria pedir meu autógrafo, em um livro sobre *Supernatural* que eu havia escrito, teria lhe oferecido umas sessões de terapia gratuitas, já que claramente essa pessoa estaria vivendo em um mundo de fantasia.

Demos cópias do livro para Jared e Misha, e a vários dos atores convidados que também haviam contribuído. Na convenção seguinte, levei um livro para a fila de autógrafos de novo, desta vez para pegar a assinatura dos atores para que pudéssemos doar o livro para um leilão de caridade. Quando coloquei o livro em frente a Jared, ele parou e levantou a cabeça com um olhar sério no rosto.

Comecei a entrar em pânico. Será que ele havia olhado aquilo e odiado o que viu? Mais uma vez, o medo correu pela minha espinha, me deixando muda.

"Queria só agradecer a você", Jared disse, "por escrever esse livro. É realmente importante para mim entender os fãs, e ler esse livro realmente me ajudou".

Recuperei o poder de fala um pouco mais rapidamente desta vez, apesar de não ter acontecido o mesmo com o tato. "Você leu?", disparei.

Jared riu e fez que sim com a cabeça. "De uma ponta à outra. Vai lá, me pergunta alguma coisa".

Não consigo me lembrar do que lhe perguntei, mas ele respondeu. Corretamente (e bastante eloquentemente). Hã.

Mais tarde naquele dia, nos encontramos com Misha em um Starbucks local para uma entrevista e ele mencionou o livro.

"Li uma parte dele", Misha disse. "Mas Jared leu tudo".

"Sério?" perguntei, ainda sem acreditar.

"Absolutamente tudo", Misha nos garantiu. "Ele é um leitor ávido".

Gesticulamos com a cabeça, no sétimo céu. Então, de forma previsível, Misha não conseguiu resistir a acrescentar uma espetada.

"E Jensen olhou as imagens", disse, com um sorriso esperto.

Fandom at the Crossroads não conseguiu exatamente entrar para a lista de *best-sellers* do *New York Times*. Mas os fãs e o elenco (e nossos companheiros acadêmicos) que leram pareceram ter gostado do que dizia. As críticas que o livro recebeu foram positivas. Eu havia ousado alçar minha voz e ser verdadeira, e o mundo não havia acabado. Na verdade, parecia um pouco mais seguro. Enquanto isso, tínhamos uma outra história inteira que não havia entrado naquele livro: a *nossa* história. Para ser honesta, Kathy e eu havíamos estado relutantes de compartilhar esta parte. Quem quer contar ao mundo inteiro a verdadeira história sobre *você*, com verrugas e tudo? Que tipo de louco colocaria isso à mostra — com seus nomes verdadeiros, além disso — para que todo o mundo visse (e inevitavelmente despencasse)?

Mas algumas pessoas não deixariam isso de lado.

"Escreva a parte de vocês de novo na história", nosso amigo, diretor e produtor, Tony Zierra, disse. Havíamos conhecido Tony através de Chad Lindberg, que havia interpretado Ash memoravelmente nas primeiras poucas temporadas de *Supernatural*. O documentário popular e independente de Tony, *My Big Break*, havia sido a princípio focado em Chad e três outros atores que moravam em uma casa em Hollywood e estavam tentando ganhar prestígio. Eles desafiaram Tony, que também estava morando lá, a contar também sua própria história no filme — e isso fez toda a diferença.

Conhecíamos algumas outras pessoas que também sabiam algumas coisas sobre escrita. O escritor/diretor M. Night Shyamalan é um amigo há vários anos, muito antes de *O sexto sentido* transformá-lo em um nome conhecido.

"Escreva sobre a sua própria experiência", Night disse. "Olhem para vocês, duas mulheres inteligentes e realizadas. E você se pega no sofá com um pacote de Doritos assistindo a um episódio de *Supernatural* atrás do outro e você pensa, como foi que parei aqui? Escreva sobre isso".

Esta ideia era aterrorizante. Uma coisa é fazer uma pesquisa e teorizar a respeito de por que alguns de nós são tão apaixonados; bem diferente é confessar as próprias paixões. Ficamos sem saber o que dizer. Será que poderíamos realmente falar tanto assim, tão autenticamente? Quem publicaria isso, de qualquer forma?

Uma coisa engraçada acontece quando se começa a se expressar, entretanto. Não dá para simplesmente calar a boca e parar. Decidimos que Tony e Night estavam certos e fomos em busca de um editor que acreditasse em nossas vozes. Em dado momento, *Fangasm* foi publicado como um livro de memórias. Quem diria que publicam livros de memórias de ninguéns? Era aterrorizante. Estava tudo ali. Não só minha obsessão com *Supernatural*, mas também meus medos e inseguranças, paixões e fantasias. Brigas com meus filhos; um término com meu parceiro de longa data.

Talvez, pensei, ninguém fosse lê-lo. Certamente não os atores. Não tinha planos de lhes entregar cópias, como havia feito com *Fandom at the Crossroads*, isso era certo. Jensen não precisava saber dos detalhes do meu apreço por sua... atuação.

Em um infeliz lapso de julgamento, não disse para outras pessoas não contarem a Jared e Jensen que eu tinha feito um livro novo sobre o programa deles. Logo depois da publicação de *Fangasm*, eles me pararam para conversar, parecendo surpreendentemente afrontados. Entrei em pânico, incerta sobre o que eles queriam conversar. Será que, inadvertidamente, havia deixado minhas mãos vagarem durante uma sessão de fotos ou algo do tipo?

Jared me deu um golpe falso no ombro e exigiu saber, "Você lançou um livro novo e nem sequer contou para a gente? Estamos nele e nem sequer o lemos!"

Jensen apenas sorriu com a minha expressão de choque.

Já era a ideia de os atores não o lerem. Eles leram. Ainda mais surpreendentemente, haviam gostado dele.

Cair no *fandom* de *Supernatural* já havia me mudado. Escrever *Fangasm* me mudou de novo, porque — milagrosamente — mudou outras pessoas. Em *e-mails* e *tweets* e pessoalmente em convenções de fãs, me disseram que *Fangasm* era importante para eles. Que ler a nossa história mostrou-lhes que não estavam sozinhos. Que não eram esquisitos, nem psicologicamente falhos, nem perdedores. Que eram *ok*. *Fangasm* fez por eles o que a descoberta do *fandom online* fez por mim, o que era exatamente o motivo de o termos escrito. Todas as vezes que as pessoas me dizem que ler o livro as ajudou a deixar para trás aquela vergonha internalizada e incômoda, fico grata por termos escrito a nossa história da forma como realmente aconteceu, com todos os altos e baixos e momentos de vergonha e empolgação.

Em uma convenção de *Supernatural*, logo depois do lançamento de *Fangasm*, uma mulher de meia-idade se aproximou de mim no salão, com o livro nas mãos.

"Você é uma das autoras?", ela perguntou. Eu disse que sim e ela estendeu a mão e apertou a minha. Foi só então que notei uma garota adolescente por trás dela.

"Obrigada", a mulher disse. "Minha filha é tímida demais para lhe dizer, mas ela leu seu livro e então o compartilhou comigo, e agora eu finalmente a entendo. Finalmente entendo isso".

A filha concordou com a cabeça e os olhos da mãe começaram a ficar marejados. Meus olhos começaram a ficar marejados. Os olhos da filha começaram a ficar marejados. Tenho certeza de que todos em volta de nós estavam se perguntando por que nós três estávamos simultaneamente sorrindo e chorando, mas aquele foi um momento maravilhoso. É por isso que escrevemos: para tocar outra pessoa.

Minha experiência com *Supernatural* provocou um efeito bola de neve. Um pouquinho de confiança permite mais autoexpressão, o que cresce um pouco mais. Kathy começou o *Journal of Fandom Studies* com a editora Intellect Publishing, comigo na equipe editorial. Em uma de nossas reuniões com a Intellect, ouvi falar da série Fan Phenomena, com cada lançamento focado em um livro, filme ou programa de televisão que fosse um fenômeno genuíno. Por que, me perguntei, *Supernatural* não estava nessa lista? A Intellect me informou que os programas nesta série de livros já existiam há muito tempo e não estavam mais no ar, o que havia lhes dado tempo para acumular uma grande base de fãs.

"Mas *Supernatural* já tem isso", argumentei. "Está no ar há oito anos e tem todo o apoio dos fãs e prêmios da internet para se qualificar como um fenômeno!"

Acho que a editora ficou cansada dos meus *e-mails* argumentando a respeito do caso (outro benefício de se encontrar a própria voz). Concordaram em nos deixar editar um volume devotado a *Supernatural*. Misha Collins escreveu um capítulo sobre como ter sido escalado para o elenco de *Supernatural* como Castiel e ter fãs haviam mudado sua vida para melhor. Richard Speight escreveu um capítulo sobre como a experiência de fazer convenções havia mudado sua compreensão acerca de si mesmo e do *fandom*. Serge Ladouceur, o brilhante diretor de fotografia do programa, contribuiu com um capítulo. Também tínhamos ensaios de fãs e acadêmicos; *Fan Phenomena: Supernatural* tem as perspectivas múltiplas que achamos que fossem importantes.

Levei uma cópia para a convenção de *Supernatural* em Vancouver naquele ano para dar a Serge, para agradecer-lhe pela contribuição.

"Você vai aparecer no estúdio enquanto estiver aqui?" ele perguntou, como se esta fosse a pergunta mais ordinária do mundo.

Consegui chiar um *ok* e voltamos ao estúdio para outra visita ao set, de novo atingidas pelo tratamento caloroso e amistoso do elenco e da equipe. De uma forma muito parecida com a primeira visita que fiz ao estúdio, todos saíram de suas rotinas para nos fazer sentir bem-vindas. Durante o intervalo para o almoço, a atriz convidada nos mostrou exatamente como a brilhante responsável pela maquiagem de *Supernatural* faz com que uma mulher atraente se pareça com uma bruxa perversa. A supervisora de roteiro explicou seu trabalho e nos perguntou tudo a respeito de nossos livros. O melhor de tudo, o escritor do episódio, Robbie Thompson, ficou sentado ao nosso lado o dia inteiro. Ele compartilhou ideias sobre o episódio e seu processo de escrita e, quando descobriu que eu tinha escrito livros sobre *Supernatural*, disse que sairia dali imediatamente e os compraria. *Ahã*, eu respondi, polidamente, ao que estava bastante certa de ser apenas um agrado dele. Não é nenhum segredo que sou uma *fangirl* dos atores do programa, mas também sou *fangirl* dos escritores quase na mesma proporção. Entrevistar Erick Kripke e Sera Gamble me deixou tão nervosa quanto conversar com Jensen, Jared ou Misha. Então digamos apenas que fiquei sentada ali, embasbacada. (E, ah sim, Robbie comprou todos os livros. E os leu.)

Robbie foi chamado para consultas acerca de diálogos várias vezes e as mudanças necessárias foram feitas na mesma hora. Essa é a vantagem de se ter um escritor no estúdio! Entre gravações, ele nos apresentou o *bunker*, que é um cenário extraordinário que toma a maior parte de um dos palcos de som gigantescos do estúdio. A maior parte dos cenários não parece real a partir do momento em que se entra neles, mas este parece. Símbolos de proteção entalhados nos tetos e entradas. Potes, panelas e latas de tortas preenchendo as prateleiras na cozinha. Uma infinidade de suprimentos ao estilo cientista louco na sala disfarçada de laboratório: béqueres e tubos de ensaio cheios pela metade com líquidos coloridos, microscópios com alguma coisa de aparência nojenta na lâmina, prateleiras de jarros, latas e *notebooks*. Examinamos alegremente a biblioteca com Robbie, olhando um livro atrás do outro para ver o que Sam e Dean poderiam estar lendo. Fiquei particularmente entusiasmada ao encontrar um texto antigo de psicologia nas prateleiras — eles claramente precisam disso! Os corredores são corredores de verdade e as salas são salas de verdade (apesar de contarem com tetos removíveis para permitir filmagens de cima). Na verdade, o cenário é tão grande que uma ou duas vezes me vi um pouco perdida ao tentar chegar ao banheiro ou sair para pegar um lanche. Perdida no *bunker* dos Homens de Letras — poderia haver um problema melhor?

A todo momento que a "vila de gravações" (as câmeras e monitores, junto a cadeiras para o diretor, diretor de fotografia, supervisor de roteiro, escritor... e, neste caso, nós!) se movimentava, ficávamos atordoadas com a velocidade e a eficiência com que iam de um lugar para outro.

"Seguindo adiante", o diretor Bob Singer dizia, e então o faziam.

Thompson é o escritor que criou a personagem da heroína *fangirl* e *nerd* Charlie Bradbury, então acho que ele entendeu nossas prioridades como *fangirls*: garantiu nos levar para ver o quarto de Dean antes de irmos embora. Sentei na cama por alguns minutos, maravilhada. Não era o colchão de espuma que esperava, mas mesmo assim foi um momento. Ei, foi o mais perto que pude chegar de estar na cama de Dean Winchester, então permita que minha imaginação voe.

Na décima primeira temporada, pude visitar o cenário de novo, desta vez durante a gravação, para assistir Jensen e o ator convidado Rob Benedict filmarem algumas de suas cenas poderosas juntos (enquanto combatiam os mosquitos desenfreados entre gravações — sabia que Jensen consegue bater as mãos e abatê-los no ar?). Jensen pediu desculpas por não ter algo "mais entusiasmante" acontecendo naquele dia, e eu fiz que não com a cabeça. Este programa? Cada pequena coisa a respeito deste programa é fascinante para mim. Assistir Rob e Jensen compartilhando risadas entre gravações e jogarem pipocas pelo ar. Conversar com a artista convidada Emily Swallow (Amara) sobre os desafios de se usar o mesmo vestido durante uma temporada inteira (ou Amara tinha uma conta enorme de lavagem a seco ou aquele vestido estava bastante nojento ao fim da temporada). Assistir a cooperação, o respeito mútuo e a afeição entre o diretor Tom Wright e os atores, quando ele aparecia com observações e os atores, em resposta, mudavam sutilmente suas atuações. Não era entusiasmante? Eu estava hipnotizada.

Nesse dia, estavam gravando em uma bela mata de Vancouver, os altos pinheiros parecendo alcançar a metade do caminho até o paraíso e uma cama espessa de gravetos e galhos quebrados por baixo de nós. Esses gravetos, infelizmente, estalavam e farfalhavam alto quando se andava por cima deles, o que significava que eu ficava congelada toda vez que começavam a filmar, aterrorizada com a possibilidade de mudar de posição e um estalo de galhos arruinar a cena. Lembro vividamente de um momento em que estava andando atrás de Jensen e Emily, enquanto eles atravessavam a mata até outra parte, encarando os pés de Jensen — porque ele estava usando as botas de Dean. O sol estava raiando através das altas árvores, o céu azul por cima, e eu estava seguindo os passos de Dean Winchester, me sentindo quase como se estivesse caminhando com a personagem fictícia que significava tanto para mim. Não era entusiasmante? Estava sorrindo comigo mesma, enquanto tentava gravar aquela imagem na memória.

Mais tarde, naquele dia, eles gravaram uma cena com Rob e Jensen (como Deus e Dean) conversando em um banco do parque. Jensen nos contou que a árvore gigantesca e velha sob a qual estávamos enquanto assistíamos era a que o elenco e a equipe chamavam de "árvore do Kim", em memória do amado diretor e produtor executivo, Kim Manners. Parecia adequado que terminássemos ali, e me lembrei da primeira vez em que estivera no cenário, quando Kim ainda estava com eles. Fui tomada pela emoção por causa deste programa que mudou minha vida de tantas formas ao longo de uma década.

A confiança que encontrei através de *Supernatural* e do *fandom* também mudou minha vida pessoal e profissional. Não sou do tipo de pessoa que simplesmente diz: "Ah, legal, vamos mudar de trabalho". Fico apegada. Gosto de segurança, não de riscos. E vamos combinar que a última coisa que me disporia a fazer de boa vontade seria postar-me em frente a um comitê de contratações e ter uma conversa a respeito de um novo emprego! Mas minha experiência no *fandom* de *Supernatural* havia sido completamente guiada por riscos: arriscar, jogar a cautela para os ares, ousar fazer o que *queria* fazer! Respirei profundamente e enviei meu formulário de candidatura para uma vaga de professor em uma universidade próxima. Estava tão nervosa durante a entrevista que levei a versão errada da minha apresentação de PowerPoint; então encarei horrorizada a tela, durante uns bons dois minutos, enquanto tentava descobrir como reconciliar minha anotações cuidadosamente preparadas com os *slides* que não combinavam. Internamente, estava me xingando por ter assumido um risco daqueles. Externamente, consegui seguir adiante. O comitê de RH me disse que parte do motivo para terem me dado o emprego foi devido à minha habilidade de me manter esperta durante uma crise.

Encontrei minha voz na minha vida pessoal também. A validação que recebi no *fandom* e através dos livros acabou se mostrando útil na minha vida amorosa. Quando consegui encontrar a coragem para sair de um relacionamento que não tinha nada de validador, estava determinada a ser tão verdadeira com meu próximo parceiro quanto ousava ser com minha comunidade *online*. Meu novo parceiro pôde me ver de verdade desde o começo, sendo uma *fangirl* e tudo mais. Leu o que escrevi, profissionalmente e como *fan fiction*, com igual interesse. Também aprendeu muito rapidamente que sugerir "Ei, quer ver um *Supernatural*?" era um afrodisíaco mais potente que a melhor garrafa de vinho ou meus chocolates preferidos.

Quando encontrei minha voz, descobri outras formas de utilizá-la. Em público, pelo menos. Levando em consideração minha longa história enquanto introvertida (e aquele desastre humilhante em geografia na sétima série), falar em público era um desafio significativo. Depois do lançamento de *Fangasm*, começamos a receber alguns pedidos de entrevistas da imprensa e de pessoas. Entrevistas escritas? Sem problemas. Respondíamos alegremente perguntas de todo mundo em *e-mails* longos e detalhados e adorávamos os resultados impressos. Entrevistas no rádio e em *podcasts*? Essa era uma história diferente. Estava certa de que acabaria tagarelando coisas sem sentido, mas me consolava com a ideia de que pelo menos ninguém me veria ficar vermelha enquanto fazia isso.

Estávamos mais do que entusiasmadas, quando fomos chamadas para fazer uma participação sobre *Supernatural* na National Public Radio[13]. Era excitante o bastante saber que o programa havia se tornado tão popular a ponto de ser reconhecida na NPR, mas a ideia de nós sermos as "especialistas" com quem queriam conversar? Quase tão emocionante quanto conhecer os atores e escritores. Então peguei um trem até Washington, D.C., para gravar o segmento, apesar de ter machucado as costas dois dias antes e estar sentindo muitas dores. Afinal, a dor não impede uma fã verdadeiramente apaixonada!

A viagem até lá não foi tão ruim; é um percurso de duas horas de trem, e, contanto que ficasse em pé, estava mais ou menos *ok*. A repórter da NPR foi à casa de Kathy para gravar a matéria e começou com "Então, este programa deve ser bastante especial. Mostre-me por quê". Passamos as poucas horas seguintes assistindo a episódios e a entretendo com todos os motivos do porquê de *Supernatural* ser o melhor programa da história. Quando terminamos de gravar a participação de fato, tenho bastante certeza de que ela havia sido convertida.

---

13 Rádio Pública.

A viagem valeu a pena. Posso dizer isso agora. Infelizmente, o trem de volta para a Filadélfia apresentou problemas nos trilhos (o que quer que isso signifique) e acabou parado, sem energia, por *cinco horas*. Isso é muito tempo quando se está com dores e não se pode sentar! Em dado momento, o condutor ficou com pena de mim e limpou uma mesa no vagão de refeitório, dizendo: "Aqui está, senhora; a senhora pode se deitar". Tenho certeza de que parecia uma idiota esparramada sobre uma mesa do vagão de refeitório, mas tempos extremos exigem medidas extremas. Mesmo com a euforia de saber que havíamos acabado de gravar uma matéria sobre *Supernatural* para a NPR, minha viagem não foi divertida. Mas valeu a pena? Céus, valeu. Misha Collins escutou a matéria enquanto era transmitida ao vivo e nos parabenizou. Até a Warner Brothers ficou impressionada, mandando-nos um *e-mail* adorável, nos parabenizando pelo sucesso com os livros.

As relações públicas estavam indo bem, pensamos. Sem problemas. Então fomos chamadas para gravar um trecho sobre *fandoms* em um filme documentário. Kathy e eu ficamos a ponto de entrar em pânico. Kathy não deixa nem tirarem uma foto dela, imagine falar para as câmeras! Mas como poderíamos recusar isso?

Por sorte, a produtora do filme era paciente. Ela nos ensinou a sentar, para que não parecêssemos manequins postados.

"Sabem, vocês podem se mexer", ela nos garantia repetidamente. O resultado final ainda apresenta duas mulheres bastante rígidas, mas pelo menos conseguimos sorrir.

Quando gravei meu quarto documentário (sobre *fangirls*), estava rindo e curtindo o momento, enquanto contava uma de minhas aventuras de *fangirl*. Assumi outro risco e assinei esse filme como escritora e produtora associada, que logo será lançado em episódios *online* com o nome de *Squee! The Fangirl Documentary*. Isso me levou de novo à Comic-Con, onde minhas aventuras de *fangirl* haviam começado, oito anos antes. Se alguém tivesse me contado, antes de *Supernatural*, que eu estaria coordenando sessões de fotografias com celebridades e uma equipe de filmagem — o que requer um nível moderadamente alto de franqueza —, teria dito que essa pessoa estava maluca. Mas lá estava eu, colocando a sessão de fotos de *Squee* entre o painel de *Supernatural* e a Nerd HQ. O ponto alto do meu final de semana foi ajudar o elenco de *Supernatural* a retribuir os fãs, entregando *pizzas* com Misha Collins e Osric Chau à longa fila de fãs que havia passado a noite à espera.

No verão seguinte voltei mais uma vez à Comic-Con, desta vez para vender *Fangasm* e *Fan Phenomena: Supernatural* com o fornecedor de cultura *pop*

Cinequest. Voltar lá como fornecedora foi surreal e ver nossos livros à venda em um estande em frente ao da Warner Brothers foi ainda mais. A Comic-Con me ensinou muitas coisas ao longo dos anos; nesse ano, me ensinou que encontrar e usar sua voz não necessariamente significa que se vai conseguir o que quer. Sempre, como muitas pessoas, tive dificuldades em não cair na depressão quando me deparei com decepções. O *fandom* e *Supernatural* me ensinaram a Sempre Continuar Lutando. Também me tiraram da zona de conforto repetidamente, para que pudesse ter muita prática em assumir riscos e então lidar com a decepção que às vezes vem em seguida.

Na tarde do painel de *Supernatural* da Comic-Con desse ano, me acomodei no estande da Cinequest, pensando que teria um lugar perto para dizer oi para Jared, Jensen e Misha no estande da WB, a dez metros de distância, onde estariam dando autógrafos. Havia esquecido que o piso da convenção se transforma em uma massa sólida de pessoas assim que o elenco de *Supernatural* chega ao estande, tão apertado que levantar o braço se torna uma tarefa impossível. A multidão se estendia por pelo menos quarenta metros em todas as direções. A única forma de se chegar minimamente perto do estande da WB era começando a "seguir a correnteza" à beira da multidão e então ir junto ao fluxo de pessoas. Na verdade, não havia escolha *além de* ir junto ao fluxo assim que se adentrava a massa de pessoas. Era como ser pego por um rio de águas rápidas; não era possível se movimentar de acordo com a própria vontade, era necessário deixar que a correnteza o levasse.

É claro que tive que fazer uma tentativa, apesar de não ser conhecida pelas minhas proezas na natação. Avancei com dificuldade, a vinte metros do estande da WB, e segurei meu fôlego enquanto a correnteza da multidão me atingia. Enquanto as pessoas eram varridas em direção a Jared, Jensen e Misha, fãs paravam premeditadamente para encarar e tentar tirar uma fotografia. O grupo da segurança não estava muito feliz com esta ideia.

"CONTINUE ANDANDO!" gritou o segurança alto e corpulento por trás do corrimão, a meros centímetros do meu rosto, enquanto eu era varrida na mesma direção. Como se houvesse qualquer lugar para onde pudesse ir. Ainda estava presa na massa de pessoas e ninguém ao meu redor estava se movimentando. "ESTOU FALANDO COM VOCÊ, SENHORITA!" ele reiterou, e estendeu a mão para me ajudar a seguir naquela direção, de uma forma não muito gentil.

Usei minhas habilidades de fala afiadas pelo *fandom* para responder, gritando.

"AONDE VOCÊ ACHA QUE EU POSSO IR, RAIOS?" exigi saber. Então acrescentei um "SENHOR" depois de pensar duas vezes.

O rio de humanidade restabeleceu o fluxo e fui levada antes que ele pudesse responder... e sem conseguir mais do que uma olhadela furtiva para os atores. Nem uma única foto, muito menos a chance de dizer oi. Desisti, decepcionada, e fui em direção ao banheiro feminino atrás do estande.

"Ah não, não vai, não", uma segurança disse, indicando para que me afastasse da fila do banheiro.

"Com licença?" consegui dizer, confusa.

"Você não tem que usar o banheiro", ela acusou, me encarando. "Você está só tentando ficar aqui para poder vê-los".

Eles? Levantei a cabeça. É claro, lá estavam os rapazes na área VIP no segundo andar do estande da WB — onde Kathy e eu havíamos entrevistado Eric Kripke quatro anos antes.

Prioridades, porém. Eu realmente precisava usar o banheiro. De novo, conseguir responder.

"Que tal se você fizesse uma curva na fila para que ficássemos esperando *dentro* do banheiro?" sugeri, começando a dar pequenos pulinhos.

A segurança fez uma expressão de ceticismo, mas concordou, então consegui fazer xixi. Não consegui uma foto, o que foi definitivamente decepcionante, mas tentei deixar isso para lá. No final do dia, fiz a longa caminhada de volta para o hotel. "Bem, essa provavelmente é a minha última Comic-Con", pensei, com uma mistura de resignação, alívio e tristeza. "E meu último livro sobre *Supernatural*".

Obviamente, eu estava errada. Nos últimos vários anos, algo extraordinário aconteceu. Enquanto os fãs e o elenco de *Supernatural* puderam se conhecer ao longo de uma década, os fãs tiraram inspiração e apoio não só um dos outros, mas também dos atores. Quando o *fandom* organizou um contra-ataque a uma erupção de *bullying online*, muitos fãs repostaram em *blogs* as palavras de Jared a um fã que estava combatendo a depressão: "Se livrar de você mesmo não vai ajudar ninguém. Apenas continue lutando a luta". Logo, não eram apenas os fãs que estavam tentando transmitir essa mensagem; o elenco se juntou a eles. Essa citação se transformou na campanha "Always Keep Fighting" de Jared e Jensen, levando conscientização e destruindo o estigma acerca de desafios da saúde mental. Um fã atrás do outro ousou falar a respeito dos próprios esforços contra a depressão, ansiedade e pensamentos suicidas, e durante este processo conseguiu continuar lutando. Misha e Jensen começaram a campanha "You Are Not Alone", e todos os três atores recentemente lançaram a iniciativa #SPNFamilyLove. Mark Sheppard postou uma foto com a mensagem "Família não é só a de sangue", uma fala icônica do programa e uma de suas mensagens principais. "Se você está se sentindo mal agora, por favor compartilhe sua história", ele disse. "Deixe alguém ajudá-lo, amá-lo. Nossos segredos são o que causam mais danos".

Ele está certo. Foi isso que descobri ao longo da minha viagem de doze anos (até então!) através do *fandom* de *Supernatural.* Encontrar minha voz e usá-la, recusar guardar segredos com base em vergonha e dúvidas, e acreditar que eu tinha algo a dizer que valesse a pena ser escutado foram coisas que mudaram a minha vida. Ainda sou introvertida, mas nem a pau vou deixar que outras pessoas — ou a vergonha ou dúvida impostas por elas — me façam ficar calada. E isso fez toda a diferença.

Com Laurena Aker e "os rapazes" na ChiCon, em 2014.

FORA DO TOM: O SOFRIMENTO É REAL*

(*Com um forte sotaque escocês)

RUTH CONNELL

Minha mãe possui uma linda voz melódica. Lembro-me dela cantando "Memory" muito bem, quando eu era pequena; é muito musical a minha mãe. Meu pai é surdo para tons. Quero dizer literalmente incapaz de repetir com precisão uma nota sequer soprada para ele. Não por falta de vontade, veja bem; meu pai constantemente canta pela casa coisas como "*Who's sorry now...*" com toda a força. Frequentemente me surpreendo quando escuto músicas velhas no rádio e de alguma forma sei a letra, mas o tom estranhamente não me é familiar...

Eu vivo em algum lugar entre os dois.

Quando tinha nove anos, me deram uma coreografia de dança e música para apresentar em uma competição. Não estava ciente de haver nenhuma competitividade ou distribuição de medalhas, somente de que tinha uma dança para aprender e de alguma forma uma música que a seguia para cantar: "The Chattanooga Shoe Shine Boy". A interpretação que tinha que seguir era toda tocada em tom menor, em um piano velho, com uma gravação ruim que nunca me foi explicada auditivamente, sem nunca terem marcado as notas ou me mostrado uma partitura. Eu nunca vi as notas ou entendi o tom daquela maneira. Ou de qualquer maneira! Também não conseguia escutar o tom na gravação. Essas são todas as minhas desculpas.

Fui mandada para frente de um auditório cheio de pessoas com minha calça de equitação de veludo vinho ao estilo O Pequeno Lord (claramente a vestimenta dos camaradas que engraxavam sapato na antiga Chicago nos anos 20) para cantar a música citada berrando por um minuto e trinta segundos, sozinha.

Saí do palco e minha mãe falou, com um forte sotaque escocês: "Oh, querida!". Ela disse isso não de uma forma boa, com um tom alegre; era mais um tom perplexo, angustiado. Que eu *podia* escutar. (Mãe, eu sei que você estava apenas preocupada — eu a amo, e TODAS as fantasias que você fez para mim eram incríveis e eu não poderia ter feito NADA disso sem você). Sabe em pesadelos, quando se está pelada na escola ou com todos os dentes se soltando da boca em um encontro? Aquela consciência surreal e em câmera lenta de que algo não está exatamente certo e, mesmo assim, não tem nada que se possa fazer quanto a isso a não ser tentar sobreviver? Isso, no palco, na frente de todos os meus colegas.

Não estava acostumada a fracassar tanto assim nas coisas. Senti-me envergonhada e confusa por ter de alguma forma errado e ter feito um trabalho tão ruim. Além disso, por não ter tido controle de nada disso. Fiquei apavorada a ponto de me recusar a subir no palco e fazer aquilo de novo (ou pelo menos até o próximo festival). Admiti para mim mesma a derrota no campo da música e dança, que havia significado muito para mim, já que musicais estavam no meu cérebro e sangue — eu os adorava, fui criada com filmes antigos, e realmente tudo que queria da vida era ser Michelle Pfeiffer em *Susie e os Baker Boys*. Então o sonho morreu.

Os fios no meu cérebro não se conectam com facilidade para lembrar as sequências de notas musicais. A sensação é parecida com a cegueira total. Mostre-me a sequência de passos de dança e serei sua dama, TUDO SOB CONTROLE. Melodias... nem tanto. Confuso, porque eu sabia que minha voz podia ser bem alta quando era preciso que fosse! Essa baboseira de cantar era minha *kryptonita*. E sempre queremos o que não temos.

Eu, é claro, me comparava com as meninas ao meu redor, o que *sempre* é a jogada mais inteligente a fazer em qualquer situação da vida, acho que não! À esquerda, minha amiga Alison cantando um lindo soprano. À direita, minha amiga Sarah cantando Michael Jackson aos berros. Na frente, minha amiga Jo como Barnum: uma espetacular sensação da música e dança solo feminina em todas as áreas, incluindo o estranho salto mortal para trás!

(Talvez este seja o momento oportuno para pôr em perspectiva o que somente uma retrospectiva pode dar a alguém: Alison Connel foi trabalhar no *Fantasma da ópera*, Sarah Gardiner trabalhou como cantora profissional, e Jo Gibb interpretou Roxy em *Chicago* no West End. É tudo relativo; eu certamente era uma cantora ruim comparada a elas, se comparação é a sua praia, e todos nós não caímos nessa armadilha?)

Compondo a terrível tragédia, que era não ser a melhor em alguma coisa em que queria ser boa, vergonhosamente me deram a única parte *falada* (isto é, a parte não cantada) de uma coreografia de música e dança em trio com as antes mencionadas Alison e Sarah. *Ok, todo mundo sabe que sou ruim nisso e não consigo manter nem uma nota,* disse meu monólogo interior. Meu sentimento desagradável não conhecia limites. Existe algo tão pessoal quanto as nossas vozes, não é? É difícil escutar a própria voz em uma mensagem de áudio ou uma gravação. Cantar é abrir aquele ponto delicado no âmago de quem somos, e é algo que nos deixa vulneráveis. Mesmo os melhores cantores que conheço ainda ficam nervosos antes de uma apresentação. Muito difícil para o resto de nós que quer fazer como Barbra Streisand.

Na época em que tinha quinze anos, minha professora Joyce Paterson sugeriu uma excelente música antiga para que eu me apresentasse na competição do Festival de Edinburgh que estava chegando, "If There's a Wrong Way to Do It", para a qual preparei uma coreografia ao estilo *vaudeville* clássico, com um humor escrachado. Consideravelmente falado/cantado, alto, audacioso e orgulhoso: "If there's a wrong note I sing it — nobody does it like me!" Transformar fraquezas em forças, pessoal, fraquezas em forças. Durante a apresentação, caí algumas vezes, tropecei de propósito e tudo isso. Comédia de primeira. Ganhe-ei, ganhe-ei; ganhei o troféu de Música e Dança do festival inteiro. Agora eu era Rocky. E estava quase pronta para trabalhar ao lado de Bette Midler.

O que me leva a dar um salto à frente no tempo para um ponto crucial na minha odisseia do canto; vinte e três anos de idade e estou fazendo uma temporada de verão como dançarina em Devon, Inglaterra. Eles tinham uma banda tributo à Eternal, como parte do *show* de sábado à noite (por favor me digam que alguns de vocês são velhos o bastante para conhecer essa banda). De qualquer modo, precisaram tirar uma Louise dos dançarinos, pois estava faltando

Fotografada nos bastidores como "Macavity", uma gata feroz, porém a única que não cantava em uma peça de Cats.

um cantor para o quarteto. "Don't let go! 'Cause we're just a step from heaven". Hum. Esse "*heaven*" está mais para inferno. Os testes foram excelentes e eu estava viajando pelas minhas memórias do troféu de música e dança como se realmente fosse uma surfista, *brother*. Eles me escolheram! Para ser uma cantora. Em um *show* profissional.

Então eles me colocaram no palco, ao vivo, com um daqueles microfones de cabeça da Madonna, em um terninho todo branco, para cantar a parte mais baixa de uma harmonia de quatro partes... que nunca haviam realmente me ensinado. Oh, céus. Pane no sistema. Sem volta. Não conseguia me escutar. Era "Chatanooga", tudo de novo. Tirando a calça ridícula, mas ainda assim... saí do palco humilhada já que a enorme plateia havia provavelmente se arrepiado com o som e me visto sem ideia do que fazer quanto àquilo, como uma coelhinha que queria ser *pop* sob os holofotes e então com a coreógrafa olhando para mim como se eu tivesse lambido o cocô de seu gato enquanto passava por ela, na lateral do palco, engolindo minha vergonha de uma só vez.

A verdadeira melodia nunca foi de fato tocada com suavidade. A vida nos apresenta dificuldades, certo? Um passo para frente, dois para trás. Nem todo caminho ou história tem começo, meio e fim (tenho bastante convicção de que esse capítulo também deva fracassar neste ponto), mas é mais como uma estrada desajeitada, com pedregulhos e poças com que lidar, sem um fim propriamente à vista e, para completar, um buraco nas nossas meias. O relacionamento com a minha voz estava novamente em dissonância, inquieto e descontente. Fiquei quieta por um bom tempo depois daquilo. Sem mais canções no chuveiro. Sabia que minha voz podia me deixar na mão a qualquer momento.

O real motivo disso tudo, o lugar aonde esta história está me levando são as convenções. A SPNFamily vive! Saturday Night Specials! Louden Swain. Richard Speight. Rob Benedict. Parece que Deus é bom... E aqui está a epifania da "fênix ressurgindo das cinzas" da minha história. Ou talvez esteja mais para encontrar um lugar razoável de autoaceitação, o meio-termo.

Na primeira convenção de *Supernatural* nos Estados Unidos à qual fui, assisti a Saturday Night Special, o *show* que o Louden Swain faz para os visitantes da convenção no sábado à noite, e fiquei maravilhada. O SNS é um verdadeiro destaque do fim de semana; nós, os artistas sortudos, podemos cantar uma música com a banda. Algumas vezes tem *kazoos* envolvidos. Richard me pediu que apresentasse Osric. Mais tarde, ele me pegou praticando minhas falas baixinho, ao lado do palco, algo como: "Direto da Yellow Brick Road, Sr. Osric". Tipo vinte e cinco vezes, caso me atrapalhasse. Não sei ao certo se deixei o nosso Dickie muito confiante naquele momento! Então, ver Jensen se apresentar como o *rock star* total que ele é (afinação perfeita, mesmo com *playback*) me impressionou. Naquele momento pensei: *eu nunca vou fazer isso.* Depois do fim do espetáculo e um (ou dois) uísques com Chris Schmelke, juntei-me à apresentação em grupo de "A Little Help from My Friends". Rob me escutou cantando um verso do refrão (é o mesmo verso de novo e de novo e praticamente uma nota, então o sabia *bem*). Depois do *show*, ele disse que eu devia cantar com a banda e que não era questão de ser perfeita, somente de levantar e fazer. Continuou mandando *e-mails* com sugestões de músicas e não hesitou quando mencionei "Son of a Preacher Man" como uma possibilidade.

Quando entrei no camarim na convenção seguinte, a banda havia ensaiado a música e não tinha nenhum jeito de poder desistir e, assim, ter desperdiçado o tempo deles. Billy e Stephen, Robot Mike e Robert (gosto de falar o nome do Rob, imitando o sotaque escocês de Robert the Bruce), Mark Sheppard, como voluntário na bateria, e Adam Malin, o sócio do Creation Entertainment, tocando teclado. Não dá para desistir disso, garota!

A primeira passagem de som foi um pouco imprevisível. E tive que conscientemente me acalmar quando as pessoas começaram a sugerir que eu aumentasse meu fone de ouvido para que pudesse me escutar melhor (já estava muito alto, só que fiquei surda por causa do nervosismo).

Lembro-me de entrar no palco quando era minha vez e a plateia ir à loucura! Agora eu era Beyoncé. Vocês são maravilhosos. Um baque de som, luz, e a intensidade me atingiu. Senti-me melhor imediatamente, enquanto o público fazia tanto barulho que pensei: *Ótimo, eles não vão ser realmente capazes de me escutar com clareza de qualquer forma!* Comecei a digerir o apoio que os fãs estavam me dando. Quase ensurdecedor. Poucas pessoas chegam a sentir isso na vida, certo?

Então a banda começou. E parou. E começou de novo. Então parou de novo. A terceira vez é a da sorte! Você não ama simplesmente quando outra pessoa não acerta de primeira? Devo me lembrar de errar na próxima vez! Uma

Menina sortuda tendo a oportunidade de tocar com o Louden Swain. Fotografada com Billy Moran, Rob Benedict, e meu umbigo, que uso para desviar a atenção do tom da música.

estranha calmaria se estabeleceu em mim e de alguma forma cantei a música, fãs cantaram comigo e pessoas me aplaudiram no final. Toda vez que olhava para alguém da banda tocando comigo, seus olhos e sorrisos estavam me encorajando. Ninguém morreu. Recebi abraços enquanto saía do palco. Então aposentei minha carreira. Me mudei para uma casa em Palm Springs e casei com meu mordomo muito mais novo.

Estou escrevendo isso em um avião a caminho de uma convenção e sei que amanhã cantarei com a banda novamente — uma ótima banda; eu amo o Louden Swain. E é mais que provável que esteja bem, e sei que de qualquer forma não importa, já que não é sobre mim, é sobre unir-se à festa que a SPNFamily dá para eles mesmos nas convenções. Dar aos fãs o melhor *show* que sabemos fazer em uma noite de sábado. Sou uma menina sortuda por ser uma convidada nessa viagem doida do SPN ao redor dos Estados Unidos e do mundo. Uma pequena e secreta parte de mim sabe que realmente/provavelmente posso curtir a mim mesma. Talvez meu calcanhar de Aquiles não seja tão pouco firme, apesar de tudo. Está ficando mais forte, graças ao *fandom* e meus músicos companheiros no palco.

(NB: Estou editando este capítulo no avião, voltando da JaxCon, e posso realmente dizer que amei a noite de sábado — inclusive *durante* a minha apresentação. Para frente e avante! Madison Square Garden, aqui vou eu! Talvez não seja tão fora do tom afinal, mas somente tenha uma "deficiência para tons" com a qual estou lidando.)

Quando comecei a ir às convenções, em Detroit, não podia acreditar que alguém botaria um microfone na minha mão e me deixaria falar por uma hora. Fãs me fazendo perguntas sobre Rowena e eu. Aqui estava eu, falando bastante, cada vez mais abertamente, e sendo gravada, a julgar por todos os vídeos *online* que surgiram (algo que nos anos anteriores me daria arrepios gelados de medo).

No entanto, os fãs na convenção são a melhor plateia que uma pessoa poderia querer. Tão apaixonada pelo *show* e pelos meninos, pude surfar na onda de todos os anos anteriores de trabalho e história compartilhada. O amor está lá no *fandom* e, maravilhosamente para mim, tenho uma personagem que foi aceita e parece ser estimada pelo *fandom* (tanto quanto eu a estimo) e então os fãs me deram a confiança necessária para assumir um espaço maior. (Aqui é onde Mark me chamaria de "Um Pouquinho").

É somente por causa do amor e apoio infalíveis da SPNFamily que sou capaz de me apresentar em um lugar lotado com mais de mil pessoas (quem sabe quantas mais através do troço da internet) e cantar e falar. Alto. Ao vivo. Repetidamente. Sem cair. Ah, eu percebo que escrevendo isso sou como uma pequena flor delicada me abrindo por causa do adubo do *fandom*. Ou, hum, mais como uma hortênsia faladeira que sabe tudo, com botas novas e um corte da moda.

A tarefa de interpretar Rowena expandiu minha vida de tantas formas incríveis e maravilhosas. Sou tão grata pela existência do programa e por poder ser uma parte disso. Então tem esse mundo completamente diverso, que roda simultaneamente (como em *Fronteiras do Universo*): esse mundo com fãs, convenções, *cosplayers* e a parte de miniestrela do *rock*. Espero nunca olhar para trás. Talvez consiga chegar à Broadway um dia, afinal... ou talvez apenas ser capaz de lidar comigo mesma em uma situação de entrevista importante, porque tive tantas experiências interativas e positivas dentro do *fandom*. Tô chegando, James Cordon!

Para contextualizar melhor o aspecto de falar em público, eu costumava quase gaguejar quando era adolescente, tropeçando nas palavras e não conseguindo recuperar o fôlego; podia ficar muito ansiosa. Em dado momento, meu médico me deu um inalador. Tive dois ataques de pânico de verdade, ficava muito nervosa por causa de mim mesma e da minha voz — paradoxalmente, uma das razões de ser uma atriz. Sinto que tenho coisas a dizer, coisas para colher lá fora, mas gosto de roteiros. Gosto das palavras de outras pessoas. Dei conta de completar um curso de atuação de três anos sem "inventar" ou realmente improvisar uma peça... em uma faculdade conhecida por sua improvisação. Tinha muito medo de botar o pé lá (como frequentemente tenho), mas o amor envolvente e a aceitação dentro da SPNFamily me permitiram começar a desenvolver minha própria voz, não só cantando mas como uma pessoa que às vezes tem opiniões e agora tem menos medo de compartilhá-las. E de algumas vezes simplesmente falar baboseiras para caramba, também, e de isso não importar em vários momentos.

O público das convenções pode ser perigoso, percebi escrevendo isso! Algumas vezes saio pensando realmente que sou engraçada... porque todo mundo é bem legal (e boto um feitiço neles para rirem das minhas piadas de Tiozão). Nada importa, de qualquer forma, desde que estejamos todos erguendo uns aos outros e nos divertindo, que é o que vejo nas convenções e *online*: o maravilhoso apoio e alegria que todos damos uns aos outros na SPNFamily.

Talvez também seja estar na América, esse *éthos* de liberdade de expressão, talvez também em agradecimento a mulheres como Jennifer Lawrence, que ergue mais a voz e sem pedir desculpas. Certamente, agora sou inspirada por mulheres à minha volta nas convenções: Alaina, Sam, Kim, Briana, Katherine, Emily, sem mencionar as Osrics e as Gils, as Manns e as Tylers, as Travises e as Curtises e as Tims. Também as pessoas que se levantam para fazer perguntas. Sei o quanto meu coração bate forte quando pergunto algo na certificação de qualidade de algum filme. Por outro lado, também sei o *nerd* que o Misha é, e se ele pode fazer isso, bem... (te amo, Misha). Jared e Jensen — vamos parar de falar sobre os deuses do charme e sagacidade. Rob e Rich são fora de série. Mark poderia ensinar uma porta a conversar. (Acho que às vezes o vi tentar. Foi fofo).

Quando subo ao palco em uma convenção com um microfone na mão para os painéis, karaokês ou para cantar, a energia que me passam ou que é transmitida para mim por meio dos fãs é como um combustível de foguete, e não posso acreditar em algumas palhaçadas que cheguei a fazer. Bola de discoteca, alguém? VClub Mega?! Normalmente não sou muito chegada a karaokê na vida real (*flashback* para o karaokê com Erica Carroll e o momento de arremesso de sutiã de *Thelma e Louise*, gritando "Me dê o microfone!").

O empoderamento para ser você mesmo e para florescer em público é ao mesmo tempo aterrorizante e embriagante. Espero encorajar muitas outras pessoas a fazer o mesmo. Introvertido ou extrovertido, todos podemos sentir a mesma vergonha por causa de uma gafe. Provavelmente vou longe demais. Alerta razoável: espero que você me entenda, me perdoe e me apoie para levantar de novo.

Escrevendo este capítulo, ainda escapo um pouco para dentro e fora da autoconsciência, mas quero "dar o meu melhor" (ao jeito escocês), pois a quantidade transbordante de encorajamento dos fãs significou muito para mim.

Poder conhecer os fãs, crescer nas formas em que descrevi e, espero, retribuir um pouco é milagroso/brilhante. Obrigada a todos os organizadores das convenções, entre eles os adoráveis Adam e Gary, Wayne, Bill, e muitos outros que ainda tenho que conhecer... e a Julie, minha agente de convenções. Principalmente, entretanto, a vocês, por comprarem os ingressos, fazerem *tweets* e mandarem mensagens no *Facebook*, *Instagram* e *Tumblr*. Vocês fazem minha vida ser maravilhosa.

Quando "tocamos Vegas" e montei na Kim Rhodes, e éramos dali em diante estrelas do rock.

Aprendi, com uma maravilhosa senhora chamada Maria Nemeth, a focar no que é importante e positivo e então minha vida melhorou imensuravelmente. Ela é uma psicóloga clínica e *coach* de vida e financeira, em seus setenta anos, e me amparou em 2013, durante um caminho difícil. Ela é maravilhosa! E agora assiste ao programa, aliás! Graças a ela, não ligo mais para ser "maneira". Ter gratidão é a sensação mais legal de todas e uma que sempre vejo estar presente nos fãs. Vocês nos agradecem pelos episódios e por aparecer ou interagir com vocês nas redes sociais. Eu fico: "É O QUÊ?!". É um privilégio. Me aterroriza um pouco que alguns de vocês no *Twitter* falem que sou sua mentora ou que Rowena o é! Caso seja a Rowena, fico menos preocupada... Estou na verdade tentando me inspirar nela, com aquela coisa de não ter remorso e tudo o mais. Caso seja eu, bem, então devo fazer o meu melhor para ser grata e virtuosa e continuar a cantar sem me importar com as notas sustenidas ou decepcionantes.

De volta à ideia de conclusão, não perfeição; perfeição é muito chato. Somos uma família tão inclusiva e brilhantemente disfuncional — é familiar e fabuloso. Sabemos quem somos e é maravilhoso. Não sou uma cantora tão ruim a ponto de ser engraçada, nem boa o bastante para ser extraordinária (como Stephanie

Obrigada, como sempre, a Megan, também conhecida como Stardust e Melancholy, por me fazer parecer uma boa cantora.

Dizon — MELDELS!). Não vou lá para ser a melhor ou mostrar o que tenho. Vou porque é um tremendo presente vocês me quererem lá e os Saturday Night Specials me incluírem. Mas não me entenda mal; ainda arrancaria meu mindinho para soar como Briana Buckmaster. Nossa, os olhos dela!

Fazer parte de um programa de sucesso como *Supernatural* está abrindo muitas portas para mim. É maravilhoso e um incrível passo no caminho da minha vida para ser atriz. No mesmo fôlego, direi que sei que, independentemente de quaisquer portas novas pelas quais passarei, agora jamais vou *não* estar na SPNFamily. Sei disso com certeza, porque um fã escocês me alertou com forte sotaque em Asilo: "Uma vez dentro... você não pode sair!". Irei orgulhosamente usar meu crachá da SPNFamily aonde quer que eu vá nessa carreira que espero continuar como Baby. Em 2014, aterrissei em *Supernatural.* Tudo mudou. Então veio o *fandom*... Tudo que posso dizer é obrigada. Obrigada. Obrigada.

QUASE *SUPERNATURAL*

GIL MCKINNEY

Ao entrar no trigésimo sexto ano da minha vida, aprendi que os maiores presentes nesta terra geralmente são inesperados. As ideias ou planos que possa ter de onde deveria estar pessoal ou profissionalmente têm com frequência encontrado desapontamento e confusão.

Não me entenda mal. Acho que é importante desejar, sonhar e planejar as coisas que você quer. E não importa que área você escolheu, entrar em ação para atingir esses objetivos é crucial, se quer uma dose de sucesso. Não existe substituto para trabalho duro, então, quando esse momento chega, você está preparado. No entanto, de vez em quando, acredito que há algo maior que eu trabalhando em meu nome. As estrelas se alinham de uma maneira que acho difícil explicar. A monotonia se torna extraordinária, conforme minha vida é catapultada para momentos de alegria e satisfação inesperada. De certo modo, isso quase parece *sobrenatural*.

Na primavera de 2005, eu estava começando minha carreira como ator profissional, quando fiz a audição e em seguida o teste para o que era então o piloto da WB Network de *Supernatural*. Apesar do papel de Sam Winchester ter ido para o extremamente talentoso e muito merecedor Jared Padalecki, recebi uma carta inesperada do diretor do piloto, David Nutter, agradecendo por ter passado pelo processo de testes e me encorajando a continuar no meu caminho

como jovem ator. Talvez ele tenha mandado essa mesma carta para todos os atores que fizeram o teste, mas isso significou demais para mim. Emoldurei a carta e a tenho até hoje.

Oito anos depois, recebi uma ligação da seleção de elenco para o papel de Henry Winchester, o avô paterno de Sam e Dean. Mesmo que tenha levado quase uma década para que eles voltassem a mim, estava emocionado por ter aquela oportunidade. Talvez, apenas talvez, eu fosse destinado a ser um Winchester apesar de tudo.

Enquanto saía do escritório de seleção de elenco da Warner Bros. e me dirigia aos elevadores, minha cabeça estava em pé e minha respiração firme. Havia feito o meu trabalho: preparei e entreguei o melhor da minha habilidade naquela sala e naquele momento. Além disso, me senti muito descolado, vestindo um terno maneiro com meu cabelo dividido no meio. O resto estava fora das minhas mãos. Levou um dia ou dois para que a notícia de que conseguira o papel de Henry Winchester viesse pelo meu agente. Entusiasmado por ter conseguido o trabalho e a chance de viajar para Vancouver, comecei a fazer as malas. Mal sabia das aventuras que estavam me esperando.

Aproximadamente na metade das gravações do meu primeiro episódio, "Conforme o tempo passa", escrito pelo maravilhoso Adam Glass, Jared e Jensen me puxaram de lado e me informaram que havia grandes chances de ser convidado para participar de uma das muitas convenções de *Supernatural* que ocorrem no mundo todo. Embora nem tivesse terminado de filmar meu primeiro episódio, os rapazes insistiram que eu ser um Winchester era a coisa mais importante. Quero dizer, o *show* é sobre família, certo? Naquele tempo, eu estava meramente lisonjeado e empolgado com a chance de ser pago para viajar, algo que não tivera muita chance de fazer àquela altura da minha vida. Não fazia ideia do que consistiam as convenções ou o quão incrivelmente leal e intensa a base de fãs é. Não demoraria muito para que me dessem um curso intensivo do *fandom* de *Supernatural*.

Na primavera de 2014, quando de alguma forma eu timidamente passei pela cortina e fui para o palco, na convenção de *Supernatural* na Creation Entertainment Washington, D.C., fui recebido com aplausos de pé e gritos que me atingiram em cheio. Tenho certeza de que estava sorrindo de orelha a orelha quando mergulhei no meu primeiro painel com indiscutivelmente o maior *fandom* do mundo. Esforcei-me para responder as perguntas de uma maneira aberta e honesta, tentando inserir humor onde achava apropriado. Nunca irei esquecer Richard Speight Jr. me puxando de lado, enquanto estava saindo do palco, e falando: "Aquilo foi ótimo. Você tem um talento natural". Tudo que sabia era que me divertira muito. Enquanto o fim de semana rolava, conheci fãs, assinei autógrafos, tirei fotos, cantei karaokê, e me preparei para o que estava então sendo chamado de "Saturday Night Cabaret". O cabaré estava em seus primeiros estágios de desenvolvimento, e informei aos chefes da convenção que era cantor e ficaria feliz em participar. Eles concordaram e eu preparei uma ou duas músicas. Mesmo parecendo confiante na superfície, estava bem nervoso, já que havia anos desde que me apresentei ao vivo em frente a um público.

Sozinho no palco, com um microfone na mão, terminei a música e fui instantaneamente lembrado de que não estava sozinho. Fui novamente recebido com uma onda de aplausos. Não tenho certeza se estava surpreso pela plateia, mas sei que estava surpreso comigo mesmo. Encontrei nos bastidores uma resposta incrivelmente simpática do meu companheiro de elenco e equipe, e senti um entusiasmo que não havia sentido por um longo tempo. Não há nada como

cantar em frente a uma plateia ao vivo. E nunca encontrei plateia melhor do que os fãs de *Supernatural*.

Uma faísca havia sido reacendida. Alguma coisa esquecida havia sido redescoberta. Sabe, tenho cantado desde que me lembro, mas em algum lugar no caminho minha confiança havia sido machucada, minha esperança completamente despedaçada pela rejeição e frustração profunda. Havia feito testes para vários musicais no começo da minha carreira e uma vez até cheguei perto de conseguir uma turnê nacional da Broadway. Mas esses trabalhos nunca vieram na minha direção. E então, em algum ponto, as audições simplesmente pararam de aparecer. Continuei a estudar com um técnico vocal e cantando em casa, mas as oportunidades de me apresentar eram inexistentes. A fase era de escuridão, até que o *fandom* de *Supernatural* chegou.

Acho que o medo do fracasso é algo contra o que muitos de nós batalhamos. Como é que não só enfrentamos o medo, mas também trabalhamos para superá-lo? Não sei ao certo se tenho a reposta para essa pergunta, mas sei que é quase impossível fazê-lo sozinho. Nunca imaginaria, nem mesmo nos meus sonhos, que trabalhar em *Supernatural* seria o impulso para que eu encarasse meus medos. O suporte e encorajamento que recebi dos fãs são sem dúvida um dos maiores presentes da minha vida e algo pelo que sempre serei grato.

Desde meu primeiro *show*, me apresentei em convenções pelos Estados Unidos e Canadá. Tenho *shows* agendados no futuro, e agora sou sortudo o bastante para ser apoiado por Rob Benedict e sua banda, Louden Swain. Seus talentos musicais superam de longe os meus e somente me inspiram a trabalhar mais duro e sonhar mais. Não faço ideia de até quando terei o privilégio de me apresentar no circuito de convenções de *Supernatural*, mas estarei lá por quanto tempo eles quiserem. Continuarei a trabalhar para aperfeiçoar minhas habilidades, e, quem sabe, talvez tenha sorte na Broadway, num futuro próximo. Pela primeira vez em um bom tempo, sinto que minha história está só começando. Os presentes inesperados que *Supernatural* me trouxe podem muito bem ter começado a mudar minha vida. Tenho que agradecer ao *fandom* por isto.

Se você está se sentindo sozinho, desencorajado, ou perdido, lembre-se disto: a família *Supernatural* está aí para você. E também, nunca se esqueça, como um sábio homem disse uma vez:

"Enquanto estivermos vivos... sempre há esperança".
—Henry Winchester

MEU HERÓI USA UMA TOUCA

KRISTIN LUDWIG

Tenho sido uma pessoa extremamente ansiosa durante a maior parte da minha vida, desde quando entrei na escola. Antes disso era uma garotinha de espírito razoavelmente livre, mas, quando fui colocada no ambiente escolar, tudo mudou. Fui rotulada logo cedo como uma sonhadora e de alguma forma diferente de todo mundo, então me senti isolada e constantemente me perguntava o que estava errado comigo. Nunca fui muito boa em me socializar, então geralmente me grudava a uma pessoa... o que quase sempre terminava em desastre, me deixando com sentimentos de abandono e uma sensação de que não pertencia ao lugar em que estava. Entre a quinta e sexta séries, vivenciei um evento traumático e, por causa dele, sofri um TEPT significativo, que permaneceu comigo desde então. Devido a esse acontecimento, me tornei mais receosa e retraída, construindo uma casca como uma forma de conseguir nunca mais me machucar.

Durante todo o ensino fundamental e médio, continuei a me retrair e minha vida se tornou mais e mais insuportável. Nunca saía com ninguém ou fazia muita coisa. Apenas ficava em casa, me tornando mais reclusa a cada dia que passava. Morria de medo de ficar perto dos meus colegas. Não conseguia sentar nas aulas sem entrar em pânico e sentir que precisava fugir. Não sabia como me relacionar com os outros estudantes e constantemente sentia que eles estavam zombando de mim. Em alguns dias, me sentava na área de detenção ao invés de ir para aula. Outros dias, eu gritava e me agarrava à cama com toda a força que tinha para não ter que ir para a escola, causando turbulência na família. Sinto-me tremendamente culpada por isso, mesmo que estivesse mentalmente doente e não tivesse a intenção de fazer o que fazia.

Não sei como me formei no ensino médio, mas felizmente consegui. Depois disso, esforcei-me para me aventurar mais na sociedade e fazer o que pessoas "normais" fazem. Tive vários trabalhos diferentes com o passar dos anos, mas o que aconteceu comigo no ensino médio acontecia de novo, quando tentava me estabelecer em qualquer trabalho. Minhas inseguranças e medos de estar longe de casa cresceram. Tornei-me paranoica, pensando que todo mundo estava rindo e falando de mim. Não podia me concentrar e tudo que queria fazer era sair daquela situação. A ansiedade esmagadora resultou em uma incapacidade permanente e não fui capaz de trabalhar por um tempo. Não sei como ser uma pessoa. Tenho estado presa no acontecimento que mudou minha vida, e não fui capaz de ir adiante. De várias formas, ainda sou aquela menina de dez anos de idade, com muito medo de seguir em frente, de deixar qualquer pessoa que talvez possa me machucar ou trair entrar de novo na minha vida. Tenho ido à terapia por muitos anos e tentei diversos medicamentos, mas nunca fui capaz de fugir do sentimento de autoaversão e inadequação.

Avançando para 2009, quando descobri *Supernatural*. Fui imediatamente sugada pela história e as personagens. Podia me associar a Sam e Dean Winchester por diversas razões, mas instantaneamente me conectei com Sam/Jared. Fugir para o mundo de Sam me ajudou a lidar com o meu próprio caos. Sam se sentia como uma aberração e achava que algo estava errado com ele, exatamente da forma como sempre me senti. Seu amor pela família e sua disposição de sacrificar tudo e qualquer coisa para salvá-los trouxe lágrimas aos meus olhos. Eu mesma não tenho muita família, então vivi vicariamente através de Sam e sua relação próxima com Dean. Jared me atraiu ao retratar Sam com tamanho cuidado e compaixão e, quanto mais assistia, mais me apaixonava por ele, de uma maneira espiritual. Ele me deu esperança e uma força interior que não sabia que possuía.

Comecei a assistir a vídeos das convenções e, ao fazer isso, tive o privilégio de testemunhar o verdadeiro caráter de Jared, enquanto ele interagia com os fãs e mostrava uma incrível compaixão ao conversar com eles. Sabia que, o que quer que fosse preciso, tinha que ir a pelo menos uma convenção para lhe agradecer por me dar a força necessária para continuar lutando. Levou quase dois anos, mas em outubro de 2010 finalmente aconteceu. Minhas lembranças daqueles poucos dias são confusas, pois estava muito assustada o tempo inteiro. No sábado, consegui a chance de conhecer o Jared e brevemente lhe contar sobre mim, agradecendo por ter me ajudado. Estava uma pilha de nervos e quase senti como se estivesse fora do meu corpo. Não podia acreditar que chegara até lá, e estava fazendo tudo que podia para manter a calma. Ele foi muito meigo e segurou minha mão, enquanto eu lutava para lhe contar o que queria expressar por tanto tempo. Conseguia perceber o quanto ele se preocupava, enquanto escutava cada palavra. Ninguém nunca mostrou tamanho interesse e consideração comigo. Senti-me em paz pela primeira vez em muito tempo e uma conexão instantânea se formou. Jared foi a primeira pessoa em anos com quem baixei a guarda e permiti que entrasse no meu coração. Confio nele completamente e sou muito grata por ele ser o tipo de pessoa que é, que todos nós devemos nos esforçar para ser.

Fico extremamente ansiosa ao me preparar para ir a uma convenção. Fico fisicamente doente de preocupação, já que tendo a pensar demais e ficar obcecada com tudo. Preocupo-me de que algo possa acontecer para arruinar a experiência e antecipo todas as coisas que podem dar errado. E se meu voo atrasar? E se ficar doente? E se pagar mico? E se as pessoas não me aceitarem? E se não puder sentar no teatro ou esperar nas filas? E se me constranger na frente de alguém? Todos esses pensamentos se repetem de novo e de novo na minha cabeça, a ponto de me tornar um desastre completo.

Em 2011 fui à minha primeira convenção completa em Boston, uma das coisas mais difíceis que já fiz. Ainda olho para trás e não posso acreditar que fui capaz de conseguir ficar longe de casa por quatro dias. Fui sortuda o bastante para ganhar um assento cobiçado para o *meet and greet* do Jared e me senti muito abençoada por estar lá. Também estava aterrorizada, pois havia compartilhado minhas dificuldades com ele apenas brevemente em Chicago e, dessa vez, nessa situação mais íntima, queria contar-lhe um pouco mais. Meu estômago se revirou quase que por todos os trinta minutos até que finalmente levantei minha mão para falar. Fui capaz de dizer que tinha uma extrema fobia social/ansiedade/depressão e que estar lá era inconcebivelmente difícil, mas ele havia me ajudado a encontrar a força para fazer isso. Enquanto estava falando, minhas emoções tomaram conta e comecei a chorar — tendência contínua, infelizmente. Todos aplaudiram e pareciam orgulhosos de mim por ter a coragem de falar, o que ajudou muito. A SPNFamily é um grupo maravilhoso de pessoas. Sou muito agradecida por ser considerada um membro. Jared me deu um abraço, quando terminei, e posso dizer com absoluta certeza que aquele momento foi ponto de virada na minha vida.

Desde então tenho ido a várias convenções, tanto com meu pai quanto sozinha, o que é algo que nunca sonhei ser capaz de fazer! Acho que saber que terei outra chance de ver o Jared é o que me dá força e motivação para passar por isso. Isso é o que me faz superar a ansiedade e meu medo incapacitante de fazer algo daquela magnitude. Continuo falando para mim mesma que passei por eles no passado e tudo vai ficar bem. Quando passo por eles, sinto uma sensação de realização e autoestima, coisas que não sentia há muitos anos. É bom sair de mim mesma, por um instante, e sentir-me como uma pessoa normal.

Em 2012, outro acontecimento traumático ocorreu na minha família. Meu irmão, que havia se casado em 2011, decidiu que não queria mais ter um relacionamento com meus pais ou comigo. Foi um golpe devastador para nós e ainda não entendemos o motivo por trás de uma decisão tão desoladora. Desde aquele dia, não o vimos pessoalmente e nos falamos no telefone apenas algumas vezes (conversas muito desagradáveis). Ver minha mãe sofrer partiu meu coração, e não posso fazer nada a este respeito. Isso aumentou minha depressão em proporções épicas e a única coisa que aliviou minha dor foi assistir a *Supernatural.* Ser parte da SPNFamily tem sido um grande conforto para lidar com isso. Tenho sido capaz de falar sobre o assunto com os amigos que fiz pelo *fandom*, e eles me deram força para continuar.

Agradeço a Deus por Jared Padalecki, que também tem sido uma constante luz na minha vida escura. Sou muito grata pelas vezes em que consegui falar com ele. Ele me ajudou mais do que qualquer terapeuta ao qual fui, somente sendo ele mesmo. Aprecio todo precioso segundo com ele que recebo; isso significou tudo no mundo para mim. Todo dia da minha vida é uma luta para não me deixar levar pelos demônios que me perseguem. Pergunto-me diariamente se estaria melhor não estando mais neste mundo, então tenho que dar crédito a Jared por salvar minha vida. Compreendo que na verdade fui *eu* que me mantive seguindo em frente, mas, quando penso nele, os pensamentos autodegradantes que me atormentam se dissipam e sou lembrada de que ele realmente se preocupa com cada um de nós. Sempre que estou tendo um momento particularmente difícil, repito “Sempre Continue Lutando”, de novo e de novo, e isso me mantém no chão. Não tenho palavras para expressar o quanto me sinto abençoada por existir em um mundo que tem o Jared. Ele sempre terá um lugar permanente em meu coração.

Sentindo-me segura, aceita e no meu momento mais feliz. Pasadena, Califórnia, novembro de 2015.

AJUDANDO PESSOAS, SALVANDO VIDAS: O NEGÓCIO DA FAMÍLIA!

KARLA TRUXALL

Dia 28 de setembro de 2010. Era uma terça-feira. Estávamos todos na sala de estar, quando o telefone tocou. Eram os pais do meu marido ligando, então passei o telefone para ele. Em segundos sabia que alguma coisa estava errada e corri para a cozinha para agarrar o outro telefone e poder escutar o que estava sendo falado. Não tem nada nesse mundo que pudesse me preparar para o que ouvi. Meu queixo caiu. Tentei desesperadamente compreender o que meus ouvidos estavam escutando, enquanto meus olhos se enchiam de lágrimas. Meu olhar deslocou-se do meu marido para meus filhos, que estavam sentados na ponta do sofá, desesperados por pistas do que estava acontecendo. Não tinha palavras. Meu cérebro estava paralisado demais para permitir que se formassem, então lentamente levei minha mão até a cabeça, imitando uma arma, e puxei o gatilho. Meu sobrinho, Mason, morrera por um ferimento a bala autoinfligido, aos dezenove anos.

Isso não podia ser real. Obviamente, houve um erro. Por que ele faria algo assim? Passei o resto da noite, e várias semanas depois disso, chocada e descrente. Como isso pode ter acontecido na nossa família?

Lembro de me sentir atordoada, confusa, machucada, abalada, incrivelmente triste, repleta de uma dor devastadora e sozinha. A emoção que nunca senti, embora outros membros da família a tenham mostrado, foi raiva. Como poderia estar com raiva? Meu coração havia partido em mil pedaços, ao pensar quanta dor Mason devia estar sentindo para fazer aquilo. Mas eu podia chorar, e chorei bastante nas semanas, meses e anos que se seguiram.

Também sabia que precisava de algum tipo de ajuda, mas não sabia a que ou a quem me dirigir. Encontrei meu jeito com uma pequena ajuda e inspiração de uma fonte incomum — um programa de televisão.

O que tem em *Supernatural* que atrai como uma mariposa à luz, com uma força tão forte que "resistir é inútil"? É apenas um programa de TV, não é?

Meu marido, Dave, começou a assistir a *Supernatural* na terceira temporada; no entanto, não fui capturada pelo feitiço do programa até deparar com o episódio-piloto na manhã de 2011, mais ou menos um ano depois da morte de Mason. Fui imediatamente arrebatada pela forma como as cenas eram iluminadas e pelo uso criativo das sombras e reflexos. Fui atraída pelo Sam e amei os momentos de comédia do Dean. Mas aquilo não era o bastante para explicar o impacto que o programa teve em minha vida. Diferentemente dos outros programas a que assistia pelo entretenimento, esse programa persistiu.

Comecei a me perguntar quem eram as pessoas que escreviam esse programa? Como elas conseguiam fazer referências consistentes à minha vida inteira? Será que eles cresceram comigo em minha pequena cidade no centro-oeste? A forma como o programa usava *rock* clássico, filmes, referências culturais, o Impala (meu pai trabalhou na GM por quarenta anos!), as estradas de duas faixas no meio do nada e o maravilhoso uso de piadas e sarcasmo eram como páginas arrancadas da história da minha vida. Para encontrar respostas a essas perguntas, recorri à internet.

Primeiro, encontrei vídeos do Paley Festival de 2006. Estava animada de poder ver não só os dois atores principais, Jared Padalecki e Jensen Ackles, falarem sobre a série, mas também por ouvir o criador de *Supernatural*, Eric Kripke, o produtor Robert Singer, o escritor/produtor John Shiban e o diretor Kim Manners. Assistir a eles interagindo solidificou meu amor pelo programa e me deixou com uma fome de saber mais, especialmente sobre os bastidores. Depois achei vídeos que os fãs de *Supernatural* postaram das convenções do *Creation Entertainment's Salute to Supernatural.* Quê? Convenções? Sério? Um mês depois, meu marido e eu estávamos comprando ingressos para participar de uma dessas convenções. Tinha que ver com meus próprios olhos como elas funcionavam e, esperançosamente, encontrar a resposta para a pergunta que não me deixava desde que fui atraída pelo programa: "Que diabos está acontecendo comigo?"

Dave e eu não havíamos fugido em um fim de semana em anos, então estávamos mais do que prontos para ir à convenção de *Supernatural* em Chicago (ChiCon) e fazer coisas que não tinham nada a ver com nossa vida real. Foi maravilhoso! Aproveitamos completamente os painéis na sexta e nos inscrevemos para o karaokê. Cantei em público muitas vezes na igreja e em casamentos, mas nunca em frente a uma multidão altamente energizada. Uau! Que diferença a energia de uma multidão pode fazer!

No sábado, fomos entretidos pelo humor e brincadeiras do Richard Speight Jr. enquanto ele vagava pelo salão de festas durante seu painel. Duas coisas que ele compartilhou se destacaram naquele dia. Primeiro, era um grande ano de eleições, então ele nos lembrou do nosso dever cívico de votar. E, segundo, nos informou que ele estava lá para se divertir e, por Deus, estávamos *todos* nos divertindo! Ele continuou a dar ênfase à importância de se divertir na vida porque, sem isso, o que realmente se tem? Essa foi a mensagem que precisava escutar. Richard me ajudou a perceber que eu *não* estava me divertindo. Eu estava infeliz.

O suicídio de Mason não só rasgou um buraco no meu coração e me derrubou, mas também tínhamos perdido meu sogro devido a um câncer de bexiga agressivo seis meses antes da ChiCon. Ele havia sido diagnosticado apenas oito meses depois de termos perdido Mason. Apesar da primeira cirurgia e a quimioterapia terem sido bem sucedidas, e de três dias depois ter ganhado um torneio de golfe na Flórida, a saúde do meu sogro começou a decair tão rápido que as oportunidades de levá-lo de volta para Michigan estavam constantemente mudando. Tudo era estressante, histórias continuavam mudando e minha cabeça estava girando.

Finalmente conseguimos levá-lo para casa em um avião ambulatorial, e, em vinte e quatro horas, estávamos chamando a irmã do meu marido para voltar para casa dos pais para se despedir do pai, apenas dezoito meses após ela ter perdido o filho. Não estava *nem um pouco* preparada para lidar com a velocidade com que a saúde do meu sogro havia se deteriorado. Como mulher, estava tentando estar lá por meu marido. Como mãe, era muito importante para mim que minha filha fosse capaz de ter um aniversário de quinze anos feliz. Também estava tentando minimizar o nível de estresse nas vidas dos meus filhos. Eles tinham redações e provas para fazer e meu trabalho era mantê-los focados em seus estudos e protegidos do caos.

Não estava em condições de lidar com problemas ou dramas de qualquer outra pessoa, nem mesmo da minha irmã mais nova. Ela demandava minha atenção, de qualquer jeito, e eu atingi o meu limite. Tive um horrível colapso emocional no hospital, na noite anterior à morte do meu sogro. Felizmente, minha irmã mais velha me ofereceu um colete salva-vidas e conversou comigo no telefone até ser capaz de me manter sob controle.

E os golpes continuaram vindo. Meu relacionamento com meus pais nunca havia sido muito bom, e *pensei* que havia aceitado isso anos atrás. No entanto, o processo de criar meus próprios filhos e ter que lidar com eles sendo típicos adolescentes expôs minhas antigas cicatrizes no momento em que não tinha condições de lidar com elas corretamente. Em um esforço para lidar com isso, encontrei-me usando *Supernatural* como uma fuga da realidade. O programa se tornou meu lugar feliz, pois podia sempre contar com a série para me fazer dar risadas.

Então, na época em que a ChiCon de 2012 estava acontecendo, haviam-se passado dois anos desde que meu sobrinho havia morrido e eu era uma versão quebrada de mim mesma. Agora, a questão era o que ia fazer quanto a isso?

Na manhã de domingo, estava muito apaixonada pelo maravilhoso fim de semana que estava tendo com meu marido, cercada por tudo de *Supernatural*, e estava também muito consciente de que estaríamos retornando para nossas vidas reais em menos de vinte e quatro horas. A realidade me forçou a ser honesta comigo e com Dave, durante o café da manhã. Derramar lágrimas durante uma refeição, ou em qualquer outro lugar, se tornou uma ocorrência comum no meu mundo, mas dessa vez era diferente. Essas lágrimas não estavam apenas cheias de dor, desespero ou raiva. Elas também estavam cheias de esperança, porque podia me ver de pé em uma encruzilhada e escolhendo seguir por um caminho diferente. No momento em que voltamos para o hotel dos painéis altamente esperados e a sessão de fotos com "os rapazes", tinha concordado em ir procurar ajuda, quando voltássemos para casa. Havia tentado lidar com tudo sozinha por dois anos e precisava de alguém para me ajudar a encontrar uma maneira de voltar para o lado divertido da vida.

Jared e Jensen não decepcionaram naquele dia. Estávamos sorrindo e gargalhando desde o momento em que eles haviam pisado no palco. Assim que os painéis deles terminaram, tive que seguir para a fila da sessão de fotos com Jared, Jansen e Misha Collins.

Quando era a minha vez, andei até eles e disse "Oi, é um prazer conhecê-los", foquei o olhar em Jensen, que estava no meio, e disse "não tenho uma pose criativa". Nesse ponto, meu cérebro começou a boiar enquanto percebia que estava na frente de Jensen e ele estava sorrindo para mim. De repente ouvi no meu ouvido direito a voz de Jared falando "Que bom! Nós não gostamos dessas coisas mesmo", e ele segurou meus ombros e me virou para a câmera. Fui sacudida do meu estado de sonho pela declaração inesperada de Jared, me vi perdendo o equilíbrio, caindo para trás, gritando, pisando no pé de Jared e imediatamente tentando levantar de novo. Ao mesmo tempo, pude ouvir Jared falando "Te peguei. Te peguei", com muita confiança à minha esquerda, enquanto tomava consciência dos braços musculosos de Jared e Jensen me segurando por trás. E então escutei o clique das câmeras, enquanto o fotógrafo, Chris Schmelke tirava minha foto. Em minha cabeça eu exclamei: "O QUÊ? Você tirou a foto AGORA? Eu mal estou com os dois pés no chão e você pensou que *agora* seria uma boa hora? Que diabos acabou de acontecer?"

Saí em completo choque e incrédula, convencida de que minha foto ia ser um desastre. Como poderia não ser? Muitas partes do corpo estavam fora do meu controle, quando Chris tirou a foto. Mas, quando as fotos ficaram prontas, descobri que não tinha nada com que me preocupar. Chris Schmelke é um fotógrafo maravilhoso que se orgulha quando captura a emoção do momento. Certamente, havia muitas emoções passando por mim durante aquela sessão de fotos, grande parte graças a Jared, e ele as capturou lindamente. Obrigada, Chris!

Depois de voltar para casa, encontrei um terapeuta de luto, desde que a morte de Mason parecia ser a ponta da minha espiral de declínio emocional, e comecei o caminho para a recuperação. Uma das primeiras coisas que aprendi nas minhas seções de aconselhamento foi que EU NÃO ESTAVA SOZINHA! Pela primeira vez, cada uma das emoções que já tive a respeito da morte de Mason estava sendo validada. Era como se um peso estivesse sendo tirado dos meus ombros, e era maravilhoso! Infelizmente para mim, um dos maiores passos para a recuperação é ser capaz de falar sobre sua perda. Isso era muito difícil para mim. Nos dois anos desde a morte do Mason, tive um progresso ao ser capaz de pensar sobre ele sem me reduzir a uma poça de lágrimas (em sua maioria), mas ainda não podia nem começar a falar sobre ele sem me tornar uma bagunça emocional.

No ano seguinte, meu maravilhoso marido sugeriu que retornássemos a Chicago para a convenção seguinte de *Supernatural* e dessa vez ir no modo *Gold*: o pacote de fim de semana que incluía autógrafos e alguns eventos extras. Sério? Vendido! Acrescentamos o *meet and greet* de Jared e mais alguns autógrafos extras à nossa programação do fim de semana, o que nos deu ótimas oportunidades de conhecer algumas pessoas maravilhosas e ter conversas inteligentes sobre nossa série de TV favorita.

Dave e eu estávamos passando um tempo excelente juntos e, em contraste com o ano anterior, passei por mais ou menos 80% do fim de semana antes que as lágrimas fossem derramadas. Dessa vez eu era uma pessoa muito mais saudável. Mal sabia que todo meu progresso estava prestes a ser colocado em teste.

Quando o painel do Jared e Jensen estava chegando ao fim, uma menina jovem se aproximou do microfone para fazer a última pergunta. Ela indagou se Jared e Jensen já haviam pensado que Sam e Dean desistiriam de suas vidas. Já pensaram que suas personagens alguma vez poderiam se sentir tão abatidas que levariam o suicídio em consideração? Fui imediatamente arrancada do lugar feliz em que havia estado durante todo o fim de semana. Podia sentir meu corpo inteiro sendo engolido por uma onda de emoções, enquanto lágrimas começavam a descer pelas minhas bochechas. Peguei a mão do meu marido e fiquei pronta para a forma como Jared e Jensen iriam lidar com uma pergunta tão séria e delicada. Para minha surpresa, Jared respondeu a questão lindamente.

A primeira coisa que ele disse para a jovem fã, e a todos nós da plateia, foi: "Se livrar de si mesmo não vai ajudar ninguém". Você tem que "continuar lutando a luta". A fã disse que sua família estava passando por um momento muito difícil, e Jared começou a explicar como, quando está passando por uma dificuldade, aprendeu a tirar o foco de si mesmo e olhar para as maneiras com que poderia ajudar alguma outra pessoa. Você se ajuda ao ajudar o outro. Quando Jared terminou de falar, estava admirada. Perguntei-me se estava forte o bastante para compartilhar com ele minha gratidão pela resposta sincera.

Depois do painel, tentei encontrar a garota que havia feito a pergunta, porém não sabia o que iria falar para ela, além de tentar encorajá-la. Apesar dos meus esforços, nunca a encontrei.

Poucas horas depois, estava tentando decidir o que dizer a Jared, enquanto pegava seu autógrafo. Durante o tempo inteiro em que estive na fila, fiquei debatendo comigo mesma. Quais eram as chances de ser capaz de lhe agradecer por sua resposta à pergunta do suicídio, sem perder o controle na frente dele? Decidi ir em frente. Precisei de cada gota de energia que tinha para continuar no controle das minhas emoções, enquanto falava com Jared sobre aquele momento e minha perda para o suicídio. Superar meus medos e aproveitar aquele momento eram um passo enorme no meu caminho para a recuperação. O olhar no rosto de Jared, enquanto eu falava com ele, era muito compassivo e nunca me esquecerei dele.

Entre aquela interação com Jared, a corajosa fã que perguntou sobre o suicídio e os eventos emocionantes do Vegas Con de 2014, onde Rob Benedict fez sua primeira aparição desde o derrame que tivera cinco meses antes, e onde eu falei com Kim Rhodes, que perderam o pai para o suicídio, percebi que precisava pegar minha jornada e passá-la adiante para ajudar os outros. Três meses depois de retornar de Vegas, e como parte do dever de casa em andamento que meu terapeuta havia me passado, procurando oportunidades de conversar sobre Mason, conversar sobre suicídio e compartilhar minha história, Dave e eu começamos a projetar um *site* e criar um grupo de apoio, que agora cresceu e se tornou uma organização sem fins lucrativos chamada *SPN Survivors*.

Nossa missão é estender a mão, oferecer apoio e aproximar as pessoas pela educação e conscientização, enquanto chamamos atenção para a prevenção do suicídio, autocuidado, primeiros socorros de saúde mental e recursos locais, estaduais e nacionais. Nosso lema é *Ajudando pessoas, Salvando Vidas: o Negócio da Família!*

Todos nós temos batalhas e desafios na vida, mas não precisamos lutar contra eles sozinhos. O *site* e os programas do *SPN Survivors,* incluindo o *Battle Buddies*, *Comfort Kits* (para hospitais e escolas), Community Ambassadors, e nossos eventos anuais, *March for Hope* e o Dia do *#YouMatter!*, foram todos

Logo original, criado por minha filha Natalie Truxall.

Misha, Jared, e Jensen mostrando apoio para o nosso lema, DC Con, 2015.

métodos criados para alcançar e ajudar os outros na nossa comunidade. Também promovemos educação e conscientização sobre uma boa saúde mental e sobre os recursos disponíveis para aqueles que estão lutando contra doenças mentais e perdas para o suicídio. Nosso propósito por trás de tudo que fazemos é promover encorajamento, comunidade, educação, gentileza e, o mais importante, esperança!

Em setembro de 2014, tive o privilégio de participar de um *SPN Road Con,* onde três livros viajaram de estado para estado (um para Jared, um para Jensen e um para Misha) coletando mensagens de quantos fãs de *Supernatural* fosse possível. Escrevi o seguinte em cada livro: "*Supernatural* é um lugar maravilhoso para onde os fãs podem escapar, e, enquanto estão lá, encontrar coragem e inspiração para lutar contra os monstros e demônios em suas próprias vidas. Vocês representaram um papel importante nessa jornada para tantos fãs, eu inclusive, e por isso sou eternamente grata!".

SPN Survivors foi lançado alguns dias antes que fosse à ChiCon em 2014. Pude ter conversas maravilhosas com cada membro do elenco que teve um papel em minha jornada, enquanto lhes agradecia e contava sobre *SPN Survivors.* Todos com quem falei naquele fim de semana, fãs e mesmo membros do elenco, foram tão encorajadores e compreensivos com meu ponto de vista que soube que estava no caminho certo. Também comecei a procurar pela jovem fã que perguntou sobre suicídio no ano anterior. Já que não sei seu nome, escrevi uma carta aberta em nosso *site* na esperança de encontrá-la (www.SPNsurvivors.org).

Uma semana depois de Jared lançar seu movimento *Always Keep Fighting*, em março de 2015, o *SPN Survivors* teve sua primeira mesa de prevenção do suicídio na Vegas Con. Foi um fim de semana emocionante, cheio de abraços, lágrimas e apoio da SPNFamily, conforme compartilhava minha história e escutava os outros compartilhando as deles. Aquela experiência me inspirou a criar nossos Battle Buddies — animais de pelúcia fofos e gostosos de apertar, com palavras de encorajamento (de diversos membros de *Supernatural*) impressos em uma bandana customizada, cuja missão é encorajar as pessoas a *Sempre Continuar Lutando por dias melhores adiante porque #VocêImporta!*

Por um longo tempo, minha foto com Jared, Jensen e Misha, da primeira convenção, ficou na minha mesa de cabeceira, onde podia olhar para ela todos os dias e sorrir. Os paralelos entre a sessão de fotos e minha vida me ofereceram encorajamento. Em ambas as circunstâncias perdi meu equilíbrio e me senti fora de controle. Na foto, Jared e Jensen estão literalmente me segurando, mas,

Propaganda feita por Natalie Truxall.

quando fiquei mais forte, a mensagem mudou de Jared falando "Te peguei", para *eu* falando para mim mesma "Você consegue!". O sentimento de poder que essas duas palavras me deram foi transformador. E isso é a razão de "Você consegue!" ser uma das muitas mensagens encorajadoras encontradas nas bandanas dos nossos Battle Buddies.

Desde 2010, o dia 28 de setembro tem sido uma grande nuvem negra e feia em meu mundo, mas tive um desejo crescente de substituir aquela nuvem por algo positivo. Em 2016, o *SPN Survivors* decidiu que era hora de fazer do dia 28 de setembro o dia do #YouMatter!. Chamamos todos para juntar-se a nós para "Criar Ondas de Bondade Por Todas as Nossas Comunidades" durante o Mês da Conscientização da Prevenção do Suicídio, estendendo a mão e lembrando àqueles ao nosso redor que eles são importantes. Assim como o autor T. A. Garcia disse uma vez: "É maravilhoso como palavras e ações gentis podem criar um efeito dominó e muitos outros irão se beneficiar das coisas positivas que você fala e faz".

Nós encorajamos todos a serem *esse* efeito dominó e fazer a diferença em sua comunidade porque VOCÊ tem...

- Uma voz a ser ouvida
- Uma gentileza a ser compartilhada
- Uma contribuição a fazer
- Um presente de que outros precisam

Essas são coisas que dão a habilidade de fazer a diferença, hoje e todos os dias, porque #YouMatter!

Hoje sou uma pessoa muito mais feliz e saudável. Estou de pé com minhas próprias pernas, tanto física quanto emocionalmente. Para celebrar, participei da convenção de *Supernatural* com meu marido, filhas, amigos e a *SPNFamily* no meu aniversário. Não posso pensar em uma maneira melhor de celebrar minha vida do que com as pessoas e o programa que me ajudaram a encontrar meu caminho de volta para o lado divertido da vida!

Essa sessão de fotos da DC Con de 2015 foi meu presente de aniversário da minha grande amiga e membro do conselho de SPN Survivors, Soncea (na esquerda), que conheci em um estacionamento a caminho de um cemitério em Ohio para pegar os livros do SPN Road Con!

SPN SURVIVORS

www.SPNsurvivors.org

A *SPN Survivors* é uma organização sem fins lucrativos que ganhou vida devido ao incrível relacionamento que existe entre o elenco e equipe de *Supernatural* e seus fãs. A disposição da SPNFamily em confiar a nós suas histórias pessoais e compartilhar nossa mensagem de "Sempre Continue Lutando por dias melhores adiante porque #YouMatter!" proporcionou a inspiração para nossos *Battle Buddies* e *Comfort Kits* que estão verdadeiramente "Ajudando pessoas, Salvando Vidas: O Negócio da Família!". Graças à generosidade da SPNFamily, nós agora temos uma parceria com hospitais, escolas e escritórios de psicólogos locais aos quais doamos nossos *Comfort Kits* (que incluem um *Battle Buddy* e outros itens) para crianças e adolescentes dos oito aos dezoito anos com necessidade de algum amor, apoio e encorajamento extras enquanto lutam contra vários obstáculos em suas jovens vidas.

Nosso nome, *SPN Survivors*, tem um significado especial. SPN não é somente a abreviação do nosso amado programa, *Supernatural*. Também representa *Suicide Prevention Network*. Através do alcance da nossa comunidade, esperamos poupar outras famílias da devastadora dor de perder alguém querido para o suicídio. Também achamos empoderador identificar a nós mesmos como *sobreviventes*. Afinal, sobreviventes continuam a funcionar e prosperar, apesar do sofrimento. Em outras palavras, nós Sempre Continuamos Lutando!

Para mais informações sobre nossos programas e eventos da comunidade, assim como para se envolver e tornar-se um Embaixador da Comunidade, por favor visite nosso *site*.

SÓBRIA PELO SAM

HALLIE BINGAMAN

Meu nome é Hallie (muitos de vocês no *fandom* me conhecem como Elle, por causa do meu segundo nome, Michelle) e, desde 8 de fevereiro de 2014, sou uma alcoólatra em recuperação. Eu frequentemente digo que *Supernatural* e Sam Winchester salvaram minha vida, e acredito que isso seja verdade. Minha vida tem sido salva de novo, de novo e de novo pela identificação com a personagem do Sam e também pelas amizades feitas através do programa que me apoiam. Essa vez, minha jornada na recuperação do alcoolismo tem sido muito pública, mas é só um capítulo (muito longo) da guerra que tenho travado por muitos anos e contra muitos agressores diferentes, todos vindos de dentro mim mesma. Esta é a história do porque estou "Sóbria pelo Sam".

Você talvez esteja esperando que eu faça uma apresentação longa e horrível de todas as coisas terríveis que aconteceram quando eu estava bebendo, e darei pequenos detalhes, mas não quero que este texto seja sobre isso. Minha história não é mais triste; é cheia de esperança e gratidão. Sim, Sam Winchester salvou minha vida, mas os amigos que fiz também me salvaram, e eles merecem todo o louvor que pode caber nesta carta de amor que é este capítulo.

Me perguntaram inúmeras vezes qual foi o meu "fundo do poço", ou o ponto de virada que me fez perceber que precisava de ajuda. Ironicamente, aconteceu numa terça-feira à noite, depois de um episódio novo de *Supernatural*. Costumava celebrar novos episódios tomando uma garrafa inteira de champanhe para começar a noite, então bebia durante o episódio, e depois um pouco mais, e então decidia que seria uma ideia inteligente dirigir até o bar.

Lembro-me de sair do apartamento de um amigo e então, de repente, estava sentada na mesa do bar sem lembrar como havia chegado lá. Havia dirigido na estrada de uma cidade grande cega de tão bêbada. Não conseguia dirigir para casa, não conseguia falar, mal podia andar. Apesar de essa não ter sido a primeira vez que dirigi bêbada, foi um sinal de alerta para mim. Precisava de ajuda. É um milagre nunca ter recebido uma infração por dirigir bêbada e nunca ter estado em um acidente relacionado ao álcool. É outro milagre nunca ter machucado outra pessoa na estrada, como resultado das minhas ações egoístas.

Lembro-me de diversas pessoas me falando que precisava "apenas ir com calma na bebida, Hal", ou talvez tentar o AA, ou até mesmo dizendo diretamente que eu tinha um problema sério. Ficava enfurecida com essas pessoas, a maioria das quais estava simplesmente tentando ser boas amigas. Elas não entendiam, sabe? Eu tinha tudo sob controle (achava). Estava bem, só estava sendo uma pessoa normal de vinte e poucos anos, certo? Muito errado. Costumava desviar a preocupação dos outros, brincando que era uma alcoólatra, sem deixar que eu mesma absorvesse o peso e a realidade daquelas palavras. A maneira com que estava abusando do álcool para lidar com minha dor, minha ansiedade e minhas emoções em geral era tudo, menos normal.

Quando finalmente decidi procurar ajuda, pesquisei no Google encontros do AA em Austin, Texas, encontrei um que estava acontecendo naquela noite, e fiz um *post* no *Tumblr*, pedindo boas vibrações e encorajamento para me forçar a ir. O apoio veio com tudo. Acabou que mais pessoas estavam preocupadas comigo do que eu achava, e a maioria estava com medo demais para vir e arriscar uma explosão da minha parte. Recordar a casca vazia de garota que eu era nessa época me assombra.

Logo comecei a narrar todo o meu progresso no *Tumblr*, usando a *tag* "recuperação" para manter tudo organizado. No meio das mensagens de encorajamento, havia algumas que falavam, mais ou menos: "Sam Winchester estaria muito orgulhoso de você". Apesar de não conseguir compreender como aquilo poderia ser verdade, me dediquei a isto. Em algum lugar no caminho, a *tag* "Sóbria pelo Sam" nasceu.

Sam Winchester lutou a cada passo do caminho, acreditando que seu hábito autodestrutivo era para um bem maior, enquanto me entreguei a meus vícios por razões puramente egoístas. Vícios, no entanto, não fazem discriminações baseadas na intenção. Sam e eu sentíamos as mesmas necessidades, as mesmas abstinências e a mesma auto-aversão aos monstros que nos tornamos. Eu estremeço quando vejo Sam escolher Ruby, ao invés de Dean, quando vejo os poderes dele aumentarem e o seu desejo por sangue ficar mais voraz. Choro com Sam, enquanto ele fica trancado no quarto do pânico do Bobby, sendo torturado pelas visões de Dean e Mary, as duas pessoas que mais ama no mundo, falando para ele o fracasso que é. Estremeço ainda mais, quando me lembro dos meus próprios fracassos, meus próprios entes queridos sendo decepcionados por *minhas* ações. Mas uma vez que Sam percebeu que havia sido enganado, que seu vício tinha assumido o controle e que ele queria se livrar disso, lutou como se estivesse no inferno (desculpem o trocadilho) para largar o vício.

Para mim, uma das cenas mais fortes é do episódio "Livres para voar", quando os caçadores forçam sangue de demônio diretamente na boca do Sam... e Sam cospe de volta. A força que deve ter sido necessária para não ceder naquele momento é impressionante para mim. Conforme passava por várias noites instáveis e sem dormir, me desintoxicando, pensava: "Se Sam pode passar pela desintoxicação, eu também posso". Quando queria tanto uma bebida que quase podia sentir a queimação do uísque na garganta, pensava: "Se Sam pode ficar limpo, também posso". Quando quis desistir, jogar a toalha, virar e deixar a depressão e a ansiedade tomarem conta de mim, disse para mim mesma: "Se Sam consegue continuar, eu também consigo".

Sam Winchester me ensinou que não preciso alimentar as partes mais escuras de mim mesma. Que "não importa o que você é, só importa o que você faz. A escolha é sua". Me apoiei fortemente no Sam, durante os primeiros meses de recuperação, olhando para ele em busca da força que não conseguia encontrar dentro de mim mesma. Apesar de meus amigos e familiares da vida real estarem orgulhosos de mim por ter ficado sóbria, eles não entendiam a "coisa de *Supernatural*". Sabe o que aprendi? *É totalmente* ok *encontrar esperanças em um personagem fictício, e é absolutamente* ok *pedir ajuda.* Felizmente, quando estendi a mão por trás da escuridão, encontrei minha família de *Supernatural* estendendo as suas de volta para mim com a mesma sinceridade. O incrível apoio que existe dentro dessa comunidade não é nada menos que impressionante. Essa família, a família que escolhi, a família que não é de sangue, a família que me escolheu de volta, me deu uma razão para *querer* ficar melhor. Em literalmente todos os dias do meu primeiro ano de sobriedade, recebi pelo menos uma mensagem de encorajamento e apoio. Sou extremamente abençoada por ter feito amigos através desse programa e do *Tumblr*, que se tornaram uma família para mim. Devo a minha vida a cada um de vocês, e um milhão de obrigadas nunca poderia chegar perto de ser suficiente para mostrar a profundidade da minha gratidão.

Em setembro de 2014, fui ao DallasCon com um propósito. Essa convenção não era sobre mim; era sobre Jared Padalecki. Quando já estava sóbria há alguns meses, decidi que, se conseguisse chegar à metade do ano, queria dar minha ficha de sobriedade de seis meses para Jared, a maneira mais significativa que achei para oferecer o meu agradecimento. Com aquela meta em mente, lutei todos os dias para chegar a seis meses. Quando alcancei aquele marco, quando segurei aquela ficha azul de alumínio em minhas mãos e percebi aonde iria chegar se simplesmente continuasse lutando um pouco mais, pus-me a chorar. Carreguei-a comigo todos os dias, fazendo orações de paz e força sobre ela. Setembro finalmente chegou e acho que não parei de tremer a semana inteira. Sabia que teria apenas alguns momentos na mesa de autógrafos, então me sentei no quarto do hotel e escrevi uma carta para Jared, explicando resumidamente o que estava fazendo e por quê. Centenas de mensagens de apoio e entusiasmo alegre encheram minha caixa de entrada, e lembro de percorrer todas elas e sentir como se os braços da minha família estivessem me segurando com força naquele momento.

Quando minha vez na mesa chegou, me aproximei, me apresentando e falando algumas palavras antes de entregar a ficha e a carta. Lembro-me de muito pouco, pois estava muito emocionada, mas me lembro dele escutando atentamente, e então olhando direto nos meus olhos e (eu imediatamente escrevi isso para não perder a memória em meio à adrenalina) falando: "Jamais irei perder isso ou esquecer o quanto isso significa. Estou muito orgulhoso de você como ser humano; isso é maravilhoso. Sério, nunca vou perder isso, nunca". Em seguida pôs tanto a ficha quanto a carta no bolso da camisa. Um amigo que estava atrás de mim na fila e um voluntário da convenção me contaram depois que Jared engasgou, depois que saí, e teve que parar com os autógrafos por um momento. Estava absolutamente chocada com o fato de minha confusão lacrimejante ter feito qualquer tipo de sentido, para não mencionar o de ter causado uma forte impressão em alguém que considero um herói.

Desde aquele tempo, algumas pessoas incrivelmente amáveis me ofereceram uma parte de seus tempos na mesa de autógrafos para colocar Jared a par do meu progresso, em várias outras convenções, informando-lhe que estava há quase um ano sóbria, e então repassando a notícia de que conseguira chegar a um ano. Como resultado desses encontros, aprendi que Jared mantém minha carta e ficha de sobriedade em uma gaveta perto da cama e as leva quando está tendo um dia difícil, para lembrar que todos estamos passando por batalhas.

Esta notícia veio quando estava tendo um dia bastante difícil. Havia acabado de sair de uma reunião de AA razoavelmente chateada, e logo depois tive que explicar a várias pessoas preocupadas que "Não, essas são lágrimas de *alegria* agora!" Jared tira forças de todos nós tanto quanto nós tiramos forças dele. Isso não é muito afirmador?

Para aqueles que lutam contra vícios e/ou problemas mentais como eu, por favor escutem isso: em algum ponto (bem, vários pontos, mas um em particular), eu considerei recair, e meu padrinho me disse algo que realmente me marcou — quer desista ou não, a parte estressante irá embora. Posso escolher uma solução rápida, que irá me acalmar por um momento mas criar mais problemas no futuro, ou posso estar disposta a aprender formas de lidar com isso a longo prazo. O último pode vir mais devagar, e posso atestar o fato de que algumas vezes é péssimo, mas fica mais fácil, melhora, e o desejo de usar/beber/machucar você mesmo/o que quer que seja irá ficar mais fácil de controlar. Eu juro.

Em plena doença, cada coisinha que dava errado parecia o fim do mundo e, quando grandes coisas ruins aconteciam, sentia como se estivesse me descosturando — como se absolutamente não houvesse jeito de superar o que quer que fosse. Quanto mais tempo passava sóbria, mais percebia que as coisas estavam se equilibrando. Não há mais altos e baixos intensos, é mais natural, como um fluxo contínuo, e é mais fácil lidar com as coisas complicadas. É difícil tentar parar de nos machucarmos em uma tentativa de escapar do pânico/medo/raiva/frustração devastadores, quando situações estressantes e dolorosas surgem, mas prometo a você que vale a pena. Viva um dia de cada vez, uma hora de cada vez, um minuto de cada vez, se isso for necessário. Continue avançando, focando apenas no hoje, e faça o melhor que puder para se manter feliz e saudável. Leve a sério a campanha do Jared e sempre continue lutando.

Alguém me mandou uma mensagem, quando cheguei a um ano sóbria, e me disse que tinha escutado que, uma vez que a pessoa em recuperação alcança um ano, ela praticamente venceu, e, em grande parte, é fácil continuar dali para frente. Apesar de ter apreciado profundamente o sentimento de encorajamento por trás da mensagem, preciso enfatizar o quanto ela é falsa. Um amigo meu, que atingiu um ano e meio sóbrio, teve uma recaída semana passada. Outro amigo, que atingiu cinco anos, teve uma recaída recente e quase sofreu uma *overdose*. Outra amiga não consegue deixar a agulha longe do braço por tempo o bastante para nutrir devidamente o bebê que acabou de descobrir estar esperando. Mais recentemente, um querido amigo meu morreu de *overdose* de drogas. A última vez em que o vi vivo foi quando o encontrei em uma reunião dos AA. Pessoas em sobriedade tiveram recaídas com cinco, dez, vinte, trinta anos limpos. Pessoas nas salas dos Alcoólicos Anônimos gostam de falar: "É bom estar nesta reunião, mas minha doença está lá fora, no estacionamento, fazendo flexões". Não termina. É uma batalha que nunca para. É a doença que diz que não se tem uma doença. O quão aterrorizante é isso?

Desde que me dediquei à recuperação, aprendi a ser honesta e vulnerável com o que estou lidando. Aprendi que posso ser amada exatamente como sou, e que estou merecendo este amor. Aprendi que o significado de amizade verdadeira não necessariamente inclui ter conhecido pessoalmente. Aprendi que é melhor sentir do que estar entorpecida, mesmo que sentir seja doloroso e difícil. Ao fazer isso, descobri que sou mais forte do que acreditava ser e que não estou sozinha. Inúmeras pessoas me mandaram mensagens de identificação, associando suas próprias experiências, ou a experiência de um amigo ou membro da família, exatamente com o que eu estava passando naquele momento. Uma verdadeira legião de guerreiros se acumulou, todos nós unindo os braços e nos tornando algo maior que nós mesmos, em meio à nossa batalha coletiva.

Então aí está: estou sóbria pelo Sam. Sóbria pelo Sam, que acha que não vale nada. Sóbria pelo Sam, que se acha um monstro, uma aberração. Sóbria pelo Sam, que acha que não merece amor ou sequer o mínimo de bondade. Sóbria pelo Sam, que acredita não ser digno de ser salvo. Sóbria pelo Sam, que se acha sujo, desprezível, vil e intocável. Sóbria pelo Sam, que salvou minha vida porque sabia exatamente como era aquilo.

Encerrarei com algumas palavras do Sam às quais me apeguei ao longo de todo este percurso e que irei carregar comigo todos os dias daqui para frente: "Você tem esse poço escuro dentro de você. Eu sei, acredite, eu sei... mas isso não significa que você tem que cair dentro dele".

Setembro de 2015, dando sequência ao ano depois do nosso primeiro encontro ao entregar a Jared minhas fichas de sobriedade de um ano e um ano e meio.

GOLPE DE SORTE

ROB BENEDICT

Estava enfrentando uma longa fila de autógrafos. Era o final da convenção de *Supernatural* em Toronto: 13 de outubro de 2013, um domingo à noite. Minha fila estava especialmente longa, enquanto estava assinando CDs do Louden Swain, que eram vendidos com a promessa de um autógrafo. Todos os outros atores já tinham saído, cansados depois de um longo final de semana de convenções. Havia falado para meu amigo, o ator Richard Speight Jr., para me dizer quando fossem jantar e que eu os encontraria lá.

Nunca iria conseguir chegar ao restaurante.

"Quando é seu aniversário de casamento?"

A pergunta veio de uma mulher simpática, que estava esperando na fila. Ela parecia um pouco desconfortável, como se talvez houvesse passado de seus limites. Mas não — é uma questão muito fácil de responder e fico feliz de fazer isso. Minha mulher e eu sempre brincamos que sou melhor em lembrar aniversários. Havíamos acabado de celebrar nosso décimo oitavo aniversário de casamento; é algo de que tenho orgulho.

Olhei para cima e comecei a responder à mulher, mas, quando comecei a falar, não conseguia encontrar as palavras. Era como se estivesse na ponta da minha língua. Gaguejei e cuspi. Fiz uma cara de "o que está errado comigo?". Meio que ri. Lembro-me de pensar, "Bem, isso é constrangedor". Quero dizer, bem na hora, não é? Agora pareço um marido burro, que não sabe o próprio aniversário de casamento.

Dei uma olhada na longa fila, todos ainda esperando pacientemente. Na minha memória, era mais longa do que provavelmente estava, como em um filme de terror quando um longo corredor se estica a uma distância infinita. Fiz uma mímica para a mulher falando que conversaria com ela depois que terminasse a fila. Ela foi para o lado e esperou.

Durante o resto da sessão, assinei com a cabeça baixa. Jen Gannon, que se voluntariou para a Creation Entertainment e estava me ajudando com o evento, veio a dizer mais tarde que ela estranhou, porque eu parecia estar "de saco cheio". Mas aquele não sou eu. Qualquer um que tenha me conhecido em uma convenção sabe que irei tirar um tempo para interagir com os fãs.

Logo iria terminar a fila. A esta altura, não fazia ideia do que estava acontecendo. Achei que estava tendo um ataque de pânico. Sou uma pessoa ansiosa por natureza e estava cansado após um fim de semana de socialização e de ficar acordado até tarde demais. Simplesmente fazia sentido meu sistema estar se desligando.

Jen e a companheira voluntária da Creation, Mandy Creech, me levaram de volta para meu quarto. Havia trabalhado com Jen e Mandy antes, mas este foi um território desconhecido. Não estava certo de como lhes contar que achava que precisava de ajuda. Não queria assustá-las e, literalmente, não conseguia achar as palavras.

Quando cheguei ao quarto, sentei na cama. De repente, estava muito sonolento e me deitei.

O telefone tocou. Era Richard Speight.

"Estamos nesse restaurante de carnes. Eu, Misha, Jensen, e Jared... Você vai ter que pegar um táxi". Balbuciei que não estava me sentindo bem. Ele disse que provavelmente era apenas a fome. Mas eu balbuciei de novo, e apenas falei: "Não, não". De novo, não era uma resposta típica minha — não gosto de recusar um convite para uma festa! E Rich sabia disso. Estávamos fazendo convenções juntos há quase quatro anos. Havíamos viajado o mundo juntos. Sinceramente, ninguém me conhecia melhor nessa situação do que ele.

"Estou voltando para ver você".

Bateram na porta. Era Mandy. Pessoas começaram a falar. Mandy disse que ela ia se sentar comigo. Concordei com a cabeça, muito feliz de ter ela ali. Ela se sentou e arrumou o quarto, enquanto eu descansava. O simples fato de ter ela lá me deu uma sensação de alívio.

Logo, Richard chegou. De uma maneira típica dele, tomou o controle da nave. "Vamos pegar uma comida para você. Vamos levantar esse astral. O que está acontecendo; como você está se sentindo, exatamente?"

Comi um pouco, mas ainda achava difícil juntar as palavras. Lembro-me de ele perguntando quem era o zagueiro do Washington. Sou um telespectador ávido de futebol americano e essa era uma pergunta fácil: Robert Griffin III! Mas tudo que conseguia dizer era: "Hm...oh...um...ah...R-r-r...uh..."

Richard ligou para Misha, que ainda estava no restaurante. Ele havia falado para o grupo que estava preocupado comigo, quando saiu. Misha pediu para falar comigo; ele tinha um parente que havia sofrido um derrame recentemente. Não me lembro do que eu disse, mas foi o bastante para Misha falar para Rich me levar ao hospital.

Nunca quero ir ao hospital. Hospital nunca é bom. Hospital significa *isso é sério. Isso é sério* me joga em um estado no qual não estou certo do que seja a realidade. Devia também mencionar que nesse ponto, além da minha dor de cabeça persistente, não tinha nenhum sintoma claro. Fisicamente, não parecia ter nada de errado comigo. Para o mundo de fora eu parecia bem. Até me sentia bem. Pensei: *Nós realmente precisamos ir ao hospital?*

Rich fez parecer não ser nada demais. "Vamos lá. Vamos ver no que dá". Se eu tivesse minhas palavras, teria debatido, porém não tinha. Então, depois de protestar um pouco, concordei. A caminho do hospital fomos Rich, Jen, Jen Gregory (outro voluntário da Creation), Mandy e eu. Estávamos como um time em *The Amazing Race*, navegando em um outro país, em que ninguém sabia de verdade para onde ir. Não conseguíamos encontrar o hospital, apesar do fato de termos sido avisados de que estávamos próximos. Nos perdemos e tivemos que chamar um táxi para nos guiar.

A sala de espera da emergência estava surpreendentemente vazia. Havia um homem que parecia ser sem-teto, que parecia bêbado. Esperamos educadamente, perplexos por não saber onde estavam todas as pessoas. Fomos chamados e, quando não consegui falar meu nome para a enfermeira, fomos enviados rapidamente para dentro.

Aconteceu de estarmos em um hospital especializado em derrames, o St. Michael's. Havia uma ala de derrames, com residentes sendo treinados especificamente naquela área. Depois de um rápido exame inicial, eles notaram que eu estava tremendo e Rich disse: "Ah, não, isso é normal. Ele é uma pessoa trêmula. Não é fora do comum". Depois, contaríamos de novo essa história e riríamos das nossas caras.

Sem tempo para isso agora. Levaram-me rapidamente para o andar de cima, onde fizeram uma tomografia. Estava preso à ideia de que era um vírus que havia afetado meu sistema nervoso. Agora, é claro, isso parece um pouco exagerado. Mas, na hora, era o que eu estava esperando ser. Alguns antibióticos e estaria a caminho de casa. Tinha um avião para pegar no dia seguinte!

Mas, antes que soubesse, estava de volta à sala de emergência e a realidade da situação veio em uma mensagem decepcionante entregue pelo típico médico frio. Era como se eles estivessem chamando um elenco para uma minissérie e precisassem encontrar um *médico sombrio sem nenhuma etiqueta para falar com pacientes.* Puf: aí está ele. Foi tão na lata que o diretor teria falado: "Ninguém vai comprar isso. Esses médicos não existem de verdade". Ah, mas eles existem, diretor hipotético.

Rodeado por um time de médicos clínicos, ele falou comigo estritamente, como se eu estivesse com problemas. Lembro-me das palavras-chaves: "Você está tendo um derrame... artéria carótida totalmente dissecada... coágulo sanguíneo no lobo frontal esquerdo... seu tempo está acabando..." E então, para terminar o espetáculo: "Precisamos te dar um ATP (um destruidor de coágulos sanguíneos), mas há 7% de chances de a injeção te matar".

Uau, uau, uau! Como assim?

Tentei processar tudo. Apenas quatro horas antes estava no palco, fazendo meu painel. Estava tomando uma cerveja com Rich e rindo das coisas divertidas do fim de semana. Agora estava tendo um derrame? E a coisa dos 7% realmente me desorientou. Lembro-me de tentar fazer as contas rapidamente. Um quarto com 100 pessoas, sete irão morrer. Quero dizer, em um quarto de cinco milhões, eu fui o que teve a artéria dissecada; quem poderia dizer que não seria um dos sete, do jeito que minha sorte estava indo?

Parecia uma eternidade, mas na realidade foram cinco segundos. "Não posso administrar sem sua permissão", disse o Dr. Downer. "Preciso de um sim ou um não. E preciso agora".

"M-M-Mollie!" disparei.

"Quem é Mollie?" disse o doutor.

Rich, que havia estado lá o tempo inteiro, com lágrimas formando nos olhos, interferiu. "É a esposa dele".

"Não há tempo para Mollie" disse o Dr. D, diretamente para mim. "Mollie não pode te ajudar agora". Essas foram suas palavras exatas. Foi então que notei uma enfermeira se abaixando perto do meu braço, pronta para administrar a droga.

"Preciso de um sim ou um não".

"O que acontece se ele não quiser?" perguntou Rich, falando por mim.

"Ele tem um derrame, e então, quem sabe?"

Quem sabe? Bem, você, doutor! Não posso tomar essa decisão. Mesmo que pudesse, não consigo falar. Olho para Rich, que nervosamente passa as mãos pelos cabelos e me dá um olhar como: "Eu não sei, cara!" Podia senti-lo querendo responder por mim, mas isso tinha que ser uma decisão minha. Encarei de volta e meio que ri, sem acreditar. Foi um momento de que nunca esquecerei. Deitei lá e percebi, *Está tudo em minhas mãos.* No fim do dia, no fim da sua vida, *você* realmente é tudo que você tem.

Em retrospectiva, parecia inevitável que isso aconteceria comigo. É difícil de explicar, mas, por mais aterrorizante e desconhecido que aquilo tudo tenha sido, tinha uma parte minha que pensava: "Ah, é claro, e essa é a hora em que tenho um derrame". Como se eu estivesse destinado àquele momento.

Finalmente, olhei para o doutor e fiz que sim com a cabeça. A injeção foi administrada. Fechei os olhos, sem saber se os abriria de novo. O barulho de apitos e jatos me envolveu e fui dormir.

Fui acordado uma hora depois, com tubos e plugues saindo de mim, o bipe sempre presente, refletindo meus sinais vitais. Minhas panturrilhas estavam presas com faixas de compressão que pulsavam para dentro e para fora, uma espécie de massagem que quase chegava a estrangular minha perna. Estava na UTI e uma enfermeira, com uma expressão que dizia "Não se acostume comigo", estava na minha frente, segurando um pedaço de papel com figuras básicas do jardim de infância: uma rede, uma cadeira, uma chave, uma pena, um taco de *baseball.*

Rapidamente, percebi que havia piorado. Não conseguia falar nenhuma daquelas coisas. Por mais que tentasse.

"O que é isso?"

"Gu, gu, gu".

"Cadeira".

"Gu, gu, gu".

"Cadeira".

"Cadeira".

"Isso!"

E então, quando ela me perguntou de novo, alguns minutos depois, já havia esquecido. Este processo torturante continuou a cada hora durante os dois dias seguintes. Havia esquecido como falar. Linguagem é uma coisa à qual não damos valor. Olhe para o objeto mais próximo de você agora. Para a pessoa normal, o nome que sua língua nativa tem para esse objeto surgirá imediatamente em sua cabeça. Para mim, sabia conceitualmente que era o objeto em que se senta à mesa, mas não tinha uma palavra para isso. O caminho neurológico para minha voz estava incapaz de decifrar a palavra. Podia apenas fazer barulhos que não estavam nem perto de ser corretos. Eu era um homem das cavernas. Um recém-nascido.

Depois desse teste inicial, me senti dolorosamente sozinho. Precisava ficar com alguém que me conhecia. Queria ver o Rich. Mas não sabia ao certo se ele havia saído. Tentei falar com a enfermeira, mas não sabia como. Gemi até que ela me desse um pedaço de papel. "Ua-ua-ua".

"Você consegue escrever?"

Sentei, apoiando o lápis no papel, mas só conseguia fazer rabiscos. Tentei fazer uma mímica para ela. Mas como fazer mímica de "Preciso ver meu amigo, o cara que me trouxe aqui"? Só fiz caretas até que, milagrosamente, ela disse: "Você quer que eu chame seu amigo?" Assenti com a cabeça. Sim, sim, ah, graças a Deus. Foi uma tremenda vitória.

Momentos depois, Rich estava lá.

"Ei, cara!" Que alívio. Ele começou a me contar que, na sala de espera, os colegas atores de *Supernatural*, Misha Collins e Jensen Ackles, estavam fazendo ligações, tentando levar Mollie até lá. E Mandy, Jen e Jen, Deus os abençoe, também ainda estavam lá. Descobri depois que a sala de espera estava como um quartel general: Misha estava designado para trazer minha esposa ao Canadá, tarefa nada fácil, porque Mollie, que havia estado em Cleveland a negócios, estaria dirigindo e não estava com o passaporte. Enquanto isso, Jensen estava ligando para Los Angeles e fazendo meu melhor amigo, Bruce, acordar minha caseira (no meio da noite) para pegar o passaporte de Mollie, por via das dúvidas, e além disso comprando uma passagem para Toronto para Bruce. E Rich, é claro, estava no comando, administrando toda a operação. A esta altura, a gravidade da situação estava muito alta. Ninguém sabia o que poderia acontecer comigo.

Apenas dois visitantes podiam ficar na UTI por vez, então naquela primeira noite — que parecia uma eternidade — eles viriam em turnos. Lembro-me de Jensen e Richard falando sobre mim enquanto eu estava deitado lá, como se estivesse com o corpo inteiro engessado, incapaz de falar. Era como um sonho. Lembro-me de ter a urgência de transmitir um pensamento, de encontrar uma janela por onde pudesse entrar naquela brincadeira familiar que havíamos desenvolvido. Todos nós pensamos tão rápido quando estamos juntos e compartilhamos um senso de humor ágil. Mas naquela noite só podia assistir. Depois, Misha veio. Ele me abraçou e parecia estar muito chateado. "Sinto muito, cara", ele continuava dizendo.

E, a cada hora, a enfermeira estava lá para ver se eu ainda estava vivo e para fazer "o teste" comigo. No qual fracassei repetidamente. "O que é isso?" "G-g-g-g—" "Pena" "Pena, é". "O que é isso de novo?" "P-p-p-p-p—" "Pena". "P-p-pena, é".

A manhã veio e com ela o voo de partida de Jensen e Misha. Richard adiou seu voo alguns dias, para ficar comigo. Minha esposa finalmente chegou e, naquela hora, já não podia mais falar o nome dela. Olhei para ela e sabia exatamente quem ela era, mas a enfermeira perguntou "Quem é essa?" e eu abri minha boca, mas nada saiu. Era desolador para ambos. Ali estava eu, tubos saindo de mim, máquinas fazendo bipes, a pulsação constante saindo dos aparelhos ao redor das minhas pernas, e eu havia perdido a minha fala. Era o fundo do poço de toda aquela experiência.

Logo meu amigo Bruce chegou lá e, como sugerido pelos médicos, continuou tentando me fazer falar. Eles disseram que as primeiras quarenta e oito horas eram as mais cruciais para manter minha fala. Mal sabia que meu cérebro estava se reconectando. Passei quase uma hora respondendo, "Quem é o seu ator favorito?" Trabalhando minhas habilidades mímicas e tentando encontrar palavras, enquanto Bruce e minha enfermeira Pam tentavam descobrir o que eu estava falando. Era um jogo de charadas torturante. Depois de fazer a mímica de um jogador de boliche (*à la* Grande Lebowski) e fazendo "barulhos como guinchos", eles finalmente adivinharam: Jeff Bridges.

Na manhã seguinte, as notícias eram boas. Uma ressonância magnética feita durante a noite mostrou que a coagulação havia parado, e estava possivelmente menor. A imagem do meu cérebro era bem assustadora — uma nuvem preta representava o cérebro morto no meu lóbulo frontal. Mas a APT havia feito seu trabalho e não me matou no processo. Eu passei pelo pior, mas ainda tinha um longo caminho à frente.

Mollie foi finalmente capaz de me descrever exatamente o que havia acontecido. Eu havia sofrido um acidente vascular isquêmico, devido a uma dissecação completa da artéria carótida esquerda. A dissecação formou um coágulo que se alojou na parte frontal esquerda do lóbulo cranial. Logo onde a fala é formada. O problema com a fala que estava sentindo é chamado afasia, um distúrbio causado pela lesão nas partes do cérebro que controlam a linguagem.

Normalmente, um derrame deste tipo é causado por um torcicolo, o que explica por que os médicos me perguntavam se eu havia estado em um acidente de carro, praticado um esporte físico ou ido a um quiroprático nos últimos três dias. Houve um momento, quando Misha e Ty Olsson foram ao palco durante meu Q&A na convenção e me levantaram de cabeça para baixo, de brincadeira. Durou talvez cinco minutos. Mas, sinceramente, aquilo não me causou o derrame. Eu era um homem saudável, frequentemente fazia flexões de cabeça para baixo em treinamentos. Claro que poderia ficar de cabeça para baixo no palco. Foi apenas um evento anormal, um acidente anatômico.

Durante minha recuperação, isto era algo que iria me assombrar. Seria muito mais fácil, se tivesse uma razão para apontar. Existem algumas síndromes que podem causar derrames em pessoas jovens, distúrbios do tecido conjuntivo e outras geneticamente determinadas. Li até mesmo que alguma coisa pequena, como um espirro ou tosse, pode causar uma dissecação. Repassei meu dia com frequência, tentando lembrar se havia espirrado com força naquela manhã. No fim, tive que deixar isso para trás. Às vezes as coisas simplesmente acontecem.

Os médicos falaram que minha artéria carótida provavelmente nunca mais iria funcionar de novo. A ressonância magnética do meu pescoço mostrou sangue subindo por uma artéria carótida, enquanto o lado esquerdo estava parado. Sem tráfego naquela estrada. Nada. Poderia viver com apenas uma, mas, se qualquer coisa acontecesse com ela, minha vida estaria acabada. Uma "ponte" chamada polígono de Willis, na parte de trás do cérebro, reservada para este tipo de emergência, estava carregando o sangue para o outro lado, para que meu cérebro ainda pudesse funcionar. É fantástico como o corpo é resiliente e ainda assim tão frágil.

Fui tirado da UTI e colocado em um quarto de hospital normal. Muito devagar, mas sem problemas, as palavras começaram a voltar. Não era como uma torneira voltando a ligar; era mais como pequenas explosões de água de uma mangueira com vazamento. Uma vez, a terapeuta estava tentando me fazer falar *girassol* e eu não conseguia falar. Ela saiu do quarto, quando Rich entrou, e ele me perguntou o que estava errado. "Eu não conseguia falar GIRASSOL!" exclamei. Não tinha controle de quando meu cérebro iria funcionar e quando não iria.

Em outro momento, havia um time de terapeutas no quarto. Eles fizeram um teste comigo, no qual me ditavam pares de palavras e eu deveria falar qual delas veio primeiro. Um par era "março/julho", e eu disse "julho". Eles falaram: "Vem primeiro?" Eu disse que sim. Perguntei: eu errei? Eles disseram que sim, e alguns outros também.

Depois de cerca de quatro dias, era hora de Rich ir embora. Naquela noite, Mollie e Bruce voltaram para o hotel e eu assisti à final do St. Louis Cardinals em minha TV pessoal, que girava na frente da cama. Meu colega de quarto *du jour* era um jovem especialmente problemático, que havia sofrido vários derrames e convulsões, e estava literalmente sem uma parte da cabeça. Ele frequentemente acordava com enxaquecas. Naquela noite ele fez uma ligação para um amigo, pedindo que ele trouxesse escondidas drogas ilícitas.

Eu estava um pouco mais que assustado. Tinha apenas meu celular para me fazer companhia. Chequei-o, procurando por consolo. Muito para minha surpresa, havia dezenas de mensagens e *e-mails* não lidos. Pessoas se manifestaram aos montes para me desejar melhoras. Me senti como Jimmy Stewart no final de *A Felicidade Não Se Compra*. Junto a todos os meus amigos e familiares, havia notas da *Supernatural* Family: Misha, Jensen, Jared Padalecki, Matt Cohen, Sebastian Roche, Ty Olsson, Samantha Smith, James Patrick Stuart, Gabe Tigerman, Julie McNiven, Jason Manns, Steve Carlson, e por aí vai. Tinha mensagens de vídeo de Sebastian e sua esposa, Allie, e de Matt e sua esposa, Mandy. O criador de *Supernatural*, Eric Kripke, me mandara comida, assim como havia feito o roteirista/produtor Robbie Thompson, e uma cesta de presentes foi enviada por toda a sala de roteiristas de *Supernatural.*

Aquilo me impressionou. Aqui está um grupo de pessoas que cinco anos atrás eu nem conhecia. Viajamos o mundo juntos para apoiar este louco fenômeno que é *Supernatural.* Mas é mais do que isso. Nós realmente gostamos uns dos outros. Nós curtimos sair juntos. Eu sequer trabalhei no programa com muitas dessas pessoas e posso honestamente dizer que eles são alguns dos meus melhores amigos.

Depois de dez dias, iria de avião para casa, com um aviso de que a altitude poderia causar outro coágulo. Foi o voo mais assustador de todos, mas não me causou danos. Eu ia passar por uma intensa terapia de fala e trabalhar com um time de médicos locais na UCLA.

E os *e-mails* e o apoio continuaram vindo. Logo os fãs descobriram o que havia acontecido e começaram a me desejar melhoras por cartas e *posts*. Doações foram feitas em meu nome para a Heart and Stroke Society. Fizeram orações. E milagres começaram a acontecer.

No dia anterior à Ação de Graças uma ultrassonografia revelou que minha artéria carótida lesionada estava funcionando completamente de novo. O médico da UCLA estava entusiasmado. Ele dispensou todos os diluentes de sangue mais poderosos. Mas me haviam dito que isso não era possível.

"Bem," ele disse, "tudo é possível".

Minha memória de palavras naquele ponto era de mais ou menos 50%, e havia desenvolvido um sério impedimento de fala devido a uma lesão no nervo quando a artéria se rompeu. Aquilo, também, eles disseram, talvez nunca fosse curado. Na verdade, no Canadá falaram que nunca haviam visto nada como aquilo. Desde então encontrei pesquisas que dizem que isso acontece com aproximadamente um em um milhão de sobreviventes de um acidente vascular cerebral isquêmico. Então de um em cinco milhões que tem um derrame isquêmico, eu era um em um milhão. Ah, a sorte!

Em fevereiro de 2014, tive minha última consulta com o terapeuta de fala. Eu estava em mais ou menos 90%. Depois naquele mês, teria minha consulta final com o médico da UCLA. Ele fez um *check-up* completo em mim e disse: "Vá viver sua vida". Em março daquele ano, minha língua estava funcionando completamente de novo. O impedimento da fala havia acabado.

Não tenho certeza de qual lado do muro eu fico, quando se trata de religiões organizadas. Mas acredito em espírito e no poder de cura da energia e do amor. Não é coincidência que tenha me recuperado totalmente. A quantidade enorme de apoio de minha família, amigos, da Família *Supernatural* e dos fãs era simplesmente extraordinária. Ter um grupo devoto de pessoas como este, que *pelo menos sabe que você existe*, é absurdo, mas mais do que isso — saber que eles se importam. Eles honestamente se importam. É algo que realmente nos torna mais humildes.

Ainda não sei qual é o propósito de tudo aquilo e o que devo fazer a respeito. Somente sei que mudou minha vida para sempre. Estará sempre comigo. O sentimento mais notável que ficou disso é o amor de todos que me estenderam a mão. E especialmente aqueles que estavam lá, que poderiam facilmente ter escolhido *não* ajudar: Mandy e Jen, Jen Gregory, Misha e Jensen, meu amigo Bruce, e o irmão da Mollie, Don, que também foi de avião para ajudar. Os médicos e enfermeiras no St. Michael's, no Canadá, que foram absolutamente de primeira. Os médicos e terapeutas aqui na UCLA e no Cedars-Sinai foram atenciosos e meticulosos. E claro, minha mulher, Mollie, cujo amor inabalável é minha razão de existir.

Mas o cara da vez foi Richard Speight Jr. Ele literalmente salvou minha vida. Tudo é remetido ao momento em que ele ligou para o meu quarto e soube que algo estava errado. Agora rimos e falamos que foi porque ele nunca me viu recusar uma cerveja. Mas foi porque ele realmente me *entende.* Nos tornamos amigos pelo mundo de *Supernatural,* mas nossa amizade ultrapassou o circuito da convenção. Agora estamos conectados para a vida. Ele é uma pessoa ótima, um homem amável e generoso (por baixo de sua fachada brincalhona) — e tenho sorte de conhecê-lo.

Esta experiência poderia ter ido para os dois lados. Rich poderia não ter me ligado e eu provavelmente teria tido um derrame completo, talvez fatal. Nosso hospital por acaso era o principal hospital de derrames em Toronto. Minha mulher conseguiu atravessar a fronteira sem passaporte, simplesmente através da confiança do oficial com quem falou. O medicamento poderia ter me matado. Minha artéria poderia nunca ter se curado; minha língua poderia nunca ter funcionado.

Talvez seja sortudo, afinal de contas.

Uma última coisa. Preciso responder uma certa questão. Tem estado na ponta da minha língua, desde aquela convenção em Toronto:

Meu casamento foi em Bloomington, Illinois. Estava aproximadamente 37,7 graus e úmido de um jeito que só pessoas do centro-oeste podem apreciar.

Paletós estavam descascando como papel de parede, expondo as camadas de baixo. Avós estavam sendo levadas às pressas para o único quarto com ar condicionado. Madrinhas estavam suando como maratonistas de longa distância. Éramos todos jovens e ingênuos. O dia pode ter sido caótico e desengonçado, mas foi perfeito.

Doze de agosto de 1995.

CÂNCER ASSISTE COMIGO

SHERI CHEN

Não muito tempo atrás, teria me considerado uma mãe comum de dois e de meia idade. Para ter certeza, você não iria confundir o caminho que minha vida tinha tomado com o que eu consideraria uma "dona de casa" (não que eu esteja falando mal disso), mas em geral me achava uma garota bem típica: levanto de manhã, escovo meus dentes, passo um pente no cabelo e deixo as crianças prontas para a escola. Ando saltitante pela cidade em minha *minivan*, cantando minhas músicas favoritas, enquanto faço as tarefas habituais que mães tendem a fazer: primeiro a lanchonete (quero dizer, vamos lá, prioridades), a mercearia, o correio etc. Então, é claro, tem o meu trabalho de não mãe, o "nove às cinco" (esse trabalho acontece entre os trabalhos de mãe pela casa). Finalmente, de volta à escola para pegar as crianças, cozinhar o jantar e colocá-las na cama, somente para começar tudo de novo amanhã. É um pouco entediante, não é?

Pelo menos, esta era minha vida, até setembro de 2014, quando meu cirurgião ligou para me informar que eu tinha uma formação cancerígena rara e mortal.

O que tudo isso tem a ver com *Supernatural* e *fandom*, talvez você se pergunte. Por favor, permita-me explicar.

Descobri o mundo da ficção científica e fantasia em meus dias de glória como membro da geração X dos anos 90. *Arquivo X* veio à cena em 1993, e meu gosto por programas de televisão oscilou pouco desde então. A internet estava em sua infância naquela época, quando basicamente a única coisa para a qual servia era a AOL (que praticamente *era* a internet — era *o* negócio, e todo mundo que fosse ser alguém estava discando, acessando e fazendo conexões). Muitas noites você me encontraria sentada em frente a uma tela gigante e ofuscante de computador, *modem* vibrando, conversando com pessoas que também eram fãs de *Arquivo X* a quilômetros de distância, e mesmo assim tudo conectado por essa nova tecnologia (e por "conversando", quero dizer ficando acordada até às 3 da manhã, entusiasmada com Mulder e Scully, suas últimas aventuras e teorias da conspiração: essencialmente, dando a luz ao *fandom online*).

Não deveria ser surpreendente que, quando *Supernatural* estreou, em setembro de 2005, eu mais uma vez vi meus olhos grudados na TV toda semana. Os meados dos anos 2000 foram o começo de uma era para mim: estava na faculdade, inexperiente e ansiosa para aprender — muito como meus amados garotos Winchester, Dean e Sam. Episódio após episódio, ano após ano, e os meninos cresceram e mudaram, e eu também. O programa era agradável, a escrita era sólida — o fato de os atores serem um colírio para os olhos não prejudicava — e me encontrei mergulhada nele. Enquanto as temporadas passavam e mudávamos de ano em ano (os rapazes e eu), meu fervor pelo *fandom* se fazia e desfazia como a lua, mas eu nunca senti atração mais forte por ele do que no ano depois do meu diagnóstico, porque, quando o cirurgião ligou, meu mundo se despedaçou.

Senti como se a terra tivesse desaparecido por baixo dos meus pés e eu honestamente não conseguia nem dizer qual era a direção para cima. Alguns pensamentos realmente sombrios passaram por minha mente nessas primeiras semanas depois do diagnóstico — como eles não poderiam vir? Estava internalizando minha dor, sofrimento e raiva, e me peguei em um lugar muito escuro, muito assustador e muito feio. Não era lugar para uma mãe jovem com um marido amoroso e duas crianças muito pequenas. E foi uma droga.

Foi durante um desses momentos de desespero que liguei minha TV e vi *Supernatural* me encarando. O episódio que estava passando era "Na Hora da Minha Morte" (segunda temporada, primeiro episódio). Havia assistido a esse episódio no passado, é claro. Dessa vez, no entanto, seu significado estava transformado. Tornara-se relevante para mim de uma maneira nova e impressionante. Foi tão bom e reconfortante assistir às personagens na tela e deixar minhas emoções fluírem junto com elas.

Cena de abertura: de repente, um caminhão em excesso de velocidade bate no carro de Dean Winchester, destruindo o Impala clássico com um barulho chocante de metal, junto com o homem dentro dele. Devido a forças além de seu controle, Dean havia estado em um terrível acidente. Ele está no hospital, em coma, sendo observado pelo irmão, Sam.

O câncer bateu em minha vida como um caminhão descontrolado. Tinha minha família comigo, mas eles não podiam fazer muito, além de assistir e ficar do meu lado.

Dean acorda, confuso, e escapa da cama. Ele vaga por um longo corredor até alcançar o posto das enfermeiras. Ele tenta em vão chamar a atenção delas, mas elas não podem vê-lo.

Estou gritando dentro da minha cabeça. Estou com dor. Estou assustada, apesar de ninguém poder ver isso. Como um fantasma, visto um lençol de emoções disfarçadas para esconder a mim mesma. Todos continuam seguindo adiante em suas vidas, como se nada estivesse errado.

Incapaz de tirar uma resposta das enfermeiras, Dean corre de volta para o quarto, suas suspeitas se confirmaram enquanto ele olhava para seu corpo quebrado ainda deitado na cama: ele é um espírito agora, literalmente um fantasma de si mesmo.

Não sou mais eu mesma. Sou apenas uma casca da pessoa que fui uma vez. Não entendo essa pessoa doente que vejo no espelho.

Dean descobre que seu pai está em um quarto ao lado e vai até a lateral da cama dele. Ele está perturbado por encontrar o pai também machucado.

Para mim, minha família é mais importante do que eu. Eu escolho focar neles, colocar suas necessidades antes das minhas próprias.

Dean está bravo agora, e em negação a respeito da situação: isso não está acontecendo, não vai terminar desse jeito. Ele decide tomar as rédeas em suas próprias mãos e desobedecer à ordem natural das coisas. Ele grita para o quarto, para o irmão, "Encontre algum praticante de vodu para lançar um feitiço em mim!"

Isso não pode estar acontecendo comigo. Não tenho câncer; deve ter algo errado. Deixe-me falar com o médico. Quero respostas, e então vamos me consertar. Não tenho câncer...

Dean volta para o quarto do pai. "Você não vai fazer nada, pai? Eu desisti de tudo por você!" Dean grita, desesperado.

Imploro respostas ao meu oncologista. Com lágrimas nos olhos, eu lhe imploro para me ajudar, para me dar "A Resposta" que vai me curar. Não tem respostas.

"Dean Winchester," de Sheri Chen.

Dean chega à conclusão de que, depois de tudo que ele deu, depois de dar tudo, ainda não é o bastante. Nunca será o bastante. No final, não importa. Não tem nada que ele possa fazer.

A percepção de que dei tudo que poderia — meu tudo — a todos e, no final, tomei pouco para mim mesma me encara diretamente.

Dean assiste impotente, enquanto Sam e o pai discutem sobre ele. Sam está visivelmente abalado e acusa o pai de se importar mais com "matar um demônio" do que salvar o próprio filho.

Eu frequentemente pergunto se meus médicos e até mesmo minha família estão mais preocupados em matar meu câncer ou me salvar.

Quando Dean vê a Ceifeira pela primeira vez, ela está tentando reivindicar outro alguém. Ela é feia como o pecado e ele está aterrorizado. Ele a agarra e a puxa para longe do corpo do paciente.

Câncer é muito feio. Sendo direta, me assustou para cacete. Todos os dias tento empurrar a dor física e emocional para longe de mim. Quero ela fora. Só quero que ela me deixe em paz.

Em desespero, Sam usa um tabuleiro Ouija em uma tentativa de fazer contato com o irmão. Funcionou, e Dean — aliviado por finalmente ter um impacto na própria vida — fala para Sam que uma Ceifeira está atrás dele. Sam comoventemente lembra a Dean que, se ela está lá naturalmente, não tem nada que eles possam fazer. Assustado e de coração partido, Dean olha para o irmão. Apesar de ele ser incapaz de ver Dean naquele momento, Sam rejeita a ideia de aceitar a morte e sai com raiva para encontrar uma solução.

Meu câncer aconteceu naturalmente. Não fumei dois maços por dia para ganhá-lo, nem me envenenei bebendo água de garrafa de plástico com BPA nelas, enquanto não usava filtro solar e falava no celular... Você entende o que quero dizer. Mas ainda assim aconteceu. Por mais que desejasse que não tivesse, aconteceu.

Dean está furioso, para dizer o mínimo, quando ele confronta a Ceifeira, Tessa. Ela o enganou. Desesperadamente, ele advoga em favor da própria vida: ele deve permanecer na batalha, para manter a família a salvo. Suas defesas entram por um ouvido e saem pelo outro, no entanto, pois ao final da conversa Tessa revela que não importa o quanto ele lute, ele não vai ganhar essa, e está tudo bem. A vida irá continuar. Sua família vai se dar bem sem ele. Ela lhe lembra que ele não é o primeiro soldado que ela "arrancou do campo de batalha".

Não sou a primeira soldada a ser arrancada do campo em uma guerra contra o câncer, nem serei a última. É uma triste verdade que o câncer vai continuar por muito tempo depois de mim. Somos todos unidos por nossos sentimentos comuns; temos vidas e famílias a quem queremos desesperadamente nos prender e proteger. Estamos lutando nossas próprias batalhas. Isso não faz nenhum de nós mais especial que os outros.

Dean contesta que sua morte não é "honrosa"; que no fim do dia seu corpo estará no chão, apodrecendo, e tudo que ele fez até agora para proteger a família terá sido por nada, porque eles ficarão sem ele.

Não importa o quão "honrosamente" eu lute contra meu câncer; o resultado irá eventualmente ser o mesmo.

Dean finalmente se rende à aceitação — ele não quer ser um espírito raivoso, afinal — e questiona Tessa sobre o que irá acontecer com ele e para onde irá. Ela responde de brincadeira que "não pode relevar a grande moral da história".

Quando eu morrer, não tenho ideia do que irá acontecer — e isso me assusta, assim como assusta o Dean.

"Baby," por Sheri Chen.

No momento em que Dean se vira para Tessa, e você sabe — apenas sabe — que ele havia decidido aceitar sua oferta, ele é atraído de volta e é capaz de resistir de novo, para acordar e lutar mais um dia.

Existe uma batalha constante acontecendo em minha mente, entre aceitar meu câncer na pior das hipóteses, deitar e desistir, ou escolher voltar e lutar. Gosto de pensar que, na maioria dos dias, escolho lutar com o queixo levantado, mas tem alguns dias em que essa decisão não é tão fácil de se tomar. Existe certeza na morte. É final; diferente da vida, o maior dos desconhecidos. Todo e cada dia contém riscos, e segurança só pode ser encontrada no túmulo. Acho conforto em saber que não estou sozinha em minha batalha e que não sou a única a ser tentada pela certeza.

Nas semanas seguintes após o diagnóstico, encontrei-me completamente entretida na série de novo, com um par de olhos frescos e uma perspectiva nova em folha. Essa série de televisão fictícia havia me transformado de uma forma muito real. As aventuras e desventuras, alegrias e tristezas me partiram, enquanto simultaneamente me construíram de volta. Isso eu sei com certeza:

a realidade de Dean e Sam Winchester fez sentido para mim quando a minha própria não fez.

Isso acendeu minha criatividade artística e a necessidade de me expressar, criando *fanart* para o programa, estimulou outros processos criativos, como escrever *fanfics*. Libertar minhas emoções pelas telas e palavras impressas era mais que catártico, e percebi que estava me curando lentamente. Atravessar a ponte de uma observadora passiva para uma participante ativa afinal me levou a encontrar a SPNFamily, minha nova zona de conforto. O *fandom* me encorajou e apoiou a cada passo do caminho.

Nas semanas seguintes, que se tornaram meses, tive a oportunidade de conhecer alguns outros fãs — e, para meu completo espanto e prazer, alguns dos atores e pessoal do próprio *Supernatural* (sério, o quão legal isso é?). Cada encontro me trouxe um sorriso, me afastando do precipício e continuando o processo de cura. Os pensamentos que uma vez foram sombrios e atormentavam minha mente começaram a retroceder, enquanto abria as cortinas da janela da minha mente, deixando entrar mais luz.

Você deve estar perguntando como minha verdadeira família de carne e sangue se encaixa em tudo isso? Não se engane, eles estão lá, e não estaria onde estou agora sem eles. Assim como a série notoriamente fala, no entanto, e assim como o título desse livro e o conteúdo afirmam: "Família não é só a de sangue". A SPNFamily proporciona um ambiente seguro e saudável para eu expressar coisas que não iria, e não poderia, fazer a minha "de sangue" suportar.

Com a família do *fandom*, posso brincar sobre me tornar um fantasma e assombrar o sistema de Wi-Fi ou fazer *tweet*s ao vivo do além. Eu entendo e eles entendem, mas, como descobri do jeito mais difícil, meu marido não aprecia (e não pode apreciar) esses tipos de brincadeira tanto quanto achei que ele iria. Não posso dizer que o culpo. Se a situação fosse ao contrário, não sei se iria apreciar o humor também. Minha família do *fandom* me dá a liberdade e o apoio de que preciso e anseia por me ajudar a lidar com essa situação que, de outra forma, seria impossível. Eles estão de fora, vendo minha vida através de um espaço seguro, o que lhes dá um grande poder de me apoiar sem limites emocionais. Em uma família de carne e osso, as coisas podem ficar nubladas, quando você se segura para proteger aqueles que você ama. Existe um tipo estranho de beleza no apoio encontrado em comunidades *online* que compartilham um *fandom*. O propósito comum forma conexões profundas, nas quais frequentemente você se encontra disposta a se abrir e compartilhar mais com um "estranho" do que com sua própria família da vida real.

Meu câncer sumiu? Enquanto escrevo isso em 2016, quase dois anos depois do meu diagnóstico, infelizmente, não. Mas existem distrações suficientes com as fantásticas amizades que fiz com a família do *fandom*, os maravilhosos escritores, que nos trazem um roteiro atrás do outro de sagacidade e humor, e os ótimos atores que os levam à vida a cada semana e me ajudam muito a esquecer.

NON TIMEBO MALA

BREDA WAITE

Fui criada em um culto cristão. O culto tinha sua própria escola privada, creche e estação de rádio, então era o meu mundo inteiro. Frequentei a escola do jardim de infância até o terceiro ano, e passei a maior parte das noites e fins de semana lá também, participando do "serviço". Depois de duas tentativas fracassadas de deixar o culto sozinha, durante e depois da faculdade, minha família inteira finalmente saiu, quando eu tinha vinte e quatro anos.

Me mudei para Seattle e passei a estudar em um seminário que mistura teologia e psicologia, The Seattle School of Theology & Psychology. A Seattle School focava na crença de que, independentemente de sermos pastores ou terapeutas, trazemos nossa história para a sala com a gente — então isso me forçou a prestar atenção na minha história. Estava estudando para me tornar terapeuta e comecei a explorar minha história somente para descobrir que era profundamente traumatizada pela minha criação. Lutei contra as ramificações psicológicas da teologia que havia aprendido, especialmente a crença de que sou má na minha essência e que "Deus tem um plano para minha vida". Não tinha liberdade para escolher ou ir atrás do que eu queria. Em 2014, quando comecei meu último ano na escola, depois de três anos incrivelmente difíceis me tornando uma pessoa e sendo reprovada em várias matérias em meio a meu estresse pós-traumático, depressão, e dissociação, encontrei *Supernatural*. Mergulhei nisso e me apaixonei.

O programa estava lidando com tópicos profundos e difíceis de maneiras lindas e perturbantes, e achei que podia me identificar com isso. Quer fosse a dúvida de Dean a respeito da existência de Deus ou qualquer deusa, a luta pelo livre arbítrio, a batalha de Sam para acreditar na realidade de que ele havia escapado do inferno, ou ambos questionando se suas naturezas eram boas ou más, eu podia me relacionar com isso. Havia lutado todas essas batalhas e ainda estou lutando quase diariamente.

Quando estava assistindo à terceira e quarta temporada pela primeira vez, tive um sonho em que encontrei Sam e Dean em meu antigo culto, e ganhei a confiança e ajuda deles para lutar contra demônios, por causa de uma tatuagem que eu tinha. Ficava nas minhas costas, entre meus ombros, e era a metade de um sol (do símbolo de antipossessão), todo em preto. Para Sam, que estava funcionando à base de sangue de demônio, parecia como um sol se pondo na escuridão, então ele confiou na minha escuridão. Para Dean, parecia um sol nascendo na luz, então ele confiou na minha luz. Em meu sonho, os rapazes me permitiram caçar junto com eles e me ajudaram a sair, quando tínhamos terminado. Acordei do sonho sentindo-me forte, com os pés no chão, e empoderada pela ideia de que os Winchester tinham me dado cobertura em minha luta para deixar o culto e o que ele me ensinara. E, se os Winchester me dão cobertura, juntos somos basicamente imbatíveis.

Em novembro de 2014 estava presa ao programa e era uma fã devota, e, para celebrar meu aniversário, fiz a tatuagem. Já tinha então modificado levemente a imagem. A metade de cima do sol é mais escura, e a metade de baixo é o seu reflexo na luz, com a frase "*non timebo mala*" no meio, como se fosse o horizonte. Esta é a frase em latim na Colt que os Winchester usam para atirar em demônios, que é traduzida como "não temerei nenhum mal".

Ela simboliza minha luta, primeiro, para possuir meu corpo para mim mesma, porque o culto sempre me disse que meu corpo não era meu e que tatuagens eram do mal. Segundo, é sobre minha luta para manter minha escuridão e luz em equilíbrio, como em "Não há nenhum lugar como o lar", quando Charlie é dividido entre o Charlie Sombrio e o Charlie Bom, antes de eventualmente ser recombinado em um corpo, em equilíbrio. Finalmente, me lembra de não viver com medo do mal, quer esteja nas pessoas ao meu redor (o culto me disse que todos fora do culto não eram confiáveis e eram malignos) ou em mim mesma. Não irei mais viver com medo.

A psicóloga em mim também realmente gosta de como a tatuagem brinca com as ideias junguianas da sombra. Carl Jung conceituou a sombra tanto como os aspectos negativos do caráter de uma pessoa, que eles reprimem, como

qualquer coisa no subconsciente, que eles desconhecem, seja positivo ou negativo. Eu escolho a segunda definição: olhar para ela simplesmente como partes de mim com as quais não estou familiarizada. Meu culto me disse para não confiar em mim mesma, porque minha natureza verdadeira era má. Mas, quando começo a explorar quem sou eu e quem quero ser, acaba que algumas vezes o que pensava ser mau não é. Por exemplo, meu culto teria dito que raiva é um pecado. Tive que aprender que, perante o abuso, raiva é uma resposta justificada que me diz que sou digna de um tratamento melhor. Portanto, minha sombra, que frequentemente está com raiva do trauma que vivi, é trazida para a luz e é mostrada como sendo amor por mim mesma, uma crença de que valho mais do que eles me falaram. Do mesmo modo, a depressão e ansiedade frequentemente me indicam formas de pensar antigas e prejudiciais, ou me dão pistas da dor que ainda preciso enfrentar, e então minha sombra começa a notificar minha cura. Não é algo para ser temido. (Eventualmente, quero adicionar uma linha ao redor da tatuagem, por causa de um episódio de *Doctor Who* "Um conto de Natal", que irá dizer: "Deixe a luz brilhante de sua sombra entrar").

Quanto mais profundamente entrava no *fandom* de *Supernatural*, mais impressionada ficava com a simpatia de todos. Encontrei pessoas gentis onde meu culto me disse que não existiam. Encontrei uma comunidade segura, que era solidária e acreditava em mim. As celebridades/atores que tinham tanto poder nesse *fandom* estavam conscientemente usando-o para a bondade. Assistir a vídeos das convenções e erros de gravação me ajudaram a rir sem medo em dias sombrios, quando havia esquecido como fazer isso. As bobagens de Misha me ensinaram a não levar a vida tão a serio, mesmo que meu passado fosse sombrio. Então Jared começou sua campanha, *Always Keep Fighting*. Fiz minha irmã também ser fisgada pela série e, quando lhe contei sobre a campanha do Jared, isso abriu a porta para nós duas conversarmos sobre nossas lutas contra a depressão, ansiedade e ideação suicida, desde que deixamos o culto. Começamos a terminar nossas conversas perguntando uma a outra: "Você vai continuar lutando?" "Sim, vou continuar lutando". Nós duas compramos camisas do AKF.

Então a SeaCon de 2015 chegou e me preparei para encontrar os garotos, tentando descobrir como comunicar o quanto eles haviam significado para mim. Acabei conseguindo a chance de conhecer Jared na mesa da irmã dele, no sábado, antes da minha sessão de fotos com o J2. Contei-lhe uma versão truncada dessa história e lhe agradeci pelo trabalho na série e pela campanha AKF. No dia seguinte, consegui estar no final da fila da sessão de fotos, então ganhei mais alguns segundos extras com o J2. Jared lembrou-se de mim do dia anterior (AAAHHH!!!! :D), então rapidamente expliquei a Jensen. Jensen pôs o braço ao meu redor e me apertou num abraço muito forte para nossa foto, enquanto eles seguravam os cartazes que havia preparado para contar um pouco da minha história, usando frases do programa. Depois que Chris tirou a foto, Jensen encostou a cabeça na minha e disse: "Obrigado, querida". Saí da sala tremendo de gratidão e felicidade. Sinto como se eles agora fossem uma pequena (leia-se: grande) parte da minha família e me apoiassem em espírito, enquanto continuo a lutar por mim mesma.

Às vezes, quando estou tendo um dia difícil, ou quando acordo de um sonho sobre o culto, olho para essa foto e digo para mim mesma, "Você se livrou. Nós a tiramos de lá". E começo a respirar mais livremente. Estudo os rostos dos meninos, cheios de orgulho e proteção por mim, e fico um pouco mais corajosa. E olho para meu próprio sorriso de pura felicidade e lembro que coisas boas ainda acontecem.

Quando Jared anunciou sua segunda campanha da AKF, com a camisa do alce e o esquilo, eu estava sem dinheiro por causa da faculdade e de coração partido porque não poderia conseguir uma. Procurei uma amiga, que havia conhecido na SeaCon e que estava organizando doadores que haviam se oferecido para comprar camisas para aqueles que não tinham condições de comprar uma,

e pedi para ser colocada na lista. Ela instantaneamente se ofereceu para comprar uma blusa para mim, sabendo um pouco da minha história e porque era importante para mim. Percebi, durante esta experiência, que quando criança tinha um uniforme da escola e roupas de igreja, e qualquer outra roupa que tivesse era de segunda mão, porque a maior parte do dinheiro da minha família ia para o culto. Como se não bastasse, para certos eventos as crianças eram obrigadas a usar blusas que diziam que éramos os futuros membros dos programas de adulto do culto. Nunca tive roupas minhas, que expressassem a mim mesma e minha personalidade, e certamente nenhuma que comunicava que eu pertencia a mim mesma e que meu corpo não era de ninguém além de mim. Receber uma camisa que expressa o que eu amo e também me encoraja a lutar por mim mesma e meu próprio corpo era um presente profundo e rico. Uma camisa parece ser uma coisa pequena, mas senti como um colete salva-vidas. Cada vez que coloco uma das minhas camisas do AKF, solto um enorme suspiro de alívio. Sou dona de mim, posso amar o que amo e posso continuar lutando por mim.

No aniversário de Jared no último verão, cinco anos depois que minha família deixou o culto, meu pai me ligou do nada e pediu desculpas por me criar dentro dele. Ele pediu meu perdão e, enquanto eu sentava chorando no chão, fui capaz de oferecê-lo. Pareceu tão adequado que isso tenha acontecido no aniversário de Jared, como se ele fosse parte de tudo isso de alguma forma. Quase como se, enquanto tenho aprendido a lutar por mim mesma, minha família tivesse começado a lutar por eles mesmos e por mim também. E a SPN-Family agora é parte dessa luta também.

Na SeaCon de 2016, consegui falar com Jared de novo, enquanto pegava seu autógrafo na minha foto com o J2 no ano anterior. Assim que refresquei a memória dele, ele se lembrou de mim, mesmo depois de ter se passado um ano! Ele pegou minhas mãos e perguntou como eu estava. Fui capaz de lhe contar sobre o pedido de desculpas do meu pai no aniversário dele e agradecer-lhe por estar com a gente, mesmo que fosse em espírito, me encorajando a lutar por mim mesma e pela saúde da minha família. Enquanto ele segurava minhas mãos e escutava, nós dois ficamos com os olhos cheios d'água por causa da grande bondade que havia acontecido nos meros dois anos em que fazia parte deste *fandom*. Quando me virei para ir, disse-lhe que estava orgulhosa dele e ele disse um simples "Idem!", com um pequeno sorriso. Não é engraçado como às vezes você pode sentir a necessidade de chorar de alegria, não de tristeza?

Tenho tantas histórias de outros momentos no caminho, e amizades criadas nas convenções e nas GISHWHES, mas isso é o que vou contar para vocês: essa série salvou e mudou minha vida de muitas formas. Me deu histórias e personagens que me ajudaram a lutar em dias sombrios para acreditar que sou boa e que sou digna de lutar por mim, porque, se os rapazes conseguem continuar lutando, também consigo. O *fandom* me mostrou uma comunidade que pode ser gentil e generosa, e cheia de risadas. Os atores me mostraram como funcionar e lutar por mim mesma. É como aquela frase no episódio "Ficção de fã": "*Supernatural* tem tudo! Vida, morte, ressurreição, redenção. Mas sobretudo, família". Encontrei todos eles sendo parte dessa família.

A frase em minha tatuagem, "non timebo mala", ou "não temerei nenhum mal", é do Salmo 23 da Bíblia. O que não está incluído em minha tatuagem, mas está implícito em cada centímetro de minha história, é a segunda parte da frase: "Porque tu estás comigo". Não temerei nenhum mal porque tu estás comigo. Não temerei, porque não estou sozinha. Tenho uma família que não é a de sangue.

ESCOLHENDO A VIDA

BURNER CADE

Doze de março de 2013:

Como você está se sentindo? Li a mensagem na janela da conversa do AIM. *Poderia estar melhor* foi minha resposta diplomática. *No entanto poderia estar bem pior.*

Você conseguiu dormir na noite passada? Sheena, minha melhor amiga, no posto em Fort Gordon, Georgia, respondeu. Não preciso ouvir a voz dela para ler a preocupação em suas palavras.

Um pouco. Com diplomacia de novo, porque sabia o quanto ela estava preocupada. Mas a verdade era que estava sentindo tanta dor na noite anterior que dormir havia sido quase impossível. De fato, apenas me senti ligeiramente melhor depois de dormir até às 2 da tarde. A única razão pela qual estava acordada era porque tinha ligado meu despertador. Morava no Arizona naquela época, e uma diferença de horário de três horas (com Sheena adiante) tornou muito difícil para nós "passarmos um tempo" nos dias em que trabalhava. Avisei que estava doente naquele dia, cansada, com náuseas, e quebrada demais para sair da cama, quanto mais para arremessar 45 quilos de feno, limpar vinte estábulos de cavalo, e esfregar oitenta e quatro cascos de cavalo, tudo com a temperatura acima de 30 graus.

E não tem nada que eles possam fazer por você. Isso é uma merda, Sheena respondeu, e não pude deixar de sorrir um pouco. *Sinto muito por isso ter acontecido.*

É, eu também, e na mesma hora em que pude escutá-la, soube que ela notou a derrota, o suspiro, as lágrimas em minha voz. *Só quero que pare de doer.*

Não estava falando apenas dos sintomas da hepatite tóxica, a doença que havia me deixado na cama naquele dia; também quis dizer meu coração. Havia contraído hepatite por um raro efeito colateral de um medicamento que havia tomado por um resultado de falso positivo de um teste cutâneo de tuberculose porque, ao testar falso positivo, mesmo com um claro raio-X de tórax, as Forças Armadas dos Estados Unidos exigem tratamento para tuberculose como precaução, antes que você possa se alistar.

Sempre tive o sonho de ser militar. Queria ser piloto, ou mecânica para os Blue Angels, desde que tinha cinco anos de idade, mas, quando cresci e me tornei uma criança baixa e gordinha, não acreditava que conseguiria aguentar as forças armadas. Minha mãe queria que eu fosse artista. Ela era uma mulher amorosa, mas sofria ao mesmo tempo de depressão crônica e câncer. Meu pai nos deixou quando eu tinha quinze anos, quando ela começou os tratamentos de quimioterapia. Para ajudar minha mãe e eu a sobrevivermos, minha irmã, vinte e cinco anos mais velha que eu, veio morar com a gente.

Fui capaz de conseguir um trabalho e ajudar a pagar as contas, e continuei naquele trabalho, enquanto minha irmã perdia o dela de dois em dois anos. Fui para a faculdade, a faculdade que minha mãe escolheu, de arte, como ela queria (eu queria ser dentista; sou uma daquelas elfas que não se encaixam em lugar nenhum). Mas era uma faculdade "com fins lucrativos", e percebi que precisava obter um diploma de uma escola "conceituada" para que pudesse ganhar a vida. Juntei a soma de $100,000 de dívida com empréstimo estudantil e gastei três anos da minha vida, somente para descobrir, quando me matriculei em um programa de enfermagem na universidade da minha comunidade local, que não era possível aproveitar nenhum dos meus créditos. A "educação" muito cara que recebi era tão boa quanto inútil. Meu trabalho (ao qual me prendi) havia sido por um tempo o bastante para pagar as insuficiências da minha irmã — mas agora tínhamos uma hipoteca.

Confiei estupidamente em minha irmã, quando ela me pediu para fazer uma hipoteca com ela (eu tinha um crédito melhor), para que nossa mãe pudesse "sempre ter uma casa". Isso também me permitiu resgatar um pequeno cavalo em extrema necessidade de uma situação melhor. Não gostava da casa que compramos, nem era uma casa que servisse para cavalos, e acabei realojando o cavalo, porque eu era incapaz de sustentar sua pequena conta de ração; meus recursos sempre tinham que ir para outro lugar. A incapacidade da minha irmã de manter um trabalho me manteve lutando por uma renda; estávamos sempre atrasadas na hipoteca. A certa altura, trabalhei em dois lugares, sem dias de descanso, mas isso apenas a deixou brava.

Sheena, que conheci em 2009 em uma comunidade LiveJournal de *Star Trek*, discutindo sobre o reinício de JJ Abrams, havia me inspirado a seguir meus sonhos. A Marinha me daria crédito pelo meu diploma da universidade, minha dívida seria bem mais fácil de pagar, e poderia tomar conta da minha família e da casa. Então me exercitei por três horas todos os dias, comi direito, perdi treze quilos em três meses, falei com recrutadores e me inscrevi para a Armed Services Vocational Aptitude Battery[14], ou ASVAB. Um resultado positivo para tuberculose no último exame físico apenas significou que precisava ser tratada antes de embarcar. "É completamente seguro" meu médico me assegurou. "Apenas uma em um milhão de pessoas tem um efeito colateral. Você é jovem e saudável. Você ficará bem".

Ele estava errado.

Por meu diagnóstico estar "no limite" — as enzimas do meu fígado estavam elevadas e eu estava obviamente doente, mas não doente o "bastante" para ser considerada como portadora de uma hepatite completa — meu clínico geral e o especialista não conseguiam chegar a um acordo sobre os remédios terem sido ou não de fato a causa. Depois de descontinuar o medicamento original, a única coisa que podia ser feita era me dar analgésicos que não iriam afetar negativamente meu fígado, que tive que examinar a cada duas semanas para garantir que estivesse funcionando, e monitorar meus sintomas, caso eles piorassem em vez de melhorar. Eles também concordaram que eu não precisava tomar antivirais e que deveríamos deixar a hepatite tóxica seguir seu curso. Meu especialista, no entanto, me deu uma carta dizendo que meu exame de sangue indicava que eu *não* tinha tuberculose, então tratamentos alternativos não seriam necessários.

Mas, quando a hora de assinar os papéis chegou, checaram meu histórico de crédito e meu recrutador me informou que, apesar de ter passado por um tratamento agonizante e sofrido por uma doença que eu não tinha, o volume da dívida de hipoteca e empréstimo estudantil que tinha iriam impedir meu alistamento na Marinha dos Estados Unidos, ou em qualquer outro ramo das Forças Armadas. Apesar de nunca ter deixado de fazer um pagamento dos empréstimos

14 N. T.: em tradução livre, "Bateria de Aptidão Vocacional das Forças Armadas".

e deles estarem em bom estado, o serviço militar não aceita recrutas cujo montante total de dívidas ultrapassa mais que o dobro de seu rendimento anual estimado enquanto alistado. Uma parte dos meus empréstimos financiados pelo governo teriam sido perdoados com o serviço militar ativo, mas a maior parte dos meus empréstimos estudantis eram privados, e aquilo, somado a ter a metade das hipotecas em meu nome, significava que tinha US$135,000 de dívidas "não perdoáveis".

Lembro-me de tentar explicar que, se deixassem eu me alistar, poderia quitá-las, se não totalmente, em menos de três anos, mas infelizmente recrutas estão presos às suas regras. Ele me agradeceu, disse que eu era muito inspiradora e me desejou o melhor.

Meu coração se partiu de forma muito pior que meu corpo. Aquela havia sido minha única chance de escapar — para compensar minhas obrigações com minha família, com o banco, comigo mesma como um ser humano — e ela havia sido recusada. Trabalhei tanto, comecei a acreditar que poderia fazer algo, que poderia ter orgulho de mim mesma. E agora tinha destruído meu corpo por nada.

Estou assistindo a um programa novo. A caixa de mensagem de Sheena piscou de novo. *Se chama* Supernatural. *Está no ar faz tempo, mas é muito legal. Realmente gostaria de assistir com você. Posso visitá-la?*

Claro, foi minha resposta. *Quando?*

Sexta-feira, a resposta dela voltou rapidamente.

Hum... essa sexta-feira? Eu estava perplexa. *Você consegue aprovar sua folga tão rápido assim?*

Eu... talvez já tenha pedido, ela confessou depois de um longo momento. *Confie em mim, acho que você realmente vai gostar disso.*

Naquela sexta, fui buscá-la durante a noite, por volta das 18 horas. O aeroporto ficava a apenas vinte minutos do meu trabalho, então era fácil simplesmente pegá-la no caminho de casa. Eu fui agradável, mas ela podia sentir que o trabalho e o calor do dia haviam me deixado cansada. Estacionei minha caminhonete e entramos. Trocamos algumas gentilezas com minha mãe e seguimos para o quarto nos fundos da casa, para nos escondermos antes que minha irmã chegasse em casa.

"Você está a fim de assistir um ou dois episódios?" Sheena perguntou, com um sorriso simpático no rosto. "Entendo se você estiver muito cansada".

"Não mesmo", eu disse. "Apenas espere eu tomar banho e me trocar primeiro. Você não voou até aqui para que eu dormisse o tempo todo".

Quando voltei, ela já estava com o menu na tela. Ela parecia travessa enquanto apertava o botão do *play*, e imediatamente me vi sugada pelo episódio piloto, a história desses dois irmãos que estavam "salvando pessoas, caçando coisas — o negócio da família". Um ou dois episódios se tornaram seis, meus olhos mal deixavam a tela. Eu estava me tornando mais e mais interessada na evolução da história desses irmãos Winchester.

Foi com Sam que senti uma ressonância particular e profunda: a constante obrigação de família sempre ofuscando suas escolhas pessoais, como fazer qualquer decisão em benefício próprio parecia apenas levar à decepção dos outros e ao ódio de si mesmo. Era uma luta que eu enfrentava todos os dias. Meus monstros não eram *wendigos* ou demônios de olhos amarelos, mas eram reais.

Atravessamos quatro temporadas e meia em oito dias e, quando Sheena voltou para a Georgia, nós nos encontrávamos no AIM e assistíamos três ou quatro episódios por noite no Netflix, até chegarmos aos lançamentos da época.

Ai meu Deus, existe uma convenção de Supernatural*!!* ela me mandou uma mensagem animadamente, algumas semanas depois. *Em Burbank! Você quer ir?*

Eu não tenho dinheiro para isso, lamentei. *Mas diga oi para o Sam por mim!*

Não foi isso que eu perguntei, ela revidou. *Você mesma pode dizer a ele. Feliz aniversário!*

A princípio eu não queria aceitar um presente tão generoso, mas, quanto mais pensava sobre isso, mais queria ir. Estava cada vez mais difícil lidar com os dias que passavam. O medicamento para dor que eu estava tomando não estava me fazendo muito bem, e o ambiente da minha casa estava se deteriorando cada vez mais (minha irmã havia perdido mais um trabalho). Decidi que seria bom me afastar.

Isso foi em junho. Quando novembro chegou, vi-me silenciosamente conformada: iria ser uma vida de dores, dessa constante cadeia de pagamentos da casa, empréstimos estudantis, uma irmã muito mais velha que usava e abusava emocionalmente de mim e um trabalho do qual eu não seria capaz de sair... ou um frasco de analgésicos que tinha em minha bolsa. A esta altura, estava tomando a quantidade máxima recomendada. Era a única maneira de conseguir dormir, ou tentar trabalhar, mas mesmo assim estava tirando vários dias de folga, porque era simplesmente incapaz de me levantar. Não consegui o FMLA (Family Medical Leave Act)[15]; meu especialista e meu clínico geral

---

15 N. T.: Programa de assistência governamental que permite faltas ao trabalho por motivos familiares ou médicos.

estavam ocupados demais discutindo sobre o diagnóstico para assinar o papel de que precisava.

Vou aproveitar a convenção, passar o tempo com Sheena e, depois que conseguir minha foto com Jared — estará acabado. Não consigo mais lidar com isso.

Não pude permitir-me grandes coisas em termos de oportunidades de tirar fotos, mas isso era *ok*. Apesar de gostar dos outros atores e suas personagens, nenhum deles significava tanto para mim quanto Sam. Sheena era gentil o bastante para dividir algumas fotos dela comigo, todas foram divertidas. O karaokê e o coquetel eram testes para o meu corpo e acabei tendo que me sentar mais do que queria, porque estava com náuseas e dores demais para ficar em pé.

Conheci várias pessoas maravilhosas ao longo da convenção e mantive contato com todas elas, dois anos e diversas convenções depois. A garota que se sentou na minha frente, chamada Jennifer, considero como uma das minhas melhores amigas.

Ela se apelidou de "garota Castiel", e eu disse: "Bem, devo ser uma garota Sam!"

"Você deve estar muito animada" Jennifer disse naquela manhã de domingo. "Você está nervosa?"

"Na verdade não," eu disse com a honestidade do momento. "Estou pronta." E estava, para muitas coisas. Estava pronta para que tudo acabasse. Assim que conseguisse tirar minha foto com Jared, planejei voltar para o quarto do hotel e engolir todos os meus medicamentos para dor. Este seria meu último momento de alegria.

Não havia visto muito a Sheena durante a convenção, já que ela tinha um passe VIP. Isso era *ok*. Não gostava que ela me visse doente e fraca dessa forma. Mas, muito para minha surpresa, Sheena também havia comprado o ingresso para a foto com Jared e o passe VIP nos permitia ir para o começo da fila. Quando fomos chamadas, Jared virou-se para olhar para nós. Ele estava usando uma blusa azul xadrez, um chapéu e o maior sorriso que já havia visto. "Gostei da sua blusa!" ele me disse, exuberantemente. Havia comprado uma camisa que dizia, "eu coração Sam", com um coração anatomicamente correto.

Foi então que ele olhou para mim e percebeu as lágrimas nos meus olhos. Havia várias pessoas chorando com a oportunidade de encontrá-lo, mas ele viu algo que minha família, meus colegas de trabalho e meus amigos mais próximos não perceberam: eu estava sofrendo. Muito.

Seu sorriso se apagou e ele franziu as sobrancelhas; seu chapéu inclinou-se um pouco, enquanto ele dava um passo em minha direção. "Você está bem?" ele perguntou.

Ninguém havia me perguntado isso. Em todos os meses, os desgostos, a turbulência e o drama, havia recebido condolências e conversas estimulantes, mas esperavam que eu juntasse os pedaços dos meus sonhos destruídos, minhas esperanças de viver minha própria vida, de liberdade, e apenas seguir em frente.

Fiz tudo que podia para não começar a soluçar. Minha garganta estava quase apertada demais para falar e minha postura fiou rígida. Não tenho certeza de qual era a expressão de Sheena, porque estava ocupada demais tentando não pagar mico. Apesar da longa fila de pessoas atrás da gente, Jared esperou pacientemente até que conseguisse responder com a cabeça, "Não".

"Ei". Sua voz se tornou mais delicada, quando ele chegou perto para me dar um dos maiores, mais apertados abraços que já me deram. "Não sei o que a está incomodando, mas prometo que vai ficar melhor e estou grato por você estar aqui. Vá lavar seu rosto e volte para o começo da fila".

Corri para o banheiro, me escondi por um momento, com Sheena sem jeito, de pé atrás de mim, e, quando voltamos para a sala de fotos, fui recebida de novo com outro sorriso enorme. "Oi!" Jared disse. "O que posso fazer para deixá-la melhor?"

"Você consegue fazê-la ficar com ciúmes?" falei, em relação a minha amiga Sheena.

"Com certeza consigo". Jared riu, e me deu outro abraço. Segurei nele para minha própria foto. "Ei," ele disse antes que eu saísse da área de fotos, "prometo que vai ficar melhor".

Suas palavras mexeram comigo. Elas eram pesadas e acolhedoras em meu peito: as coisas iriam ficar melhores, de alguma forma.

Sabia então que tinha que começar a viver minha própria vida; minha situação atual estava me destruindo. Quando voltei para o Arizona, procurei ajuda de um colega de trabalho, cujo parente trabalhava com gestão de crises, e falei com minha mãe e irmã detalhadamente sobre como queria me mudar para Georgia para morar com Sheena. Disse que iria pagar o que era capaz na casa, mas não sabia que tipo de trabalho seria capaz de conseguir, e então não poderia prometer uma quantia específica.

Em 4 de março de 2014, havia me mudado para o outro lado do país com apenas alguns de meus pertences, roupas, e a esperança de que, sim, as coisas iriam ficar melhores. Mantive contato com minha mãe, que apoiou minha decisão de forma sincera, mas minha irmã continuava me atormentando por causa do dinheiro que eu não tinha. Paguei a ela quase um terço dos meus rendimentos para uma casa que queria vender (ela recusou), uma casa que ela deveria ter sido mais do que capaz de bancar com seu próprio salário na época. Mas meu nome também estava na casa. Minha família, minha responsabilidade.

Assim como Sam.

Foi na convenção de *Supernatural* em Burbank, 2014 (à qual Sheena generosamente me levou), que contei à minha mãe e irmã que não iria mais dar dinheiro a elas porque eu simplesmente não tinha, e que a única razão de eu ter sido capaz de ir à convenção era porque alguém (Sheena) foi gentil o bastante para me levar. Apenas minutos antes de ter me programado para sair para minha foto com Jared, minha irmã me ligou para me dizer que pessoa horrível eu era. Solucei em meu assento, joguei fora meu celular.

Depois de me recompor, fui para a sala de fotos para coletar minhas duas fotos de Jared (ostentei) e ele olhou de novo para minha blusa e sorriu. "Ei, eu gosto dessa camisa! É legal; é um coração de verdade".

"Você disse isso ano passado," eu lhe informei, com um sorriso pequeno, mas não adiantou, conseguia sentir as lágrimas se formando em meus olhos.

"Espero que essas sejam lágrimas de alegria." Seu sorriso estava um pouco apagado e, bem como antes, franziu as sobrancelhas. "Você está bem?"

"Sim," eu disse. "Você usaria esses chifres para mim?"

"Dã!" Ele riu, e posamos com nossos chifres de alce, assim como na outra foto de abraço básica. "Melhoras, querida", ele me desejou.

Felizmente, foi só depois que a foto foi tirada que descobri que minha irmã havia ligado e mandado mensagens para Sheena, xingando nós duas, perguntando como eu ousava pensar que poderia ter minha própria vida e abandoná-la.

Enquanto estava de pé na fila de autógrafos, o peso de tudo me afetou e feridas antigas pareciam novas. Meus músculos doeram mais do que nunca até então; me senti enjoada. Talvez eu fosse egoísta, por ter comprado duas fotos com Jared (minha única compra real para mim mesma no ano). Talvez eu fosse uma pessoa terrível, por estar me divertindo enquanto minha família passava por dificuldades. Talvez fosse errado querer minha própria vida, depois de ter vivido por outras pessoas.

Quando chegou minha vez, tirei meu Sam de pelúcia personalizado e uma grande pilha de balas empacotadas para Jared.

Os olhos de Jared se abriram e ele engasgou. "Isto é para mim?" Ele não esperou por minha resposta para começar a comer as balas.

"Eu lamento muito. Vou ser 'aquela' fã," eu lhe informei, com o lábio inferior trêmulo. Podia ver sua expressão se tornando curiosa e cautelosa. "Ano passado, na BurCon, eu ia me matar," disse calmamente, com lágrimas pesadas e consistentes em minhas bochechas. "Mas eu não fiz isso, porque você me prometeu que ficaria melhor. Estou tentando, estou tentando tanto, e apenas queria que você soubesse disso".

Estava tão envergonhada, especialmente quando consegui olhar para cima e ver o olhar horrorizado no rosto dele e de seu organizador. Me senti horrível, com se tivesse ultrapassado algum limite, e tudo o que queria era me esconder. Não ligava para o fato de ter pegado ou não meu autógrafo. Quando fui me afastar da mesa, Jared estendeu as duas mãos para rapidamente agarrar minhas mãos e apertá-las gentilmente.

"Não se desculpe, porra!" ele disse com uma severidade surpreendente. "Ei, ei," Jared repetiu até que pudesse me fazer olhar de novo para ele. "Você não tem nada de que se desculpar. Somos uma família, devemos ajudar uns aos outros, e sou grato por poder fazer isso por você. Você é mais forte do que pensa, apenas continue lutando e mantenha sua cabeça em pé. Você precisa sorrir mais; é bonito demais para você escondê-lo toda hora".

Ele autografou a perna do Sam de pelúcia que havia trazido, com uma pequena customização, antes de estender o braço para segurar minha mão mais uma vez. "Quero vê-la de novo, *ok*?" ele disse com um ligeiro aceno com a cabeça.

"Vou tentar", foi tudo que pude prometer.

Felizmente, fui capaz de ir a mais três convenções. Sheena estava programada para partir em julho para uma excursão de três anos, então adquiriu ingressos para nós para as convenções de 2015 de São Francisco, Phoenix, e Las Vegas. Todos os domingos em que Jared estava lá, vesti a mesma camisa que dizia "eu coração Sam", com o coração anatomicamente correto.

Em São Francisco quando eu timidamente me aproximei de Jared para minha foto — uma dupla com Tahmoh Penikett — Jared mostrou um grande sorriso. "Ei, você!" Ele me abraçou, "Como você está se sentindo? Tahmoh, você viu a camisa dela?".

"Não é angelical o bastante para mim", Tahmoh respondeu com uma risada.

"O que você quer que a gente faça, querida?" Jared me perguntou.

"Vocês podem tentar fazer o outro ficar com ciúmes?" perguntei, ainda tímida, mas sem chorar dessa vez.

"Claro!" Jared sorriu e me puxou para um abraço, fazendo uma careta para Tahmoh quando o outro homem pegou meu outro braço em uma tentativa de estar na foto.

"O que devemos fazer na *nossa* foto?" Jared perguntou, quando voltei para nossa foto individual, da qual também peguei duas.

"Podemos nos abraçar e então apenas parecermos felizes?" pedi.

"Nós não apenas iremos parecer felizes — *estaremos* felizes!" Jared afirmou, antes de passar um braço ao meu redor, e nós dois fizemos uma pose engraçada.

Todas as vezes em que o vi depois daquilo — seu autógrafo em São Francisco, nossas fotos e autógrafos em Phoenix — Jared fez questão de me perguntar como eu estava me sentindo. Ele havia dito que amava a blusa, que estava feliz com minha presença, como eu "sempre animava seu dia", e que ele amava os doces, porque eu sempre fazia questão de levar alguma coisa ácida para ele. Nunca mais tive lágrimas em meus olhos durante nossos breves encontros, nem mais o peso da culpa.

"Esta será nossa ultima foto por um tempo", eu disse a ele em Vegas. "Não estarei em nenhuma convenção por um tempinho".

"Então vamos fazer essa valer!" Jared falou, me puxando para mais um de seus grandes abraços de urso — mas dessa vez? Não estava chorando; estava sorrindo, tão feliz. "Só queria que você soubesse que eu acredito em você e estou torcendo por você", ele disse, e apesar de nossa foto já ter sido tirada, ele me ofereceu outro abraço apertado. "Se cuida, querida. Nos veremos de novo. Continue sorrindo".

É por causa de Jared Padalecki que eu estou viva hoje, que ainda estou lutando. Não, as coisas não são perfeitas, e ainda tem progresso a ser feito. Estou encontrando a felicidade; estou lentamente encontrando a confiança de novo. É por causa desse *fandom*, dessa "família", que tenho tido um grupo de apoio tão grande e não sinto mais que tenho que sofrer sozinha ou em silêncio. Tenho o amor e apoio da minha mãe, que ainda ajudo, mas em termos mais viáveis. Tenho a amiga e parceira (de crime!) mais maravilhosa do mundo, Sheena, e minha melhor amiga, Jennifer, que conheci através da série.

E, ao que parece, as Reservas do Exército não têm restrições financeiras tão fortes, e, a partir de novembro de 2016, estarei falando com um recrutador. Declarei insolvência e não pensei muito a este respeito, mas ter eliminado meu nome da hipoteca deixou uma porta potencialmente aberta para seguir meus sonhos. Não é uma coisa certa, e tenho alguns obstáculos para saltar, mas é mais uma chance do que teria tido, se não estivesse mais aqui. Ter a oportunidade de tentar significa tudo.

Obrigada, Jared. Obrigada por ter me mostrado que não estava pronta para jogar tudo isso fora. Obrigada por me mostrar que minha vida, apesar das barreiras, é algo pelo que vale a pena lutar.

O QUE O *FANDOM* SIGNIFICA PARA MIM?

JARED PADALECKI

O que o *fandom* significa para mim?

Uma questão assustadora, não menos difícil pelo fato de que minha resposta seria simplesmente minha opinião, incapaz (por definição) de ser incorreta.

Apesar do fato de que seria fácil responder a essa indiscutível pergunta retórica com "Tantas coisas", ou "nunca poderia nem começar a explicar", estas respostas seriam negligentes. Elas iriam ser simples aclamações, e fariam um grande desserviço ao *fandom*.

Então vou tentar colocar em palavras o que "*fandom*" (e, mais especificamente, o *fandom* de *Supernatural)* significa para mim.

Uma pequena história anterior será necessária, então tenha paciência comigo. :)

Meu primeiro encontro com o *fandom* não foi com um grupo adorável de jovens meninas com pôsteres para assinar, ou adolescentes com *smartphones* pedindo para tirar *selfies*. Não, meu primeiro encontro com fãs foi com um jovem menino, que não podia ter mais do que três ou quatro anos de idade, e estava PERDIDAMENTE apaixonado por *Star Wars* (os originais, obviamente, porque era impossível que alguém apreciasse Jar Jar Binks). Ele tinha todos os brinquedos e bonecos que sua família podia comprar, assistia aos filmes incessantemente (usando a pré-histórica fita VHS), e seu personagem favorito era o caçador de recompensas conhecido como Boba Fett.

Esse jovem menino era exatamente este que vos fala.

Mesmo quando novo, encontrei conforto e uma válvula de escape na saga de *Star Wars* carregada de arquétipos — o herói relutante (Luke Skywalker), o fanfarrão (Han Solo), a besta intimidante, porém benevolente (Chewbacca) — e na tarefa impossível a missão aparentemente inatingível. Ah, sim, e achava sabres de luz e naves espaciais legais (porque elas são!). Talvez seja desnecessário dizer, mas achava (esperava?) que talvez eu também tivesse A Força. Testei aquela teoria em mais de uma ocasião, e mais tarde na vida do que gostaria de admitir — e sei que todos vocês fizeram isso, também, então não tente parecer descolado!

Além disso, estava fascinado com a ideia de que alguém poderia nascer com uma bênção que era simultaneamente uma maldição: isso imprimiu em mim de uma forma que mesmo a minha mente jovem, ainda em formação, conseguia de alguma forma compreender e apreciar. Estava intrigado pela enorme responsabilidade que os protagonistas carregavam: que eles, sozinhos, conseguiriam salvar o mundo. A ideia de que eles tinham sido chamados à ação e não poderiam ignorar este chamado, e que suas contribuições eram indispensáveis para o sucesso da missão.

Mal sabia que um dia teria a oportunidade de contar aquela mesma história.

Agora, Boba Fett era meu camarada. Não sabia muito bem o porquê. Até hoje, não posso identificar nenhuma razão especifica de por que ele era meu favorito. Talvez o capacete? Talvez sua confiável espaçonave, *Slave 1*? Talvez porque todos (isto é, Han Solo) pareciam ter medo dele? Tudo que sei é que, até hoje, meus "colecionáveis" (a palavra que uso para me ajudar a justificar a posse de brinquedos por adultos) do Boba Fett ainda estão no quarto em que cresci, pacientemente, esperando para serem utilizados em brincadeiras pelos meus dois filhos.

Esquerda: Meus "colecionáveis" de Star Wars.
Direita: Com outro "colecionável", este do He-Man.

Como provas adicionais, a senha da minha primeira conta de *e-mail* (através dos ubíquos CDs de "teste gratuito" do AOL, que vieram pelo correio, como todos vocês que tenham sido crianças nos anos 80 irão se lembrar) era "Slave1".

Sim. Eu era um superfã. De *Star Wars.* De Boba Fett. Dos mesmos estereótipos identificados com Joseph Campbell que agora posso retratar para ganhar a vida. Mesmo depois de ter visto os filmes centenas de vezes, mesmo depois de ter gasto centenas (milhares?) de horas da minha vida assistindo a eles, mesmo depois de poder recitá-los do começo ao fim, mesmo depois de saber o desfecho (coitado do Boba: monstros Sarlacc são os piores), eu *ainda* encontrei minha fuga nesses filmes. Assistia a eles regularmente. Pensava neles. Representava suas cenas. Brincava com os bonecos com meu irmão mais velho (fato engraçado, ele sempre era Han Solo e eu sempre era Luke Skywalker).

Subconscientemente, acho que me sentia melhor quanto às minhas próprias lutas, sabendo que havia alguém lá fora que tinha que lidar com coisas piores, e que ainda lutava.

Aquilo foi meu primeiro contato com *fandoms*.

(Um pouco) mais tarde na vida, encontrei As Tartarugas Ninjas.

Agora, não assistia aos desenhos das Tartarugas Ninjas apenas porque eram a única opção na televisão, enquanto meus pais faziam o café da manhã. Não, eu *amava* as Tartarugas Ninjas. Eu as *vivia*. Eu as *entendia* e elas pareciam me entender também. Desta vez, Michelangelo era o meu camarada. Tinha todos os bonecos (que podíamos comprar), todos os *video games* (que podíamos comprar), todas as fitas VHS (que podíamos comprar), todo o vestuário que cabia em mim (e, sim, que podíamos comprar). Até tive um bolo de aniversário com o tema de Tartaruga Ninja.

Eu era *tão* fã que até arrastei minha mãe (que não parecia estar esperneando e gritando na época) para um cinema pequeno, em San Antonio, para assistir a um bando de pessoas fantasiadas de Tartarugas Ninjas fingindo cantar músicas aleatórias com *playback* (em retrospectiva, não tenho certeza se as bocas nas fantasias deles sequer se mexiam).

Eu era um superfã. Um *fandom* de uma pessoa só. Na verdade, apostaria um bom dinheiro que ainda posso cantar a música de abertura das Tartarugas Ninjas, palavra por preciosa palavra, caso precisasse. Em minha cabeça, imagino que seria uma maneira divertida de ganhar bebidas de graça no bar, apesar de duvidar que qualquer pessoa iria se importar o bastante (e/ou saber a letra bem o bastante para verificar se minha interpretação estava ou não de fato correta). Então, infelizmente, terá que permanecer um sonho para uma vida diferente.

Nota: Meu primeiro trabalho pago como ator foi um episódio piloto que nunca foi escolhido, chamado *Silent Witness*. Interpretei uma personagem chamada Sam. Na época, eu era um veterano na James Madison High School, em San Antonio, em meu segundo semestre; então meus professores me deixaram fazer os trabalhos escolares à distância (obrigado, professores!). Era baseado em uma médica legista e filmamos em Chicago, em fevereiro de 2000. *Silent Witness* não foi escolhido para a televisão aberta, mas me falaram que o piloto foi um pouco remodelado e se tornou o bem sucedido *Crossing Jordan*. Nunca verifiquei isso (nem acho que a NBC jamais verificaria). De qualquer forma, interpretei o sobrinho da atriz principal e tínhamos algumas cenas juntos. A atriz não era ninguém menos que a amável e talentosa Paige Turco, também conhecida como April O'Neil do segundo e terceiro filme das Tartarugas Ninjas! Tenho que admitir, fui um pouco *nerd*. Quero dizer, esta era April O'Neil, a determinada repórter que cobriu todas as travessuras heroicas do meu quarteto de tartarugas favorito (existe alguma palavra como "felina" ou "suína" para "tartaruga"?)!! Eu estava em um paraíso de superfãs. Não tenho certeza se alguma vez contei isso a ela ou não. Acho que não. Eu estava provavelmente muito ocupado, tentando bancar o durão e agir com naturalidade (como se faz quando se está prestes a se formar no ensino médio e simplesmente *sabe* que irá conquistar o mundo).

Mas de volta ao meu *fandom* de Tartarugas Ninjas. De novo, havia encontrado a história na qual os protagonistas tinham uma bênção que também era uma maldição. Embora, nesse caso, talvez a maldição (de ser uma maldita tartaruga!) era um pouco mais evidente do que a bênção (ter golpes de ninja, amigos com quem contar e poder ajudar pessoas). Havia encontrado outra saída para canalizar minha imaginação e pensamentos interiores, e com ela poderia passar tempo com meus novos amigos (da comunidade das tartarugas).

Então encontrei James Bond.

Meu avô (o pai da minha mãe) era, e ainda é, um grande fã de James Bond, e eu vasculhava suas fitas VHS antigas para encontrar o lugar de onde as havia gravado na TV (a forma original de piratear... desculpa indústria do entretenimento). Lembro-me vividamente de, em diversas ocasiões, avançar a gravação de *Onde Começa o Inferno* para assistir *Somente para Seus Olhos*.

Como antigamente, encontrei uma saída. Descobri uma personagem que, contra probabilidades insuperáveis, encontrava uma maneira de conseguir sobreviver. Um garoto que foi abençoado com charme, sagacidade, habilidades e coragem para continuar lutando. Um garoto com roupas e carros maneiros. Desta vez, o protagonista foi amaldiçoado com um bando de diversos vilões covardes e estava sempre olhando por cima dos ombros (e para a frente, suponho, no que diz respeito às suas conquistas!), sem nunca saber em quem poderia ou não confiar.

Eu mergulhava nos filmes. Fingia que estava neles. Memorizava as falas e cenas e assistia a eles várias e várias vezes. Sendo um veterano no ensino médio, lembro-me de dirigir por San Antonio até todas as locadoras para ver se tinham qualquer filme original do James Bond em VHS para poder ter a coleção inteira.

Nunca terminei aquela coleção. Mas a busca me proporcionou alguma forma de consolo. Me senti bem em "ganhar" o *status* de superfã, e de fazer sacrifícios por "eles" (aqueles envolvidos na criação da franquia), como uma forma de agradecer os sacrifícios deles por mim. Pode crer, tenho todos os filmes em DVD agora.

Nota: meu Bond favorito foi Roger Moore. Possivelmente porque ele era o favorito do meu pai, possivelmente porque eu sempre achei que os filmes do Connery tinham cenas de ação ruins (cortar quadros para fazer as cenas de luta parecerem mais rápidas; socos e chutes que *claramente* erravam os alvos, mesmo aos olhos de uma criança de oito anos) e várias insinuações sexuais que não eram claras para mim até mais tarde (estou quase certo de que o Jared de dez anos *não fazia ideia* de que "Pussy Galore" ou "Plenty O'Toole" eram qualquer coisa além de simples nomes). George Lazenby parecia um pouco nojento e Timothy Dalton um pouco presunçoso (apesar de ter assistido *Marcado para a Morte* mais vezes do que posso contar). Os filmes de Pierce Brosnan não começaram a ser lançados até a época em que tinha treze anos.

O que é mais interessante sobre minha paixão pela franquia de James Bond é que isso me levou à minha primeira experiência com convenções de fã. Enquanto filmava *Gilmore Girls*, em Burbank, e vivia em North Hollywood (perto de Vineland e Moorpark, para todos vocês de Los Angeles), meu colega Dane e eu fomos a uma convenção de *multifandoms* onde conhecemos o inigualável Richard Kiel, também conhecido como Jaws. Nunca consegui conhecer Boba Fett ou Michelangelo (nem a Tartaruga Ninja falante, nem o antigo e maravilhoso artista, obviamente...), então conhecer Richard Kiel foi minha primeira experiência em ficar frente a frente com um dos meus ídolos.

Eu me considerava um humano relativamente grande, com 1 metro e 95 centímetros. Então conheci Richard, que me ultrapassou, com 2 metros e 20 centímetros de altura, uma torre para a qual era necessário oxigênio suplementar. Tiramos a foto e ele assinou minha recém-comprada cópia de sua autobiografia, *Making It Big in the Movies*. Contei-lhe o quanto amava sua performance em *007 — Contra o Foguete da Morte* e *007 — O Espião que Me Amava*, e que eu tinha (e ainda tenho) um pôster do filme *007 — O Espião que Me Amava* (que comprei pelo eBay anos antes de começar a ganhar um salário).

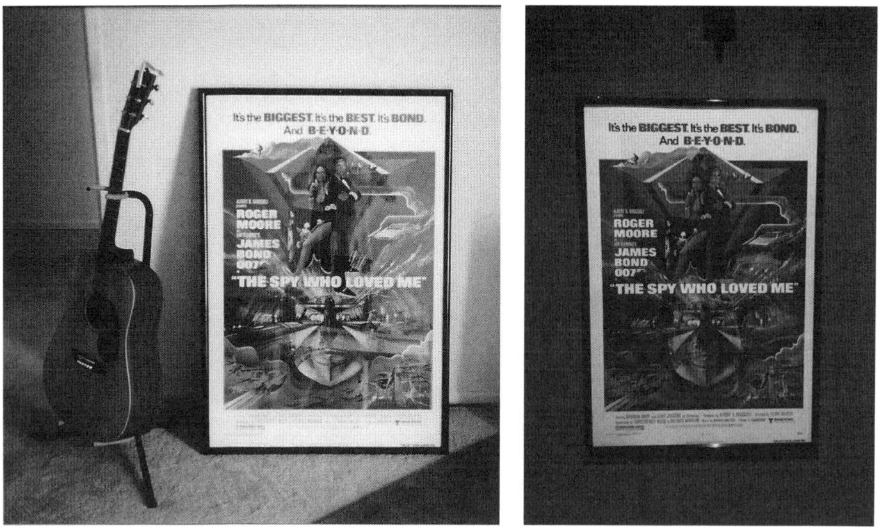

Esquerda: Uma foto do meu pôster de 007 – O Espião que Me Amava em meu antigo apartamento. Foto original de por volta de 2000.
Direita: Onde o pôster vive agora: na sala de TV da minha casa em Austin, Texas. :)

Também mencionei que originalmente usava a personagem "Jaws", quando jogava a versão do Nintendo 64 do *GoldenEye*, mas que mudei para uma personagem diferente, porque a dele era maior que as outras opções, portanto mais fácil de ser morta. Ele sorriu e disse que ele também havia escolhido uma personagem diferente para jogar durante suas sessões de jogos. (Eu meio que duvidei que ele realmente jogasse Nintendo, mas seu gesto foi claro para mim; ele não queria que eu me sentisse como um *nerd*). Ele era um homem gentil. A maneira com que falava comigo e me olhava nos olhos e sorria, e a forma com que suas mãos gigantes cumprimentaram as minhas, fez-me sentir especial. Único. Valorizado. Estava impressionado com a cordialidade dele. Que possa descansar em paz.

Meus outros *fandoms*, sem ordem particular, têm sido: os San Antonio Spurs, os Dallas Cowboys, cartas de *baseball*, Pearl Jam, Wade Boggs (tentei uma vez trocar minha coleção inteira de cartas de *baseball* por cinco cartas de Wade Boggs do meu irmão; por sorte, meu pai interveio), dinossauros, vinho, relógios mecânicos, blá, blá, blá.

Encurtando a história (hã, bem... deixando-a um pouco menos longa), sou um fã. Sou apaixonado pelo que me traz felicidade e me dediquei a apoiar estas coisas. Tenho sido (e ainda sou) dedicado às coisas que me trazem (e aos outros) alegria e entusiasmo, risadas e lágrimas, fuga e aventura, entendimento e perdão.

Agora, quanto ao assunto em questão...

Supernatural.

Quando *Supernatural* começou, *Gilmore Girls* estava entrando na sexta temporada (tinha atuado nas primeiras cinco temporadas), e realmente parecia estar pegando no tranco. Consequentemente, a maioria dos fãs que me abordavam durante aquele primeiro ano me conheciam mais pelo meu trabalho em *Gilmore Girls* do que em *Supernatural.* No entanto, ao final das filmagens da primeira temporada, em março de 2006, participei de uma convenção de várias séries em Pasadena, Califórnia. Estava lá como o único representante de *Supernatural.* Jensen tinha outras obrigações naquele fim de semana e ainda não tínhamos realmente qualquer ator convidado recorrente que poderia ser chamado. (O engraçado é que o ator que interpretou Jango Fett, o pai do meu favorito, Boba Fett [para todos vocês que não são *nerds* de *Star Wars*, xingando todos vocês], também estava lá... a vida é cheia de coincidências).

Ainda consigo lembrar-me da minha experiência na convenção. Eu estava extremamente nervoso e estava certo de que ninguém lá saberia quem eu era e/ou estaria interessado no que tinha a dizer. Não errei por muito. Havia alguns

fãs de *Supernatural* lá, e eles ainda estão, admiravelmente, com o *fandom* hoje em dia. Mas, de modo geral, eu não era uma grande atração. Acho que estava lá para que as pessoas que iam às convenções pudessem fazer uma pausa para o xixi entre o elenco do novo programa de sucesso *Lost* e os outros favoritos do gênero de ficção científica. Lembro-me de suar profusamente no palco, lutando para resolver sobre o que falar nas pausas entre as perguntas (desenvolvi um novo respeito por artistas de improviso e comediantes de *stand-up*), e não saber realmente o que fazer quanto a tudo aquilo. Ah, sim, e eu havia filmado até o começo da madrugada em Vancouver apenas para ir DIRETO para o Aeroporto Internacional de Vancouver e voar DIRETO para Los Angeles e ir DIRETO para a convenção, para tirar fotos com pessoas que nunca havia conhecido. Lembro-me de pensar que eu provavelmente estava cheirando mal. Acho que meu desodorante havia sido pego pelo segurança do aeroporto. Ou isso ou eu tinha me esquecido completamente dele.

Aquela foi minha primeira experiência como atração de convenção. E quase foi minha última.

Não era culpa dos organizadores, ou dos fãs, ou da minha agenda cheia. Mas tinha lidado por muito tempo com a ansiedade, e estar na frente de centenas de pessoas sem um roteiro preparado era quase insuportável. Foi então que realmente percebi que não tinha entrado na indústria para me tornar famoso (nada contra aqueles que desejam isso), e que não gostava de ser observado por pessoas que não conhecia. Podia fingir isso, e acho que podia fingir relativamente bem. Mas me sentia excessivamente nervoso. Sentia-me julgado. Sentia-me como um animal em uma jaula no zoológico.

Felizmente, tenho memória curta. Um ano e meio depois, em novembro de 2007, fui convidado para minha segunda convenção. Dessa vez era baseada em *Supernatural*, então suponho que me senti mais confortável, sabendo que pelo menos os participantes iriam estar familiarizados com meu trabalho. Era uma convenção pequena, apenas com Jensen, Fred Lehne, Samantha Ferris e eu como "convidados de honra" (tive que pesquisar para me lembrar. Obrigado, SuperWiki!). Naquele tempo, tínhamos filmado cerca de treze episódios da terceira temporada, então as duas primeiras temporadas de *Supernatural* já tinham ido ao ar, assim como os primeiros episódios da terceira. Agora tínhamos *várias* coisas sobre o que conversar! Não me lembro de muitos detalhes, já que foi quase nove anos atrás, mas lembro que me diverti demais. Lembro-me vagamente de responder perguntas sobre o programa: sobre como filmávamos e como foi o processo de seleção de atores para Jensen e eu. Apesar de não lembrar exatamente as perguntas e respostas, *lembro* qual foi a sensação de ter uma conversa (mais ou menos) com alguém que era apaixonado pelo meu trabalho, e a história da qual eu fazia parte. Amei aquilo. É como se os fãs estivessem falando: "Ei, se você alguma vez se questionar se foi ou não uma boa ideia se dedicar a ser um contador de histórias, não faça isso! E não porque

Ainda um fã! Com meu cachecol do Pearl Jam e a camisa do "Love Yourself First", com Jensen.

você está nas capas das revistas, e/ou tem amigos famosos. Nós gostamos da série". Foi um sentimento ótimo.

Até aquele momento, Jensen e eu havíamos estado tão ocupados com a vida e o trabalho que não tivemos realmente a oportunidade de escutar as pessoas que estavam assistindo ao que estávamos fazendo. Nós dois recebemos mensagens de fãs e cartas, mas é *muito* diferente e mais significativo, de uma forma incrível, ter uma conexão particular (ainda que breve) pessoalmente.

Teve uma experiência daquele dia que lembro vividamente, como se fosse ontem: Jensen e eu fomos informados que um Boina Verde queria nos presentear com moedas das Forças Especiais e uma carta do chefe do exército, general David Petraeus, como um agradecimento por proporcionar às nossas tropas no exterior tantas ótimas horas de entretenimento. Fomos avisados de que as duas primeiras temporadas eram as temporadas de TV mais pedidas de todos as nossas tropas no exterior, e que a história de dois caras indo pelo caminho difícil para ajudar os outros e fazer o que é certo realmente tocaram nossas tropas. Jensen e eu, sendo grandes apoiadores de nossos veteranos e militares, estávamos chocados. Dissemos às autoridades que nos sentíamos muito orgulhosos e honrados de sermos capazes de dar o mínimo que fosse de distração e diversão para os maravilhosos homens e mulheres que estavam fora do país arriscando suas vidas para que pudéssemos viver em um mundo mais seguro. Quero dizer, uso maquiagem para ganhar a vida e tenho um dublê a postos, caso quebre uma unha; não consigo imaginar o estresse que nossas fantásticas tropas (e suas famílias) têm que aguentar. Então, em uma cerimônia curta e improvisada, Jensen e eu fomos presenteados com as moedas (uma para cada um) e a carta do general Petraeus. Nunca havia ficado tão orgulhoso do que fazia. Não podia acreditar que, através do *fandom*, estávamos fazendo uma diferença tão grande.

Bem... alguns de vocês sabem aonde isso está chegando. Foi tudo falso. O sacana que nos presenteou com "moedas das Forças Especiais e a carta escrita à mão" era uma farsa. Um vigarista. Acusado de roubo de objetos de valor e fraude, entre outras coisas.

Mais uma vez, me perguntei se as convenções eram ou não algo de que queria continuar fazendo parte. Entre a ansiedade recorrente e essa fraude total, fiquei duas vezes mais chateado/três vezes mais tímido. Mas já tinha concordado em fazer mais algumas convenções e não queria voltar atrás em minhas obrigações, que o medo fosse para o inferno.

Mais importante ainda, havia encontrado tamanho apoio e amor dos fãs como um todo que sentia que isso iria ser uma coisa especial. Vi que tinham interesses genuínos no programa e que tinha a oportunidade de responder perguntas que realmente me faziam pensar sobre a série e minha participação nela de uma maneira mais profunda. Nosso *fandom* era (e é) brilhante, apaixonado e curioso. Via nosso tempo juntos mais como um diálogo que um discurso. Me lembrei de que eu, também, tinha vivenciado o *fandom* daquela perspectiva.

Comecei a me perguntar se talvez pudesse ser o Richard Kiel de alguém. :)

Então, continuei, assim como *Supernatural* (obviamente).

Nos anos imediatamente subsequentes ao ChiCon de 2007, tive um lugar na primeira fila para assistir à maravilhosa força que o *fandom* de *Supernatural* podia ser. Enquanto participava de mais convenções e conhecia mais fãs cara a cara, tornou-se cada vez mais evidente que não só o *fandom* de *Supernatural* existia por causa do programa de televisão *Supernatural,* mas também o programa de televisão *Supernatural* existia por causa do *fandom* de *Supernatural.* Era uma simbiose perfeita.

E precisávamos desse relacionamento, porque nas primeiras poucas temporadas, *Supernatural* passou por várias dificuldades que podem acabar com a maioria dos programas novos: roteiristas indo e vindo, produtores sendo contratados e demitidos, atores convidados sendo contratados e demitidos, até a dissolução do canal WB (no qual originalmente éramos exibidos nos Estados Unidos), quando se juntou ao UPN para se tornar o CW. Aquele foi o momento em que fiquei mais preocupado a respeito da continuidade do programa. Eu estava sendo destruído por pensamentos como *Por que o novo chefe iria nos manter por perto, se eles não podem levar o mérito total por nosso possível sucesso?* e *Será que vamos perder, na batalha com todos os programas novos?* etc. Então, como que para salientar meus medos, uma série nova começou a passar em nossa emissora. Seria uma série de ficção científica (assim como o nosso!). Seria filmado em Vancouver (eba, amigos!). Era sobre um caçador de fantasmas (espere aí)... chamado Sam (ihhhhhhhh)... achei que *eu* era o caçador de fantasmas deles chamado Sam!!! Estaria mentindo, se falasse que não foi um pouco doloroso. Genuinamente me perguntei (e meio que ainda me pergunto) se nosso novo presidente já havia ao menos assistido a *Supernatural.* Mas, que se dane. Nunca tive que perguntar. Nós sobrevivemos. :) E nos anos que se seguiram, pude ver o porquê.

Como conheci inúmeros fãs novos cara a cara, tive a sorte de poder ver, de primeira mão, *quantos* membros da nossa família *Supernatural* tinham sido trazidos a nós por outros fãs da série: *não* por comerciais, *não* por anúncios na Times Square, *não* por nossos rostos estampados em todas as revistas e ônibus... mas através do *fandom*.

O *fandom* de *Supernatural* estava espalhando a notícia, e uma comunidade inteira de *fandoms* de um homem e uma mulher estava se expandindo em todo o mundo. Até onde sei, eles não iriam ser detidos. Naqueles anos, as perguntas e comentários e conversas eram em grande parte sobre o programa. Elas eram sobre o prazer das personagens, do roteiro, do fato de que fazíamos brincadeiras com nós mesmos e quebrávamos a quarta parede. Havia várias conexões pessoais, e era sempre maravilhoso nos reconectarmos com o *fandom* de uma forma regular, em todos os cantos do mundo, pessoalmente. Mesmo quando as redes sociais proliferaram até se tornarem o onipresente Golias que agora são, e ainda que tenha se tornado possível me conectar com milhões de fãs pela tela do celular, nada substituiu a experiência de um encontro face a face.

Sempre houve um tremendo apoio, tanto da parte dos fãs quanto de nossa parte (espero!), nós atores dramáticos. O sacrifício de viajar para uma cidade em nossos preciosos e poucos dias de folga, sem a família, para tirar fotos e dar autógrafos era sempre equilibrado pela experiência que teríamos: os sorrisos que veríamos, as histórias que escutaríamos e as cartas que iríamos receber.

Sempre amei (e ainda amo, então *me diga* se isso é verdade para você!) escutar histórias a respeito de novas amizades formadas através de *Supernatural.* Estou no mesmo barco. Se não fosse por esse pequeno programa, eu não teria tido a chance de conhecer minha esposa nem um dos meus melhores amigos (sem mencionar todos os meus outros queridos amigos que conheci por causa da série). Nos mais de dez anos que *Supernatural* tem sido parte do meu mundo, minha vida mudou de mais formas do que posso explicar (em menos de centenas de páginas). Tive amigos indo e vindo. Vi nascimentos, mortes, casamentos, e divórcios. Tenho certeza de que todos vocês também. Aqueles que ficaram por perto em minha vida, nos bons e maus momentos, sempre terão um lugar especial no meu coração, e eu sempre serei grato e terei respeito pela SPNFamily.

Mas...

Exatamente o quanto o *fandom poderia* significar para mim não me atingiu *realmente* até março de 2015, com o lançamento da primeira blusa da campanha *Always Keep Fighting*.

Nos meses anteriores ao lançamento, meu amigo e colega de atuação Stephen Amell havia feito uma campanha de camisas de caridade para aumentar a conscientização e os fundos para o tratamento e, esperançosamente um dia, cura do câncer. Estávamos juntos (provavelmente assistindo a futebol) e ele me falou sobre isso. Contou-me que era uma causa preciosa em seu coração, e como ficou absolutamente espantado quando viu a quantidade de apoio dos seus fãs. Sugeriu que eu pensasse em algo com que me preocupasse, algo que era próximo e importante para mim, e fizesse uma campanha para aumentar a sensibilização e levantar fundos para essa luta. Não ficou imediatamente claro para mim em que direção eu queria ir. Gen e eu tínhamos um histórico de fazer doações para diversas causas, como a St. Jude's, a Down Syndrome Connection, a Wounded Warrior Project e outras, mas não sabia ainda para onde sentia que deveria direcionar minha energia e minhas mensagens.

Mas, enquanto os dias avançavam, comecei a perceber exatamente o que queria fazer... e isso estava me assustando muito!

Tive uma constante batalha contra a ansiedade e a depressão durante a maior parte da minha vida adulta. Não vou entrar em detalhes chatos (porque isso não é o objetivo deste texto), mas basta dizer que elas estavam sempre lá no fundo, à espreita, esperando por uma boa oportunidade para atacar. De modo geral, lidei bem com isso e mantive sob controle. Isto se deve em grande parte ao fato de que sou abençoado por estar rodeado de amigos e familiares, fazendo o que amo, e tenho sido capaz de manter minha cabeça em pé.

Mas elas ganharam algumas batalhas ao longo do caminho (apesar de ter orgulho de dizer que estou vencendo a GUERRA!). Uma dessas batalhas foi na terceira temporada, durante as filmagens de "*Um Natal Muito Sobrenatural*". Foi um dia como qualquer outro: acordei, me exercitei, gravei minhas falas e fui para o estúdio. Mas algo que não conseguia identificar (ou, talvez, que eu estava escolhendo ignorar) estava me corroendo. Me esmagando. Convencendo-me de que iria ganhar e de que eu não tinha chance de impedi-lo. Consegui passar pelas sessões de cabeleireiro e maquiagem diárias e fui levado para o estúdio para ensaiar e trabalhar os posicionamentos da primeira cena do dia. Entrei no carro e dirigi até o estúdio, e então fui enviado de volta para meu *trailer* para terminar de vestir o figurino e esperar enquanto a equipe arrumava a iluminação. Entrei no *trailer*, sentei no sofá e não conseguia me levantar. Não conseguia mais, por conta própria, reunir a vontade de continuar. Ouvi batidas em minha porta e sabia que minha equipe estava pronta para mim no estúdio, mas não conseguia sair do *trailer*. Depois de um tempo, Jensen veio saber o que estava acontecendo, e ele sabia que eu não estava bem. Ele fez o assistente de direção ligar para um médico e sentou comigo para conversar. O médico apareceu um pouco depois e sentou comigo no *trailer* para me perguntar algumas coisas. Depois de um tempo, ele me disse que sua opinião profissional era que eu estava clinicamente depressivo e que deveria tirar um tempo de folga das gravações.

Foi então que percebi.

Não *podia* parar de filmar.

Não *podia* tirar minha equipe do trabalho por um dia, uma semana, um mês.

Também não podia encarar, ou admitir, o que estava acontecendo na minha cabeça.

Cheguei a um meio-termo entre a sugestão do médico e a minha opinião. Fui para casa e adiamos as cenas daquele dia para uma outra hora. Depois de um longo sono e uma longa corrida e um longo banho, estava pronto para aparecer de novo para o trabalho no dia seguinte.

Supernatural continuou por vários anos depois daquilo. E então, sete anos depois, voltamos para filmar na *mesma casa* que estávamos usando no dia em que sentei no *trailer* e não consegui ir ao estúdio.

Aquele dia foi também o dia em que lancei a primeira campanha *Always Keep Fighting*. Em mais de 200 episódios, 1.600 dias de filmagem e centenas de lugares, quais eram as chances?

A inauguração da campanha AKF foi recebida com uma escandalosa quantidade de amor e suporte. Tivemos a intenção de vender 1.000 camisas e acabamos vendendo mais que trinta vezes isso! O dinheiro que foi arrecadado para grandes causas (To Write Love on Her Arms, Attitude in Reverse, Wounded Warrior Project e outras) e a conscientização e aceitação que fluiu por todos que estavam envolvidos eram coisas que nunca poderia ter esperado, nem ter sonhado... mas elas aconteceram.

Durante a campanha, ainda sabia que não estava bem. Fui capaz de funcionar em alto nível: terminei de filmar a décima temporada, completei meus deveres do dia a dia como marido e pai, até fiz outra campanha do AKF com Jensen, mas ainda não me sentia 100 por cento. Alguma coisa ainda estava me corroendo e batendo em mim. Podia sentir que, apesar de minha cabeça estar fora d'água, eu estava afundando.

Mas, assim como havia feito no passado (e assim como assumi que todos esperavam de mim), calei minha boca e segui em frente.

A décima temporada terminou. Havia feito alguns trabalhos dos quais me orgulhava e estava animado quanto ao roteiro e a direção do enredo. Agora era hora de ir para o exterior e conversar face a face com nossos fãs de fora do país sobre o programa, a vida, e sobre qualquer coisa e tudo que passava por nossas mentes.

Verdade seja dita (e em retrospectiva é moleza), deveria apenas ter ficado em Austin e tirado um tempo para me reconectar com minha família, meus amigos e comigo mesmo. Mas tinha me comprometido a viajar pelo mundo para ter um tempo cara a cara com as mesmas pessoas que me deixaram animado e orgulhoso de fazer o que faço. Falei para mim mesmo que veria minha família e amigos uma outra hora e que iria tirar um tempo pessoal quando não sobrecarregasse outra pessoa. Sempre fui levado a acreditar que tirar um tempo pessoal era um sinal de fraqueza e que "você pode dormir quando você estiver morto". Sou um perfeccionista por natureza *e* educação. Nunca realmente aprendi a amar-me primeiro.

Então, pouco depois de terminar de filmar a décima temporada, tomei um avião com minha esposa, Genevieve, deixando as crianças em casa com a família, e fui à Europa para ver alguns parentes distantes da Gen antes que as convenções de *Supernatural* começassem. O lado materno da família dela é da Bélgica e ela cresceu passando os verões com seus parentes europeus. Fomos a Leuven, para que ela pudesse pôr a conversa em dia com eles e eu pudesse conhecê-los e conhecer uma grande parte da infância dela.

Tudo parecia, e eu me sentia, bem, pelo menos na superfície. Mas havia algo malévolo fervendo dentro de mim.

Não contei isso para Gen na época, mas o tempo todo em que estávamos viajando, senti um desejo profundo de estar em casa, em Austin, um grande desejo de acordar sem nada em minha agenda para o dia, uma necessidade de apenas estar com minha esposa e meus filhos e me reconectar.

Não é sempre fácil ser o número um na lista de chamada de uma série de uma emissora de TV. Não me entenda mal; é divertido e animador, e eu amo o que faço. Amo meus colegas de elenco, minha equipe, meu querido amigo Sam Winchester. E amo as histórias que consigo contar e as mensagens das quais sou parte. Sou, e sempre serei, grato por poder fazer o que amo para trabalhar. Mas, toda hora e todo dia, tenho total consciência de que, se eu errar e não fizer uma performance direita, 150 pessoas vão perder seus trabalhos... 150 famílias ficarão sem sua fonte primária de renda. Às vezes isso pode ser esmagador.

Aqueles de nós que tiveram crises de depressão e ansiedade sabem que os demônios podem continuar quietos por meses (ou anos) a fio, e então alcançar um ponto de ebulição em um dia.

Foi isso que aconteceu comigo.

Passei minha vida adulta inteira (na verdade, fui para Los Angeles para fazer *Gilmore Girls* quando eu tinha apenas dezessete anos) em um negócio doido... um negócio que valoriza aparências e charme e carisma e sagacidade e uma fachada de otimismo desenfreado... um negócio que nem sempre tem paciência para "Ei, sou humano, também. Às vezes sofro". Um negócio no qual confiam em você para fazer o intangível, e, mesmo quando se tenta o melhor, às vezes se fracassa. E, com este fracasso, você desaponta centenas de pessoas na escala de milhões de dólares (fui parte importante de alguns pilotos que não foram a lugar nenhum e até hoje ainda me culpo pelo fracasso deles).

Nunca aprendi as habilidades e técnicas necessárias para ser capaz de equilibrar todas as partes diferentes da minha existência. Algumas pessoas alcançam seus pontos de ebulição em estágios iniciais na vida. Quando a luta começa, alguns desistem mais rápido que outros. Tenho sido muito sortudo por ser rodeado de pessoas que amo, que têm me apoiado e aceitado (mesmo que às vezes eu ainda não consiga me apoiar e aceitar). Então, fui capaz de chegar aos trinta e dois anos e mudar antes que alcançasse meu ponto de ebulição pessoal.

Mas, quando o atingi, não desisti.

Depois de alguns dias com a família da Gen na Bélgica, ela voltou para Austin, para ficar com nossos filhos, enquanto eu estava programado para estar em Roma, então Dubai, depois Austrália, antes de finalmente voltar para casa. Minha parte da viagem ia me colocar de volta em Austin aproximadamente quatorze dias depois dela... aproximadamente vinte e um dias no total estando longe de casa e das minhas crianças... durante o tempo no qual estaria, literalmente, viajando ao redor do mundo.

Tive alguns dias de descanso antes de precisar estar em Roma para a JIBCon 6, e, sendo um *grande* fã de relógios mecânicos suíços (ainda um dos meus "*fandoms*" individuais), decidi parar em Genebra no caminho.

Mal podia *esperar* para ir ao museu de relógios e ver os movimentos mecânicos originais. Mal podia *esperar* para ver as peças exclusivas que são sepultadas por trás de vidros à prova de balas nas casas de Rolex, Patek Philippe, Audemars Piguet, Vacheron Constantin e outros. Mal podia *esperar* para ver a história, a tradição e a habilidade e tentar adquirir conhecimento sobre relojoaria através de osmose, por estar na Meca do mundo dos relógios (lembre-se, eu achava que tinha A Força, então me desculpe).

Então, em um dos meus muito raros dias de descanso, depois de me despedir de Gen enquanto ela ia de Londres para casa, fui até o portão no aeroporto de Heathrow para embarcar em um voo para a capital de relojoarias do mundo. Quando pousei em Genebra, entrei em um táxi e pedi para ir *direto* aos museus do relógio.

Então fui informado de que havia pousado, em minha Meca, durante um feriado nacional. Tudo estava fechado.

Uau.

Isso deve ser algum tipo de piada.

A piada é sobre mim? Ou, pior ainda, isso não é uma piada? Isso é um sinal? Uma mensagem? Será que vivi minha vida de tal forma que esse é o meu destino, no único dia do ano em que eu não tinha nenhuma outra obrigação?

Não gosto de falar sobre sinais — o que acho ou não acho deles, ou os lugares deles (ou a falta deles) em minha vida. Todo mundo tem um sentimento particular a respeito de sinais, ou coincidências, ou destino. Alguns chegam ao ponto de fazer disso parte de sua religião. Não vou entrar na discussão sobre o que acho ou não sobre sinais e coincidências. Mas, basta dizer, esta foi a gota d'água que me quebrou.

Pensando bem, parece cômico. "É, Padalecki, os museus de relógio em Genebra por acaso estavam fechados quando você estava lá, mas pelo menos você pode pagar a volta!" Ou "Bem, coisas acontecem. Genebra certamente não é um lugar terrível para estar "preso" por vinte e quatro horas no caminho de Londres a Roma!" Ou "Por que você simplesmente não se sentou no parque e leu um ótimo livro? Você está sempre reclamando sobre como não tem mais momentos para ler!" Poderia continuar *ad infinitum.*

Mas, na época (e aqueles que têm que lidar com ansiedade/depressão podem entender isso), eu estava sobrecarregado além de qualquer medida.

Algo tão simples quanto pousar em Genebra em um feriado nacional havia se tornado um obstáculo insuperável. Um sinal. Um presságio. Um fardo. Um prenúncio do que estava por vir.

Além das semanas, e meses, e anos sentindo a necessidade de me descontrolar, mas sem achar que tinha permissão para isso.

Me descontrolei.

Pura e simplesmente.

Eu. Me descontrolei.

Sentei-me em um parque em Genebra, rodeado por milhares de pessoas, jovens e idosas, celebrando seus belos dias de descanso, e me senti mais sozinho do que nunca em toda minha vida. Toda a minha dor, todas as dúvidas que tinha de mim mesmo, toda a minha insegurança vieram à tona. Eu me odiava. Odiava que não tivesse tirado um tempo para olhar o calendário ou telefonado antes, ou pelo menos feito um plano de forma que pudesse ter resolvido este problema. Me odiava por supor que *obviamente* os museus estariam abertos quando eu estivesse lá! Odiava que meus amigos estivessem indo em direção ao leste, para Roma, e minha esposa ao oeste, para casa, e eu estava em um lugar estrangeiro, sem ninguém por quem estar lá e ninguém para estar lá por mim. Apesar de meu cérebro racional estar me dizendo que tudo estava bem e tudo *ficaria* bem, eu não conseguia superar o sentimento de que queria estar em qualquer lugar menos onde estava, que queria ser qualquer pessoa menos eu.

Levou horas. E lágrimas. O tipo de lágrimas que não param até o estômago doer de tantas convulsões. Até que o rosto não se move mais, porque cada gota de água do seu corpo libertou-se do fardo de ser parte de você. O tipo de lágrimas que não se importam se os transeuntes estão encarando (ou talvez as lágrimas tenham percebido que não podiam ficar escondidas de qualquer forma). Meus lábios estavam rachados, mas não conseguia me forçar a beber água. Senti como se tudo que entrasse fosse rapidamente fazer o caminho de volta. Literalmente, tive que manter meus olhos abertos com dois dedos para que pudesse ver o mundo exterior.

Sabia que não iria sair da Suíça vivo.

Então, fui atingido por outro "sinal" (se quiser chamar assim). Recebi a ligação de um amigo. Um amigo que havia passado por alguns momentos intensamente emocionantes e difíceis comigo. Um amigo que perdeu alguém especial em suas próprias mãos...

O amigo de que eu precisava.

"Ei, Brian, e aí?"

"J-Pad... como você está, irmão?"

"..."

Ligações... mais lágrimas... mais ligações... Passos de volta para o hotel... mais lágrimas... olhares tortos de pessoas que não falavam minha língua, mas entendiam a linguagem universal do sofrimento humano. Ajuda para sair de cima da grama... ligações.

"Tenho que pegar um avião para Roma amanhã, há pessoas contando comigo!"

Caindo na grama mais uma vez.

"Você não está bem. Ponha a máscara de oxigênio em você primeiro".

Argumentos. "Eles iriam ficar melhor sem mim..."

Silêncio.

Estava longe de um carregador há algum tempo, e aparentemente iPhones gastam a bateria muito rapidamente quando estão em terras estrangeiras... meu celular havia ficado sem bateria.

Tinha uma decisão a tomar.

Em um momento de clareza (e com a ajuda de pessoas que amo), percebi que não queria sobrecarregar meu amigo, ou minha esposa, por ter sido a última pessoa a falar comigo. Não queria que outra pessoa pensasse que o que quer que houvesse de errado comigo era culpa dela, de alguma forma. Então reuni toda a coragem que tinha de sobra e voltei para o hotel. Subi as escadas, carreguei o celular e reservei um voo de Genebra para Austin para nove horas depois.

Eu ia para casa. Ia voltar e, *finalmente*, depois de quinze anos no mundo real, adulto e profissional, arranjar o tempo necessário para dar uma longa e forte olhada para mim mesmo no espelho.

Haveria contas infernais a pagar: estava prestes a cancelar (pela segunda vez!) a convenção em Roma *e* uma na Austrália... iria deixar (literalmente) milhares de pessoas decepcionadas: pessoas que haviam gasto seu dinheiro suado e tempo livre valioso para conseguir aquela chance de me encontrar e conversar sobre *Supernatural*. Me odiava por estar indo embora.

Mas sabia que tinha apenas duas opções: ir para Austin ou ir embora para sempre.

Não dormi muito entre Genebra e Londres, Londres e Chicago, e Chicago e Austin (minha passagem de última hora exigiu uma rota interessante). Parecia que, agora que tinha decidido viver, tinha me tornado desconfortavelmente consciente de minha mortalidade. Ri para mim mesmo a respeito de como seria irônico se, agora que me comprometi a viver, algo fora do meu controle acontecesse para fazer isso não ser possível.

Sempre fui um bom passageiro. Para mim, sentar em um assento de avião era uma das poucas vezes em que me sentia capaz de me desligar, em que não sentia a obrigação de lidar com ligações ou *e-mails* que *tinha* que mandar (até que introduziram o Wi-Fi de bordo — maldita tecnologia!). Também era (e ainda é) uma das poucas situações na qual realmente sinto uma conexão com as pessoas ao meu redor: não importa de onde elas sejam, ou a língua que falem, ou a religião que seguem, parece que estamos todos "juntos nisso" (o que quer que "isso" seja), até pousarmos em segurança no nosso destino.

Mas esses voos foram diferentes. Estava sentindo uma ansiedade horrível o tempo inteiro e ninguém apareceu para ajudar. Encontrei-me LITERALMENTE balbuciando "Always Keep Fighting" para mim mesmo e até peguei uma caneta na mochila e fiz algo que não fazia desde o ensino médio: escrevi no meu braço. "AKF" de cima a baixo, em meu braço esquerdo, de novo e de novo e de novo. Pareceu me acalmar mais do que ouvir música ou ler, então fiz isso e não parei até o espaço acabar.

Quando pousei em Chicago para a última escala da minha jornada, recebi uma ligação do meu amigo Paul. Havia conhecido Paul quando ele trabalhara como dublê e ator em *Supernatural* muitos anos antes, e o achei um cara ótimo. Ele é grande e forte e lutou MMA profissionalmente. Parece com o tipo de cara que você não iria querer irritar em um beco escuro, mas tem um coração de ouro. Ele conversou comigo por uma hora e me ajudou a me sentir melhor quanto a mim mesmo. Ele me ajudou a entender que não é fraqueza precisar de ajuda às vezes. Serei eternamente grato a ele por isso. (Nota: foi ótimo tê-lo na décima primeira temporada como Hellrazor, no episódio "Além do tapete"... mesmo que seu personagem tenha zoado meu cabelo. Ha!).

Então Paul me fez passar pela minha última escala e embarquei no voo para Austin: o último trecho da minha jornada para casa.

Quando eu finalmente cheguei, podia ver nos olhos de Gen como ela estava preocupada. Nós tínhamos, obviamente, estado em contato, e ela sabia que eu não estava num bom momento. Provavelmente não ajudou o fato de não ter dormido muito bem por dias e parecer ter feito uma tatuagem no braço esquerdo inteiro. Ela estava me esperando no aeroporto com meu amigo e empresário, Dan, que queria estar lá para me oferecer apoio e amor. Nunca serei capaz de dizer a eles exatamente o quanto isso significou para mim.

Finalmente, estava em casa. Não estava curado ainda; havia muito trabalho a ser feito. Mas pelo menos estava em um lugar onde a única coisa que as pessoas esperavam de mim era descobrir quem eu sou, e tomar conta dessa pessoa.

Algumas semanas (e MUITO trabalho) depois que voltei para casa em Austin, havia uma coisa que eu realmente estava esperando: ser parte do Austin Television Festival para celebrar a reunião de quinze anos de meu primeiro trabalho, *Gilmore Girls*. Eu havia saído um pouco do radar. Não estava usando redes sociais, não estava retornando mensagens ou atendendo o celular, não estava saindo em público, estava apenas tomando conta de mim e de minha saúde emocional e mental. Na verdade, havia levado em consideração voltar atrás quanto ao festival. Ainda tinha uma recuperação a fazer e não estava certo de que estava pronto para o escrutínio (mesmo sendo provável que fosse ser positivo) que aparecer em público iria causar. Mas aguentei o tranco e fui... e fico *muito* feliz por ter ido. Foi uma experiência maravilhosamente positiva. A ironia, para mim, era particularmente especial: em 2000, havia deixado Austin (onde eu estava matriculado como estudante de engenharia na University of Texas) para fazer o novo programa, que seria chamado *Gilmore Girls*, e agora *Gilmore Girls* estava fazendo uma reunião de quinze anos na cidade onde eu morava. Não em Los Angeles. Não em Nova York. Não em Chicago, São Francisco ou qualquer outra cidade grande dos Estados Unidos, mas Austin. Geralmente, pareço ignorar os sinais bons em minha vida e em vez disso focar nos sinais ruins, mas me permiti aceitar este festival, e meu envolvimento nele, como um bom sinal.

De qualquer forma, Gen e eu fomos ao festival. Pela primeira vez em várias semanas, eu iria estar em um lugar onde pessoas que eu não conhecia estariam me esperando, e, supus, esperando algo *de* mim. Isso sempre é uma fonte de grande ansiedade para mim (mesmo agora), mas pensei que "o suco vale a espremida" (para pegar emprestada uma frase do meu amigo Richard the Speight).

Para aqueles que não são familiarizados com o clima do Texas, deixe-me contar a vocês: o Texas fica QUENTE! Especialmente no verão, sob o sol da tarde. O festival começou no final do dia e a fila do tapete vermelho tinha uma vista completa do pôr do sol, que parecia ter um vigor particular naquele dia. Quando fico nervoso, posso suar até na neve; então para alguém que lida com ansiedade *e* está enfiado em uma camisa de botões *e* está olhando diretamente para o sol *e* não esteve em público por várias semanas e agora está fazendo entrevistas em frente à câmera, seria seguro dizer que perdi muitos quilos durante minha sessão de trinta minutos no tapete vermelho. Tanto que eles tiveram que me dar uma blusa para vestir durante o painel, já que tinha suado através da camisa que estava vestindo. Bons tempos... (ainda tenho a camisa e a visto com orgulho. Ela diz "Eu [uma imagem do estado do Texas] TV", então meio que parecia "EU AMO TV", mas com meu estado natal).

O painel aconteceu sem qualquer problema. Foi realmente especial para mim estar sentado no palco com pessoas que eram responsáveis não só por me ter dado meu primeiro trabalho de verdade na indústria, mas também por me manter por perto e apoiar tanto minha personalidade quanto minha carreira. Também era muito legal não ser o centro das atenções, e ser capaz de celebrar os outros atores e escritores no palco comigo. Acho que iria preferir ser banhado pelo excesso dos holofotes de outra pessoa do que ser a pessoa que está sendo focalizada (e não apenas porque isso me faz suar!).

Simbolicamente, aquela experiência parecia um novo começo. Uma chance de recomeçar. Originalmente, fiz *Gilmore Girls* como um garoto de dezessete anos, recém-saído do Texas, e não tinha ideia de como tomar conta de mim mesmo ou ser fiel àquilo de que realmente precisava. Mas agora gastei um tempo intensivo no trabalho de ficar confortável comigo e fui capaz de ser uma parte de *Gilmore Girls* de novo, mas com uma mente mais preparada. É como se me tivessem dado a chance de recomeçar minha vida adulta do começo.

Outro bom sinal. :)

Depois que o festival terminou, ainda tive um pouco mais de tempo antes de começar a gravar a décima primeira temporada. Estávamos programados para gravar nosso primeiro dia em Vancouver, dia 7 de julho, então tive exatamente mais um mês para sossegar e descansar. Assim como havia feito nas semanas anteriores ao festival, usei aquele tempo para focar em mim. Em minha família. Em minha saúde física e mental. Sabia que não teria muito tempo, durante as filmagens da temporada, para fazer um trabalho reflexivo intenso, então estava comprometido a usar aquele tempo para crescer como ser humano, marido e pai. Tornou-se como um trabalho escolar para mim. Tratei isso de maneira muito séria. Sabia que teria que ter uma abordagem proativa. Saúde mental e bem-estar ainda são grandes tabus (infelizmente), então as pessoas podem se sentir envergonhadas de admitir ou reconhecer que poderiam precisar de alguma ajuda para entender porque seus cérebros às vezes fazem coisas que o de outra pessoa talvez não faça. Lembrei-me de que, se quisesse aprender como comer adequadamente, teria que consultar um nutricionista; se quisesse atingir o auge da minha condição física, teria que contratar um *personal trainer*. Bem, queria ficar com minha saúde mental em forma, então conversei com amigos, parentes e profissionais. Li livros e assisti a vídeos. Diariamente (sem exagero), fiz um esforço consciente para fazer algo para fortalecer minha saúde mental. E sou grato por ter feito isso. Fiquei chocado com como realmente gostei disso. Aprendi muito sobre a natureza humana e sobre mim mesmo. Pode ser difícil, às vezes, tentar dar uma longa e boa olhada para você mesmo. Mas as coisas que aprendi e descobri (com ajuda) tiveram um imensurável impacto positivo em minha vida e em meus relacionamentos, incluindo meu relacionamento comigo mesmo.

Os meses passaram voando (assim como o tempo sempre faz quando você está se divertindo!), e estava de novo em Vancouver para o começo da décima primeira temporada. Como mencionei antes, começamos a fotografia principal da temporada 11 em 7 de julho, uma terça-feira, e fomos escalados para estar trabalhando em San Diego no sábado e domingo seguintes, na Comic-Con! Lembro-me de pensar em como fui sortudo ter tido o mês em Austin para passar com minha família, porque, em grande parte, nove meses de gravação de temporadas significam isso para mim: filmar em Vancouver em dias úteis e voar para longe nos finais de semana para conversar sobre a série. Às vezes (temporariamente), eu nem quero *escutar* a palavra *Supernatural.*

Então, lá estava eu, sentado em um avião após gravar durante quatro dias, a caminho de San Diego. Li meu roteiro e dei uma olhada no cronograma de entrevistas da semana. Queria ter certeza de que estava preparado para tudo que seria exigido de mim. E foi então que fui atingido por uma onda de ansiedade. Ocorreu-me que tinha aprendido a lidar com meu nervosismo e minhas dúvidas realmente bem, enquanto estava em meu pequeno microcosmo em Austin, rodeado por parentes e amigos, e tinha até sido capaz de voltar a trabalhar em Vancouver e estar relaxado com o elenco e a equipe, com quem passei tantos anos em *Supernatural.* Mas isso era diferente. Agora, estava indo para uma cidade onde não tinha nenhuma base domiciliar, onde não tinha um canto silencioso para me retirar, em caso de um ataque de pânico. Estava indo para uma cidade que recebe mais de 200.000 visitantes durante a semana da Comic-Con. Estava indo para um lugar onde iria ser encarado por milhares de pessoas. Será que eles iriam me julgar? Será que pensavam coisas ruins sobre mim, depois das minhas lutas não tão privadas? Será que haveria pessoas no público que tinham trabalhado duro e por muito tempo para me ver (e os outros) em Roma e na Austrália, de quem eu havia desperdiçado dinheiro e tempo? Como iria me desculpar? Como poderia sequer *começar* a me desculpar? Será que deveria simplesmente subir lá no palco no Hall H, sorrir e fingir que não havia decepcionado milhares de fãs? Inferno, eu também me odiaria. O que eu faço???

Como disse antes, um avião é um lugar terrível para se ter um ataque de pânico.

Mas consegui sobreviver. Utilizei algumas das técnicas de respiração que havia aprendido e praticado e fui capaz de ler algumas coisas que são especiais e privadas para mim, e isso ajuda bastante quando começo a entrar em pânico ou me sentir indefeso. E consegui chegar a San Diego. Na noite de sábado, passei um tempo com amigos e colegas de trabalho que ainda não tinha tido a chance de ver pessoalmente, e tentei ir para a cama em um horário razoável, para estar em forma para as atividades de domingo. Minha experiência de domingo na Comic-Con sempre é um turbilhão: entrevistas em mesas redondas e tapetes vermelhos, sessões de fotos e encontros, Nerd HQ e, é claro, Hall H.

Agora, para aqueles de vocês que não tiveram a boa sorte e a oportunidade de vivenciar o Hall H pessoalmente, deixem-me contar, é algo digno de se ver. É uma sala que parece ser grande o bastante para realizar decolagens de avião, voar lá dentro e pousar. É enorme. E aterrorizante. Contaram-me que suporta mais de 6.000 pessoas, sem contar os lugares em pé. Não acho isso tão difícil de acreditar.

É suficiente dizer que eu estava bem nervoso. A ansiedade e as inseguranças que tive no voo estavam começando a aparecer de novo. Foi isso: eu estava prestes a confrontar mais de 6.000 pessoas que havia decepcionado. E não sabia como me desculpar. Além disso, não queria comandar o microfone e começar a falar sobre meus problemas pessoais. Era uma espécie de situação na qual era impossível sair ganhando.

Mas então aconteceu. Quando me sentei no palco, um mar de luzes apareceu à minha frente. Eram câmeras de celular? Isqueiros? Não ficou imediatamente claro para mim. Mas então alguém atrás de mim (ainda não sei se era Richard Speight ou Rob Benedict — nossos moderadores — ou outra pessoa completamente diferente) me cutucou no ombro e me entregou um recado. Um fã havia feito milhares de velas luminárias com um lembrete de "Always Keep Fighting" e as entregou às pessoas no Hall H. O *hall* gigante foi iluminado em apoio a mim e àquela mensagem. Já que a memória é falha, irei copiar meu *post* do *Facebook* daquele dia, já que será a melhor imagem da força com que isso me atingiu:

> **Um obrigado.**
> **A todos e a qualquer um que teve QUALQUER parte que seja no evento de velas do Always Keep Fighting, no Hall H.**

Enquanto fazia a viagem de volta da Comic-Con de San Diego para Vancouver, com meus parceiros de crime Jensen Ackles e Mark Sheppard, finalmente começou a cair a ficha da enormidade do que acontecera...

Estou mais do que comovido.

Me sinto tão abençoado, e grato, e honrado por ser parte da mágica família *Supernatural*.

Sentado naquele palco no Hall H, inicialmente confundi todas as luzes com câmeras de celular. É difícil diferenciar formas e rostos específicos com todas aquelas luzes de palco brilhando na sua direção (e lá é bastante intimidador, sentado na frente de 6.500 pessoas!!). Então, quando me deram uma luz com a explicação do que era e o que ela representava, fiquei (e ainda estou) chocado.

Obrigado.

Do fundo do meu coração e alma, muito obrigado.

Nunca esquecerei este dia. Nunca esquecerei o amor que senti, e ainda sinto. E, para todos que seguraram uma luz para mim, por favor saibam que eu seguro minha luz para vocês.

Apesar de eu ser a pessoa sentada no palco, sou apenas uma pequena luz em um mar de milhares. JUNTOS, podemos e iremos fazer a diferença!

Continue deixando sua luz brilhar. Farei o mesmo. E, continue lutando.

Always Keep Fighting.

A luz que me deram naquele dia ainda está no meu escritório (assim como a nota que me deram no palco, explicando o que estava acontecendo). Sempre ficará. Ela é mais valiosa para mim do que qualquer prêmio ou honra jamais serão. Me ajuda a acabar com um dos meus maiores medos: de ter decepcionado os fãs. Às vezes, quando ainda me sinto como se tivesse decepcionado alguém ou deixado alguém na mão, entro no meu escritório e a vejo, e lembro que tenho uma família inteira lá fora que quer que eu saiba que "simplesmente" eu é "simplesmente" *ok*.

Aquela pequena luz me lembra de todas as coisas que essa série e esse *fandom* me deram.

O *fandom* de *Supernatural* me ensinou sobre aceitação.

Do lado de fora, pode parecer como se ser parte de um programa que tem milhões de expectadores no mundo todo deveria, por si só, ter-me ensinado isso. Mas para mim o contrário era verdade. Tenho a tendência de ignorar o que é bom e ampliar o que é ruim. O sucesso contínuo de *Supernatural* me fez duvidar de mim mesmo. Comecei a me convencer de que o programa era uma fraude, de que eu era uma fraude. Durante um longo tempo, não consegui fugir do sentimento de *se ao menos eles soubessem...*

O *fandom* me ensinou a confiar.

Não a confiança "Ei, pessoal, aqui está a chave da minha casa e o código do meu cofre" (isso é inútil de qualquer forma. Bens vêm e vão, e, para mim pelo menos, não têm grande importância). Não, o *fandom* me ensinou que é *ok* abrir a porta um pouco mais. E saber que, apesar de que talvez algum mal se esgueire, esse mal será minoria e sobrepujado pelo bem.

O *fandom* me ensinou que não há problema em cair.

Isto não é só um aglomerado de palavras escritas em uma página, mas o sentimento no meu coração e alma. O *fandom* me ensinou que ser um modelo, ou uma figura pública, não significa que você precise ser perfeito. Modelos não são perfeitos. E isso é *ok*. Não é sobre ser perfeito. É sobre fazer o melhor que você consegue e entender que você *irá* vacilar. Isso é humano.

O *fandom* me ensinou sobre força.

Não força de "quantéquecêpega no supino?", mas a força de *escolher* lutar para conseguir continuar. O *fandom* me ajudou a entender que força não é algo de nascença. É uma escolha. Várias vezes, uma escolha incrivelmente difícil para mim. O *fandom* me ensinou que é certo pedir ajuda para fazer essa escolha e mantê-la.

O *fandom* me ensinou a perdoar.

A crença de que todos estão fazendo o melhor que podem sob as circunstâncias em que estão é uma grande parte do perdão. O *fandom* me ajudou a entender que preciso primeiro me perdoar. Meu amigo Jason disse uma vez: "Sempre seja gentil. Toda alma está empenhada em uma grande batalha". O *fandom* me ensinou que isso ME inclui.

O *fandom* me ensinou a, como diz a campanha, Sempre Continuar Lutando.

Muito frequentemente, a luta é uma droga. Mas acho que é porque é uma luta. O *fandom* me ajudou a perceber que haverá um dia mais radiante no horizonte. Pode ser mais adiante do que se gostaria, mas está lá e, se você acreditar nisso e se comprometer a lutar para superar as dificuldades, encontrará essa paz.

O *fandom* me ensinou a Me Amar Primeiro.

Mesmo se todas as mais de sete bilhões de pessoas no mundo pensarem que você é o cara, existe apenas uma opinião que realmente importa, que fica com você vinte e quatro horas por dia, e essa opinião é a sua. Gastei muito tempo criando diferentes Jareds. Estava convencido de que deve haver alguma versão minha que eu iria aceitar. Então tentei muito encontrá-la. Parafraseando Thom Yorke, continuei quebrando espelhos, e me tornando algo que não era. O *fandom* insistiu que "eu" está bom, "eu" é o bastante, e que "aqueles que interessam não se importam, e aqueles que se importam não interessam". Em dado momento, o *fandom* me fez acreditar nisso.

Isso é ó que o *fandom* significa para mim.

Então, obrigado, *fandom*.

CONTINUE SEMPRE A LUTAR

Na primavera de 2015, o ator de *Supernatural* Jared Padalecki lançou uma campanha para arrecadar fundos e estimular a conscientização sobre depressão, problemas de saúde mental e suicídio. Parcialmente inspirado pelo bem sucedido programa de arrecadação de fundos "Fuck Cancer", de seu amigo Stephen Amell, Padalecki fez uma parceria com a Represent.com para vender camisas e moletons com o *slogan* "Always Keep Fighting".

Em 3 de março, Jared fez um *tweet* "Lançando minha primeira camisa por uma causa que é super próxima do meu coração". A campanha foi impelida pela perda de um amigo próximo, que havia cometido suicídio na véspera do ano novo. Jared salientou que "não há vergonha em precisar de apoio" e disse que esperava que a campanha fosse ajudar pessoas a se expressarem sobre suas próprias batalhas ou sobre o suporte delas a alguém que talvez precisasse. Em menos de vinte e quatro horas, a campanha havia vendido mais de 6.000 camisas, batendo um recorde da Represent.com. No fim do primeiro final de semana, 20.000 haviam sido vendidas. O lucro foi para a organização sem fins lucrativos To Write Love on Her Arms (TWLOHA), que ajuda pessoas a batalhar contra vícios, depressão, automutilação, e pensamentos suicidas.

Houve múltiplas campanhas desde então, varias delas esforços conjuntos de Jared e seus parceiros Jensen Ackles e Misha Collins. Além do mantra "Always Keep Fighting", as camisas lembraram aos fãs que "You Are Not Alone", "I Am Enough", e "Family Always Has Your Back"[16]. No final de 2016, o trio lançou

16 N. T.: em tradução livre, "Você não está sozinho", "Eu sou o bastante" e "A família está sempre do seu lado".

a campanha "SPN Family Love" com a CreationStands, o ramo sem fins lucrativos da Creation Entertainment, para ajudar famílias necessitadas nos feriados. Campanhas anteriores beneficiaram várias organizações de caridade que apoiam a luta contra a depressão, suicídio e automutilação; uma parte do lucro da campanha "I Am Enough" ajudou a dar apoio às vitimas do tiroteio da Orlando Pulse Nightclub.

Assim como o mantra dos Winchesters é salvar pessoas, a campanha Always Keep Fighting também tem o objetivo de salvar vidas. Jared diz que espera que as campanhas estejam ajudando a tirar o estigma desses problemas, que estão todos ao nosso redor e ainda assim são escondidos pelas pessoas. Ele quer que a campanha seja uma aproximação proativa, para encarar esses problemas de frente e tratá-los como uma luta, porque não vão simplesmente ir embora. Desafiando a insegurança que geralmente vem junto com o enfrentamento de problemas de saúde mental, Jared lembra aos fãs que pessoas que estão lidando com depressão, vícios, pensamentos suicidas ou distúrbios mentais não são fracas — elas são fortes. Elas estão nessa luta por suas vidas e todos os dias acordam pensando: "Vou superar isso de novo hoje".

Supernatural também lida com esses tipos de problemas — pessoas se sentindo como se tivessem sido abatidas e, ainda assim, sabendo que precisam lutar até o fim. Os Winchester, também, "sempre continuam lutando". Fãs frequentemente reconhecem uns aos outros pelas camisas, e nas convenções muitos fãs vestem suas blusas de Always Keep Fighting com orgulho, para espalhar a notícia e combater o estigma.

Jared elaborou a mensagem que quer transmitir com essas campanhas: "Acima de tudo, quando a vida parece querer colocá-lo para baixo, espero que você Sempre Continue Lutando".

AGRADECIMENTOS

Obrigado a todos que contribuíram, que compartilharam suas histórias pessoais com coragem e sinceridade na esperança de inspirar outros e celebrar o programa de televisão único que nos uniu. Obrigado a Amy Tipton, por aceitar minha visão e este projeto e colaborar para encontrar a combinação perfeita para nós na BenBella e Smart Pop Books; a Sarah Dombrowsky, por fazer a capa de *FNESDS* ficar linda; e à talentosa artista e companheira *fangirl* Christine Griffin, por fazer Sam e Dean parecerem... bem, com Sam e Dean! Obrigado também a Glenn Yeffeth, Heather Butterfield, Monica Lowry e a todos do BenBella, que toparam imediatamente doar uma parte do lucro deste livro para caridade, para que todos pudéssemos ajudar a fazer a diferença. Um obrigado especial às editoras de arrasar Alicia Ramos e Leah Wilson, que às vezes me disseram o que eu não queria escutar, mas no final das contas tornaram todos os capítulos melhores.

Sou grata à minha família, por serem infinitamente pacientes todas as vezes que digo "Vou tirar uma folga" e mudo de ideia; aos meus amigos, pelos ombros apoiadores sempre disponíveis e pela torcida; e aos meus colegas universitários, por nunca questionarem a legitimidade da minha pesquisa, mesmo quando não tinham muita certeza do que era "*fandom*" de verdade. Também sou grata ao pessoal da Creation Entertainment, que uniu o elenco e os fãs (Adam, Gary, Steph, Chris, Max, Liz, Jen, Connie, Monica, e todos os outros que fizeram aqueles fins de semana acontecerem) e a Mark Pedowitz e a CW, por terem a sabedoria de continuar a transmitir *Supernatural*, por treze temporadas e quantas mais vierem!

Obrigada aos meus companheiros fãs, por compartilharem histórias tão poderosas e por construir a comunidade que tem me apoiado, inspirado e nutrido por mais de uma década. Obrigado ao elenco e equipe de *Supernatural,* por compartilharem histórias igualmente poderosas sobre como estar no programa também os mudou, e a Jensen Ackles, Misha Collins e Mark Sheppard por incluírem suas mensagens pessoais. E, finalmente, um obrigado de coração para Jared Padalecki, cuja coragem e perseverança foram essenciais para este livro. Esta tem sido uma jornada que vivemos juntos, e que nem sempre foi fácil, mas você consistentemente incorporou o mantra com que muitos de nós vivemos — Always Keep Fighting. Sam Winchester não se compara a você quando o assunto é bravura, e somos todos melhores por isso.

CRÉDITOS DAS FOTOGRAFIAS

INTERIOR

Páginas 58, 87, 109, 124, 137, 160, 168 (inferior), 171, 179 (inferior), 205, 227, e 246 por Chris Schmelke

Páginas 11, 63, 77, 79, 81, 82, 83, 88, 117, 151, 153, 155, 181, 186, e 192 por Kim Prior

Páginas 97, 100, 104, 115, 116, 147, e 148 por Stardust e Melancholy

Página 65 por Travis Hodges

Páginas 19, 21, 22, e 30 por Karen Cooke

Páginas 39 e 72 por Lynn Zubernis

Página 143 por Kelli Anne

Página 52 por Lauren Aker

Arte nas páginas 196 e 198 por Sheri Chen

ENCARTE

Páginas 1, 6–7, 12, 19, 21 (topo esquerdo), por Chris Schmelke

Páginas 2 (topo esquerdo e direito), 3 (inferior), 4, 5 (topo, inferior direito), 8–11, 13, 14 (topo esquerdo), 16 (inferior direito), 17, 20 (topo esquerdo e direito, inferior esquerdo), 21 (topo direito, inferior esquerdo e direito), 23 (topo), e 24 por Kim Prior

Página 16 (inferior esquerdo) por Karen Cooke

Páginas 14 (topo direito), 15 por Stardust e Melancholy

Páginas 18 e 23 (inferior) por Travis Hodges

Páginas 3 (topo), 14 (inferior), 16 (topo) por Lynn Zubernis
Página 2 (inferior) por Lizz Sisson
Página 5 (inferior esquerdo) por Krista Martin
Página 22 por Sheri Chen

SOBRE A AUTORA

Lynn Zubernis é uma psicóloga clínica e professora na West Chester University, e uma *fangirl* apaixonada. Ela pesquisou e escreveu sobre *fandoms* na última década, depois de se apaixonar perdidamente por *Supernatural* logo após sua estreia. Com a colega *fangirl*/professora Katherine Larsen, Lynn também escreveu *Fangasm: Supernatural Fangirls* e *Fandom at the Crossroads*, e também editou *Fan Phenomena: Supernatural* e *Fan Culture: Theory/Practice*. Lynn também escreveu para Slate, *Supernatural Magaziner*, The Conversation, e Movie TV Tech Geeks, e *blogs* na fangasmthebook.wordpress.com sobre *fandom* e, é claro, sobre *Supernatural*.

Siga-a nas redes sociais:

Twitter: @FangasmSPN
Facebook: *Facebook*.com/FangasmSPN
Instagram: @FangasmSPN
Tumblr: fangasmSPN.*Tumblr*.com

https://www.facebook.com/gryphusgeek/

twitter.com/gryphuseditora

www.bloggryphus.blogspot.com

www.gryphus.com.br

Este livro foi diagramado utilizando a fonte Adobe Garamond Pro e
impresso pela Gráfica Vozes, em papel off-set 90 g/m²;
o caderno de fotos em papel couché 90 g/m² e
a capa em papel cartão supremo 250 g/m².